모방에서 창조까지 하는 에이전트

모방에서 창조까지 하는 에이전트 9

킹묵 현대 판타지 장편소설

초판 1쇄 찍은 날 § 2023년 4월 24일
초판 1쇄 펴낸 날 § 2023년 5월 1일

지은이 § 킹묵
펴낸이 § 서경석

총괄팀장 § 황창선
편집책임 § 박현성
디자인 § 스튜디오 이너스

펴낸곳 § 도서출판 청어람
등록번호 § 제387-1999-000006호
등록일자 § 1999. 5. 31
어람번호 § 제1-3210호

본사 § 경기도 부천시 부일로 483번길 40 서경B/D 3F (우) 14640
편집부 § 서울특별시 구로구 디지털로 272 한신IT타워 404호 (우) 08389
전화 § 02-6956-0531 팩스 § 02-6956-0532
http://www.chungeoram.com
E-mail § chungeorambook@daum.net

ISBN 979-11-04-92486-6 04810
ISBN 979-11-04-92457-6 (세트)

킹묵 현대 판타지 소설

MODERN FANTASTIC STORY

모방에서 창조까지 하는 에이전트

9

모방에서 창조까지 하는

에이전트

목차

제1장

—

챌린지II

정만이 태진의 칭찬에 기분 좋은 미소를 지으며 대답하려 할 때, 매니저 팀 실장이 대화에 끼어들었다.

"그런데 이거 곽 팀장하고 얘기 안 된 거죠?"

"얘기 안 해도 될 거 같아서요."

"아, 그렇긴 한데. 곽 팀장이 정만이한테 신경을 많이 쓰고 있어서요."

"그래요?"

"드라마 들어가기 전까지 컨디션 조절 잘하라고 당부했거든요. 그 사람하고 엮이면 좀 피곤해서……."

태진은 표정을 지을 수 없지만 마음만큼은 실장의 얼굴과 같은 표정이었다. 그때, 실장이 큰 한숨을 들이켜며 말했다.

"제가 한 팀장님한테 도움받은 것도 있고 그래서 그런데, 얘기 안 하고 진행할까요? 좀 귀찮게 하겠지만 그래도 정만이가 한다고 하면 스케줄도 없어서 가능해 보이는데요. 정만이 네 생각은 어때?"

정만은 쉽게 판단이 서지 않는지 망설였다. 그 모습에 태진은 괜히 정만에게 부담을 주는 것 같았다.

"아니에요. 먼저 곽 팀장한테 얘기하죠. 제가 말할게요."
"제가 얘기하는 게 좋지 않을까요?"

실장은 정만을 힐끔 보며 말했다. 둘 사이가 나쁘다는 걸 빼놓았지만, 이미 정만도 다 알고 있었기에 숨길 일은 아니었다. 그리고 직접 얘기를 하는 게 자세히 설명할 수 있었다.

"제가 할게요. 회사에 있어요?"
"아까 통화할 때 밖이라고 하던데요. 누구 만난다고 하던데."
"아."

태진은 통화를 하기 앞서 에이드의 기획을 살폈다. 전부 다 얘기해 줄 필요는 없지만 곽이정이 끼어들 틈을 보여 주면 안 된다는 생각이었다. 기획을 재검토한 뒤 태진은 자리에서 일어났다. 사무실에서 통화를 할 수도 있지만, 기 싸움을 해야 될 수도 있기에 그런 모습들을 보여 주고 싶진 않았다. 밖으로 나온 태진은 곧바로 곽이정에게 전화를 걸었다.

—네.

곽이정이 마음에 안 들다 보니 전화받는 것조차 마음에 들지 않았다. 분명히 번호가 저장되어 있을 텐데 먼저 인사하게 만들려고 하는 듯했다.

"한태진입니다."
—네, 말하세요.

전화를 건 것이 후회가 되었지만, 지금 정만을 섭외하지 못한다면 배우 섭외로 시간을 잡아먹을 수 있었기에 태진은 곽이정이 끼어들 틈이 없다고 판단하고 꾹 참고 설명을 시작했다. 그렇게 설명을 마치고 곽이정의 대답을 기다렸다.

—어, 그러니까 에이드라는 가수의 뮤직비디오에 정만 씨를 섭외한다고요.
"네, 맞아요."
—한태진 씨가 진행한 일이고요?
"네, 맞습니다."
—매니저 팀에 먼저 얘기해야 될 일인데? 나한테 먼저 얘기한 겁니까?

"매니저 실장님 방금 만났습니다."

조금이라도 틈을 보이면 곽이정이 또 수작을 부릴 수도 있었기에 태진은 긴장한 채 곽이정의 질문에 대답했다. 그때, 곽이정의 입에서 생각지도 못한 말이 들렸다.

—실장님도 좋다고 했다고요.

"네, 정만 씨도 좋다고 했습니다."

—음, 좋네요. 스케줄에도 문제없어 보이네요. 진행하세요.

그 말을 끝으로 전화를 끊었다. 곽이정이 찬성을 했음에도 태진은 쉽게 믿어지지 않았다. 이럴 사람이 아니었다. 그렇다고 무슨 일을 벌일 것 같지도 않았다. 최대한 기획안을 축소시켜서 얘기를 했기에 아는 정보도 적었고, 그런 걸 계획할 시간도 없었다. 그때, 매니저 실장이 궁금했는지 밖으로 나왔다.

"통화했어요?"

"네, 방금요."

"하지 말래요? 그럼 제가 얘기를 한번 해 볼게요."

"아니요. 찬성하더라고요."

"아……."

실장은 이해가 된다는 듯한 표정으로 고개를 끄덕거리며 말을 이었다.

"하긴 곽 팀장이 사람을 피곤하긴 해도 안 할 사람은 아니지."

"찬성할 줄 아셨어요?"

"안 건 아니고. 그럴 거 같아서요. 이게 한 팀장님이 진행하는 일이면 어느 정도 성공이 보장된다는 말이잖아요. 곽 팀장도 그거 알걸요? 그러니까 성공하면 정만 씨가 이득을 볼 테고, 그럼 또 그게 정만 씨하고 계약을 따낸 곽이정 공으로 돌아가고."

"아!"

"곽 팀장이 원래 그런 사람이잖아요. 서로 관계가 어떻든 간에 일단 자기한테 도움이 되는 일이면 악당하고도 손잡을 사람인데. 그게 회사 입장에서는 뭐, 좋기도 한데 같이 일하는 사람들은 좀 피곤하죠. 옛날에는 안 그랬는데 어쩌다가 저렇게 됐는지 몰라."

"예전부터 알고 계셨어요?"

"그럼요. 저랑 다른 회사기는 했어도 곽 팀장도 매니저부터 시작해서 몇 번 봤죠. 아무튼 잘됐네요."

태진은 다시 한번 곽이정이 어떤 사람인지 깨달았다. 어떤 이유로 이렇게 바뀌었는지 모르겠지만, 예전에도 크게 다르지 않았을 것 같았다. 그래도 그 덕분에 자신과의 관계가 좋지 않음에도 정만을 섭외할 수가 있게 되었다.

'이런 걸 프로라고 해야 되는 건가?'

곽이정이 엮이면 항상 머리가 복잡했다. 태진은 곽이정에 대한 생각을 털어 내려 머리를 젓고는 다시 사무실로 들어갔다.

*　　　　*　　　　*

기획의 진행에 대해 설명을 하기 위해 코인 기획사를 찾은 태진은 신기한 장면을 보는 중이었다.

"지금도 좋아. 예전보다 훨씬 좋아. 연습하면 되잖아. 그러니까 연습을 좀 더 해서 원곡으로 부르면 더 좋은 곡이 될 수 있다니까?"

"아, 그만 좀 해요. 잔소리 진짜. 프로듀싱 끝났으면 좀 가요."

"아쉬워서 그러지."

"나 이제 마흔인데! 뭘 얼마나 더 연습하라는 거예요. 환갑 때 앨범 낼 일 있나?"

레몬 기획의 대표와 에이드가 투덕거리는 중이었다. 에이드가 프로듀싱을 부탁한 사람이 레몬의 대표였고, 그때 이후로 계속 이런다는 말을 한겨울을 통해 들었다.

이미 진행에 대한 얘기는 다 해 준 상태였기에 더 있을 이유도 없었다. 태진은 투덕거리는 두 사람에게 인사를 한 뒤 밖으로 나왔다. 그때, 옆에서 수잔이 내뱉는 한숨 소리가 들렸다.

"휴우. 무슨 표현을 저렇게 하는 건지… 계속 저러니까 정신이 없네요."

그동안 코인 기획과 주로 연락을 했던 수잔은 한두 번 본 게 아닌 듯했다.

"처음 봤을 때부터 저랬어요. 어제 만난 사람들처럼 보자마자 저랬다니까요."

"진짜 싸우는 거 같진 않던데요?"

"그러니까요. 다 큰 어른들이 무슨 표현을 저렇게 하는지. 서로 챙겨 주면서 저래요. 꼭 친남매들이 하는 것처럼."

"그래요?"

"그 에이드라는 이름도 레몬 대표님이 지어 준 거래요. 그걸 안 버리고 계속 쓰고 있는 것만 봐도 아시잖아요. 레몬에이드! 그러고 보면 아이돌도 레몬트리에 스타만 붙인 거고."

"아! 그렇네요? 그런데 왜 따로 나왔을까요?"

"독립이죠. 나이 찼으니까 독립했고, 그걸 안 막은 거고! 그래도 집은 레몬이겠죠. 그러니까 트리스타 녹음할 때 여기 녹음실 무료로 쓰게 해 준다고 했대요."

"아."

"만나면 싸우고 뒤에서는 챙겨 주고. 저게 뭐 하는 짓인지 몰라."

태진도 웃으며 고개를 끄덕거렸다. 표현 방법이 이상하긴 해도 서로를 싫어하는 게 아니라는 걸 알기에 안 좋게 보이진 않았다.

"아! 그리고 국현 씨한테 연락받으셨어요?"

"네. 아까 뮤비 배우분들하고 숏톡에 홍보할 배우분들 만난다고 극단들 만나러 간다고 하던데요? 왜요?"

지원 팀에서 생각한 건 요즘 사람들에게 관심도 받고 있고 친분도 있는 연극 배우들이었다. 혹시 일이 잘 풀리지 않은 건가 싶은 마음에 수잔을 볼 때, 수잔이 기가 찬다는 얼굴로 입을 열었다.

"참 대단한 거 같아서요. 어쩜 그러지?"

"음? 저 모르게 무슨 일 하셨어요?"

"아까 혼자 보낸 거 미안해서 연락했거든요? 그랬더니 홍보비 하나도 안 쓰고 있대요. 그런데 섭외한 배우들은 아주 어마어마해요. 연극 프로젝트에 참여했던 극단 배우들 전부 다 해 준다고 그랬대요. 그것만 해도 우리한테 돌아오는 게 엄청 많아질 텐데."

"뭐 아무것도 안 주고 그냥 무료로 해 준다고요?"

"완전 공짜는 아니고 극단들 데리고 밥 먹는다던데. 아까 점심 두 번 먹었다고 저녁도 두 번 먹는다고 그러더라고요. All in은 지금 공연 중이라서 밥은 못 먹었는데 해 준다고 했대요. 그리고 뮤비는 출연료 지급하고요."

유행을 만들어야 했기에 도와주는 사람이 많으면 많을수록 좋았다. 도움이 안 될 거라고 걱정하더니 엄청난 도움을 주고 있었다. 태진은 가볍게 웃으며 수잔을 봤다.

"우리도 저녁 같이 먹으러 가죠."

*　　　*　　　*

며칠 뒤. 분당의 한 펍에 도착한 태진은 서둘러 안으로 들어갔다. 내부에는 무대를 중심으로 촬영 준비가 한창이었다. 그때, 내부를 보던 국현이 입을 열었다.

"와우, 분위기 좋은데요?"

"감독님이 신경 많이 쓰셨나 봐요."

"저번에 확인할 때 들렀을 때보다 훨씬 좋은데요? 저번에는 좀 정신없어 보였는데 이래 놓으니까 집중이 확 되네."

아마 조명들 때문에 더 그렇게 보인 듯했다. 천장에 설치한 조명들이 전부 무대를 비추고 있었다. 시놉시스대로 정만과 에이드에게만 집중이 될 수 있는 분위기였다. 지금도 에이드가 직접 확인차 무대에 있는데 모든 시선이 에이드에게 집중되고 있었다.

"좋네요."

그때, 태진을 발견한 감독이 손을 흔들며 다가왔다.

"한 팀장님! 일찍 나오셨네요."

"고생하셨어요. 너무 좋은데요?"

"하하, 이 정도는 기본이죠. 가게 사장님이 허락해 주셔서 좀 편하게 하고 있어요."

"잘 나오겠죠?"

"그럼요. 제가 장담하는데 노래는 몰라도 뮤비는 뜰 거예요. 정만 씨가 연기가 어마어마하게 늘었던데요? 라액 할 때랑 비교가 안 되게 늘었어요. 대충 연습만 한 건데도 다들 놀랐다니까요."

태진도 정만이 어떤 연기를 펼칠지 기대가 되었다.

"챌린지 씬부터 촬영이에요?"

"네, 그게 좋을 거 같아서요. 챌린지 씬부터 잡고 펍에서 찍어야 되는 건 오늘 다 찍어야죠. 분위기 보니까 금방 끝날 거 같아요. 그리고 내일 오전에 정만 씨 친구들 만나는 씬 찍을 거고 오후부터는 에이드 씨만 찍으면 됩니다."

"좋네요."

태진도 시나리오를 알기에 고개를 끄덕거렸다. 친구들과 일상생활을 하는 정만으로 시작해 친구들과 펍을 찾는 것으로 이어졌다. 펍에서 에이드를 봤지만 모른 척하다가 잠시 바람 쐬러 나가려고 일어날 때 챌린지 씬으로 연결이 되는 것이었다. 정만이라면 잘해 낼 것이었다. 그때, 감독이 다시 말을 이었다.

"그리고 엔딩 추가한 건 어떻게 보셨어요?"

"꼭 그걸 추가해야 할까요?"

"아무래도 한국인의 정서상 힘들어하면서 끝나면 좀 그래요."

감독이 만든 엔딩은 사실 태진의 마음에 들진 않았다. 하지만 시청자로 보면 클리셰를 따라가는 흔한 이유였기에 그런 대로 납득이 되기도 했다.

"좀 더 다듬었어요. 노래 다 끝나고 쿠키 영상처럼 나올 거고요. 정만 씨 직업도 국정원 요원이라는 설정으로 바꿨고요. 오랜 기간 위험한 작전에 파견돼야 해서 이별을 통보한 거는 그대로 가요."

"그런데 그걸 다 담으려면 너무 길어지지 않을까요?"

"그렇지 않아요. 휴대폰에 국정원 누구한테 연락 온 거만 보여 주는 걸로 요원이라고 생각하게 만들 수 있죠. 그리고 이제 요원인 친구가 한마디 하는 거죠. '마지막으로 보니까 좋냐?' 그 대사에 정만 씨는 아무런 말도 없고 다시 친구가 '죽으러 가는 것도 아닌데 꼭 그렇게 헤어져야 하냐? 그렇게 힘들어하면서까지?' 이렇게 대사 치는 거죠. 쿠키라서 대사도 다 담을 수 있고요."

"정만 씨한테는요?"

"아까 바뀔 수 있다고 얘기했는데 괜찮다고 하더라고요. 에이드 씨도 너무 좋아하고요."

에이드는 이미 군인일 때부터 드라마 같다며 너무 좋아했기에 이대로 진행이 되었다. 그럼에도 태진은 여전히 긴가민가했다. 하지만 그거 말고는 다른 아이디어가 떠오르지 않았다. 그러자 감독이 웃으며 말했다.

"아무리 생각해 봐도 이별에 정당한 이유가 없더라고요. 그냥 마음이 멀어져서인데 그나마 이유를 만들려고 한 거예요."

태진도 이별을 해 본 적은 없지만, 드라마를 볼 때도 이런 이유가 있을 때 더 몰입이 잘되었었기에 고개를 끄덕거렸다. 그리고 그때, 익숙한 얼굴들이 한 번에 들어오고 있었다.

"어떻게 정만 씨하고 단우 씨가 같이 왔어요?"

정만과 단우가 함께 들어왔고, 그 뒤에는 필과 정만의 매니저가 따라 들어왔다. 같이 들어오긴 했는데 분위기가 묘했다. 그때, 정만이 먼저 입을 열었다.

"형, 안녕하세요."
"그래요. 컨디션 괜찮아요?"
"네, 어제 촬영도 없어서 푹 쉬었어요."
"그런데 둘이 앞에서 만났어요?"
"네. 앞에서 만났죠."

다시 호칭이 형으로 바뀌었다. 그런데 정만이 말을 하면서도 자꾸 단우를 신경 쓰는 것이 보였다. 그에 단우를 봤고, 정만이 왜 그러는지 이해가 되었다. 태진은 단우를 보며 웃으면서 물었다.

"마법 걸렸어요? 그래서 인사도 제대로 못 한 거예요?"

그 한마디에 단우는 답답한 마음이 풀렸는지 환하게 웃으며 고개를 빠르게 끄덕거렸고, 정만은 어이가 없다는 표정으로 단우를 위아래로 훑었다. 어떤 일이 있었을지 예상되었다. 둘 다 라이브 액팅 출신으로 얼굴을 알고 있다 보니 인사를 했을 것이고, 단우가 말을 못 하다 보니 제대로 된 인사를 할 수가 없었을 것이다. 정만은 그게 마음에 안 드는 눈치였다. 태진이 단우에 대해서 설명을 하려 할 때, 눈치 빠른 필이 앞으로 나섰다.

"노노! 직접 설명하게 내버려 둬요."

그러자 단우는 세상이 무너지는 듯한 표정으로 한숨을 뱉었다. 점점 표정이 다양해지고 있었다. 단우가 어떻게 설명해야 할지 난감했는지 고민을 하더니 결국 선택한 것은 사과였다. 합장을 하더니 사정이 있다는 듯 연신 손을 흔들어 댔고, 태진은 그 모습에 큰 웃음이 나왔다.

"하하. 아, 미안해요. 맨날 이러고 있을 거 생각하니까 웃겨서요."

단우의 사정을 모르는 정만은 여전히 의아한 얼굴로 태진에게 물었다.

"서유기에서 하는 게임, 뭐 이런 거 하는 거예요?"
"비슷해요. 사정이 있는데 필 씨가 설명하지 말라고 해서요."
"아… 네. 그런데 되게 친해지셨나 봐요. 형 그렇게 웃는 거

처음 봐요."

"아, 나중에 정만 씨도 단우 씨 사정 알면 웃을 거예요."

약간 서운한 듯한 정만의 표정에 태진은 다독이듯 말했다. 그때, 감독과 에이드가 함께 오더니 설명을 위해 정만을 데리고 갔다.

태진은 촬영 현장이 잘 보이는 곳으로 필과 단우를 데리고 갔다. 가는 도중에도 단우의 사정을 아는 국현과 수잔이 아까 태진처럼 마구 웃으며 단우에게 장난을 치고 있었다.

"밥은 먹었어요? 뭐 먹었어요?"

"……."

"아! 맨손으로 조물거리는 거? 그게 뭐지? 포기하지 말고 더 설명해 봐요! 아! 방금 만든 걸 어디에 올려놨어! 그리고 또! 뭘 펐어! 그리고 막 비벼! 정답, 비빔밥! 뭘 그걸 그렇게 설명해요! 양손으로 그릇 잡고 막 비비면 되는 걸! 푸하하."

정답을 맞힌 게 기뻤는지 단우는 양손을 들어 올리며 좋아했고, 국현과 수잔도 자신들이 맞혔다는 걸 좋아했다. 그렇게 자주 보지도 않았는데 서로 장난을 칠 정도로 엄청 가까워져 보였다. 그때, 자리에 앉은 필이 웃으며 태진에게 말했다.

"재밌죠?"

"하하, 네, 되게 잘하네요. 많이 늘었는데요."

"맞아요. 진짜 열심히 하니까 표현력이 많이 늘었어요."

"그런데 언제까지 하실 거예요?"

"계속해야죠. 자신감이 더 붙어야 되니까. 이제 슬슬 자기 표현 방법에 자신감을 얻고 있거든요. 그리고 자기 생각도 어떻게 표현해야 하는지 알아 가고 있고. 애가 생각이 많아서 여러 가지 생각할 시간을 주면 안 되더라고요. 생각이 많아질수록 분위기가 내려앉아요. 그래서 그거 조절될 때까지는 계속할 듯하네요."

짧은 기간에 굉장한 변화였다. 필의 말처럼 전에는 약간은 어두운 분위기도 있었는데 지금은 전혀 그렇지 않았다. 모든 걸 몸으로 설명해야 돼서 잡생각을 할 틈이 없어서인지 굉장히 밝아 보였다. 오히려 단우가 즐기는 듯한 느낌이었다.

"오늘도 단우가 오자고 해서 온 거거든요."

"아, 그래요?"

"궁금했나 봐요. 같은 라액 출신이면서 나이도 비슷한 배우가 어떤 연기를 할지. 이게 독이 될 수도 있어서 약간 고민은 했는데 어떻게 보면 자극이 될 수도 있을 거 같아서 온 거죠."

"독이요?"

"단우가 아직 정만에 비하면 많이 떨어지니까요. 혼자 비교할 수도 있으니까."

태진은 이해가 된다며 고개를 끄덕였다. 하지만 단우가 그럴 것 같지는 않았다. 기댈 곳이 없다면 모를까 단우에게는 지금 기댈 수 있는 필이라는 기둥이 존재했다. 오히려 좋은 경험이 될 듯싶었다. 서로가 서로를 생각하는 모습에 다시 한번 맡기길 잘했다는 생각을 하며 현장을 쳐다봤다.

약속한 대로 촬영은 두 사람이 겹치는 장면으로 시작되었다. 다들 현장을 지켜보고 있었지만, 태진은 생각한 대로 화면에 잡히는지 보기 위해 감독과 함께 모니터를 지켜보는 중이었다.

"어때요?"

"너무 좋아요. 제가 딱 생각한 대로예요."

"다행이네. 어떻게 하면 다른 사람들도 자연스럽게 연결할지 고민 엄청 했거든요."

"그래서 아예 뒤에서 조명을 쏘신 거예요?"

"그렇죠. 대각선에서 쏴서 정만 씨 뒷모습 잘 보이고 에이드 씨 얼굴도 잘 보이고. 다른 사람들도 불 끈 다음에 휴대폰 플래시만으로도 이런 느낌 낼 수 있을 거예요. 물론 연기는 다르겠지만."

전체적으로 어둡다 보니 배경도 필요가 없었다. 화면에는 정만의 등과 에이드만 보이는 중이었다. 그렇게 촬영이 시작되었다. 원래는 에이드도 실제 노래를 부르진 않고 연기를 하려고 했는데 너무 느낌이 살지 않아 진짜 노래를 부르기로 했다. 그래서 준비한 MR이 촬영장에 울리고 있었다.

현장이 조용하다 보니 엄청 크게 들리는 느낌이었다. 그때, 에이드의 노래와 표정 연기가 시작되었다. 에이드가 부르는 건 많이 봤던 태진은 정만의 연기에 집중했다.

등으로 표현을 해야 하다 보니 굉장히 어려울 것이었다. 태진도 딱히 어떻게 연기를 해야 할지 감이 오지 않았다. 어떤 배우를 흉내 내더라도 서 있는 것이 전부일 것이었다. 그러니 정만도 쉽지만은 않을 것이었다. 그런데 정만의 연기를 보고 있자 어떤 표정을 짓고 있을지가 자연히 상상됐다.

정만은 꿋꿋이 선 자세로 약간의 고개를 떨군 뒤 바지 주머니에 손을 넣고 있었다. 움직이는 속도에서 굉장히 귀찮아하는 듯한 느낌까지 주고 있었다. 그리고 태진이 정만의 사정을 알고 있어서인지 모르겠지만, 왠지 일부러 저러는 거 같은 짠한 느낌까지 받고 있었다.

그 뒤로도 정만은 숨을 크게 뱉는지 어깨도 살짝 들썩이기도 했고 피곤하다는 걸 표현하려는지 얼굴을 만지는 모습까지 보였다. 큰 움직임이 없이 필요한 만큼만 움직이는 데도 정만의 감정이 느껴졌다.

'대단하네… 엄청 늘었구나…….'

그때, 감독도 감탄사와 함께 칭찬을 늘어놓았다.

"아, 좋다. 진짜 좋은데요?"
"정만 씨 연기 잘하죠?"
"네. 조금씩 움직이는 속도가 너무 적절한데요? 이걸 뭐라고 해야 될까. 등 연기 하는데도 어떤 기분인지 느껴지는데. 너무 좋다."

마지막으로 정만이 이마를 만지던 손을 뭔가를 버리듯이 털었다. 그러고는 고개를 돌려 화면 쪽으로 다가왔다. 여기까지가 챌린지 씬이었다.

"표정 진짜 좋네! 좋아요! 컷!"

감독의 신호와 동시에 여러 사람들의 한숨 소리가 들려왔다. 태진은 다들 정만의 연기를 보고 감탄한 것 같은 분위기에 약간은 뿌듯한 마음이 들었다. 그때, 태진의 예상과 다른 사람들의 말이 들렸다.

"와, 노래 진짜 좋은데요?"
"너무 가슴 아프다… 에이드 울면서 부른 거 아니지?"
"현장에서 이런 느낌 받는 건 또 처음이네. 이 노래 제목이 '내 가슴에'지?"

다들 에이드만 칭찬하고 있었고, 이 중에서 정만에게 집중한 사람은 감독과 자신뿐이었던 것 같았다. 혹시나 정만의 연기를 본 사람이 있는지 고개를 돌릴 때, 필과 단우가 보였다. 두 사람도 정만의 연기를 보고 있었는지 필이 무언가를 설명해 주고 있었고, 단우는 필의 말을 알아듣지도 못할 텐데도 진지한 표정으로 정만을 쳐다보고 있었다.

그때, 정만이 촬영 확인차 감독과 함께 있는 태진에게 다가왔다. 태진은 하고 싶은 말이 많았지만, 감독이 우선이었기에 살짝 비켜 주었다. 그러자 감독이 정만을 보며 물개 박수를 보냈다.

"진짜 좋았어요. 이거 뭐, 바로 끝내도 될 정도예요."
"아, 감사해요. 긴장 많이 했는데 다행이다."
"긴장은 무슨! 굉장한데요? 정만 씨가 서 있는 것만으로도 노래 느낌이 한 100배는 더 잘 살아요."
"아니에요. 저도 한번 볼 수 있을까요. 확인해 보고 싶은 게 있어서요."

예의 바르고 겸손한 데다가 이제는 자신이 한 연기까지 확인하려는 모습이 대견하게 느껴졌다. 처음부터 봐 온 사람이라 그런지 정만의 성장에 태진은 엄청나게 뿌듯하기까지 했다. 그때, 정만의 아쉬워하는 목소리가 들렸다.

"이 빨간 테두리까지 나오는 거죠?"
"그럼요."
"그럼 손까지는 안 잡히네요? 아쉽다."
"왜요?"

감독은 의아해하며 영상을 돌렸다. 그리고 태진은 단우가 왜 아쉬워하는지 알 것 같았다. 연기를 할 때는 보지 못했던 것들이 보였기에 태진은 뒤에서 조용하게 말했다.

"손을 떨고 있네요?"

그러자 정만은 기분 좋다는 듯이 활짝 웃으며 고개를 끄덕거렸고, 감독은 의아한 얼굴로 물었다.

"긴장해서 떤 거에요?"

태진은 왜 짠한 느낌을 받았는지 알 것 같았기에 감독을 대신해 물었다.

"설정이죠?"
"네! 맞아요."
"뒤에 나올 내용까지 생각해서? 이별의 이유가 있으니까."
"맞아요! 역시 형은 알아보시네요! 손이 떨리는 걸 숨기려고 주머니에 넣은 거거든요."

태진은 자신의 생각보다 훨씬 더 향상된 정만의 연기에 헛웃음을 뱉었고, 정만은 태진의 헛웃음이 기분 좋은지 활짝 웃었다. 감독도 그제야 이해를 했는지 감탄을 했다.

"디테일을 이렇게까지 준비해 왔다고요? 대단하네."
"감사합니다!"
"뮤비 찍으면서 이렇게 준비해 오는 사람은 처음 보네. 내가 다 감사하네요."

칭찬은 칭찬이고 감독이 보기에는 아쉬운 부분도 있었는지 그 부분에 대해서 말을 했다.

"진짜 다 좋은데 조금만 더 표현을 해 보죠. 네가 매달리는 게 질렸다는 것처럼. 그러니까 나쁜 남자처럼 약간 짝다리를 짚는 것도 괜찮아 보일 거 같은데."

"짝다리요……? 그건 좀 그렇지 않을까요?"

"그림이 더 잘 살 거 같은데."

"그런데 그러면… 좀."

정만이 망설이는 모습에 태진이 대신 나섰다.

"편하게 말해도 돼요."

"아! 저도 건방져 보이게 짝다리를 짚을까도 했는데 그건 좀 아닌 거 같더라고요. 그러면 손 떠는 것도 버려야 될 거 같고요. 무엇보다 이 캐릭터 직업이 군인, 아니지, 국정원 요원이잖아요. 그러니까 일상생활에도 좀 올곧은 모습을 보이지 않을까 했어요. 이별 앞에서까지 그럴 정도로 몸에 밴 버릇이라고 할까. 그래야지 임무 때문에 이별을 선택한 게 설득이 될 거 같아서요."

"아……."

태진은 진심으로 감탄했고, 감독은 기가 막힌지 머리를 쓸어 올리며 크게 웃었다.

"하하하하. 참 내가 만든 시놉인데 나보다 더 잘 이해하고 있네.

나 지금 좀 너무 감격했어요. 진짜 라액 우승한 이유가 있었네요."

"아니에요. 다 잘 가르쳐 주셔서 그렇죠. 연기 배울 때 순간을 보지 말고 전체적인 흐름을 보라고 알려 주셨거든요. 연기를 하다 보니까 그게 정말 중요하다는 걸 더 잘 느끼게 되더라고요."

"대단하네. 저기 필 씨가 그렇게 잘 가르쳐요?"

"그건 여기 형한테 배운 거예요. 형한테 진짜 많이 배웠거든요."

감독은 신기해하며 태진을 쳐다봤고, 태진은 갑자기 돌아온 시선에 어색하게 웃었다. 감독이 태진의 표정을 알아볼 리가 없기에 인정한다고 생각했는지 약간 놀란 표정이었다.

"에이전트가 연기도 가르쳐요? 전엔 노래도 기막히게 하더니……."

"그러니까 저도 많이 배우죠. 저 라액에서 알아봐 주신 것도 형이고, 많이 알려 주신 것도 형이거든요."

"하하. 그래서 바로 출연했구나. 전 라액 우승자가 온다고 그래서 섭외 잘했다 했더니 이유가 있었네요. 하하."

"그럼요. 형이 1호로 알아본 배우인데 당연히 해야죠."

정만은 현장 구석을 한 번 쳐다본 뒤 태진에게 물었다.

"형! 제가 1호 맞죠?"

*　　　*　　　*

정만의 활약에 촬영은 빠르게 진행되었다. 엄청난 집중을 보여 준 덕분에 촬영 스태프들도 정만의 연기를 제대로 보고 있었다. 심지어는 정만을 알고 있는 사람들도 놀라고 있었다. 그중 라이브 액팅을 하면서 같이 있었던 국현이 신기한 표정으로 말했다.

"집중력이 어마어마한데요?"

"진짜 많이 늘었네요."

"뮤직비디오 건 둘째 치고 현장 스태프들도 이렇게 몰입시키는 거 보면 톱배우 될 필이 오는데요?"

그러던 중 감독의 컷 사인이 들리자 정만이 구석을 힐끔 쳐다보는 것이 보였다. 그러자 국현이 피식 웃었다.

"저런 거 보면 또 아직 덜 큰 거 같기도 하고."

"뭐가요?"

"연기하고 나면 자꾸 필 선생님 보잖아요. 연기 지도 받아서 그런가 칭찬받고 싶은 거 같은데요? 표정만 봐도 나 이 정도 성장했어! 이렇게 말하고 싶어 하는 거 같은데요?"

국현의 말이 맞을 수도 있지만 태진의 생각은 달랐다. 아까 자신에게 했던 말도 있고 정만의 행동도 묘하게 라이브 액팅에서처럼 경쟁을 하는 것처럼 보였다. 그 대상은 단우 같았다.

하지만 그것이 좋은 건지 나쁜 건지 잘 판단이 되지 않았다. 같은 회사이다 보니 좋은 관계를 유지했으면 하는 마음이었다.

그런데 단우 역시 뭔가 달라 보였다. 수잔도 태진과 같은 생각이었는지 국현에게 뭔가를 말하려 할 때, 필과 단우가 자리에서 일어나 태진에게 다가왔다.

"우리 이제 가려고요."
"가시게요? 약속 있으세요?"

필은 단우에게 설명하라는 듯 쳐다보더니 이내 고개를 저었다. 그러고는 저번에 봤듯이 손가락을 빙빙 돌렸고, 단우는 또 마법이 풀린 연기를 했다. 너무 갑작스러웠는지 단우는 마법을 풀어 준 이유를 모르겠다는 얼굴로 필을 봤고, 필은 피식 웃으며 태진을 가리켰다. 그제야 가기 전에 대화를 하라고 풀어 준 거란 걸 안 단우는 필에게 주먹까지 내밀었다.

"오늘 러셀 씨하고 놀이동산 가기로 했어요."
"아! 에이바도 같이요?"
"네, 맞아요."
"러셀 씨 촬영은 없대요?"
"그렇다고 하더라고요. 촬영 자체가 막바지라고 하던데요?"

그동안 말을 못 해 답답했을 단우를 위해 대화를 이어 가려고 물어봤을 뿐, 태진도 채이주에게 들었기에 이미 알고 있었다.

"러셀 씨 사람 많은 데 가도 괜찮아요?"

"알아보는 사람이 별로 없더라고요. 그냥 외국인이다 싶은가 하고 가는 거 같아요. 그리고 막 꾸미고 그러고 다니시지 않아서요."
"그래요. 잘 다녀와요."

그때, 단우가 잠시 머뭇거리더니 조심스럽게 태진을 불렀다.

"팀장님."
"네?"
"아까 들으니까 챌린지 하신다고……."
"아, 맞아요."
"그거 저도 해도 될까요?"
"단우 씨도요?"

단우에게 먼저 제의했을 때 거절했을 때와 다른 모습이었다. 아마 단우도 정만의 연기가 자극이 된 모양이었다.

"그래요. 도와주시면 저희도 좋죠. 그런데 필 씨 허락 맡으셨어요?"
"아니요. 아직이요. 이제 설명해야죠!"
"제가 지금 얘기해 드릴까요?"
"아니요! 제가 말할게요. 몸으로 설명해야 되는 게 좀 어렵긴 해도 직접 말하는 게 더 좋을 거 같아서요. 노래 나오고 제 개인 SNS에 올리면 되는 거죠?"
"네, 그렇게 해 주시면 돼요."

"알겠습니다! 감사합니다!"

단우는 의욕이 넘치는 얼굴로 태진에게 인사를 했고, 그와 동시에 필은 또다시 마법을 걸었다. 보는 사람도 있는데 지금까지 사람이 많이 있건 적게 있건 전혀 신경 쓰지 않고 했을 것이었다. 단우는 잠깐 소리가 안 나온다는 시늉을 하더니 언제 그랬냐는 듯 멀쩡한 모습을 보였다. 그러고는 두 사람은 현장을 떠났다.

그 모습을 보던 수잔이 재밌다는 얼굴로 말했다.

"되게 재밌게 수업하시네."

"단우 씨 잘 맞는 거 같아요."

"단우 씨도 익숙한가 본데요? 사람들 보는데도 발버둥 치는 연기도 하고."

"부끄러울 거예요. 그래서 바로 멀쩡한 척하잖아요."

"푸흡, 재밌네. 그나저나 생각보다 단우 씨 열정이 넘치는데요?"

태진이 수잔을 물끄러미 보자 수잔은 웃으면 고갯짓으로 정만을 가리켰다.

"정만 씨도 그러고. 둘이 서로 엄청 견제하던데요?"

역시 수잔도 태진과 같은 생각이었다. 혼자만 다르게 생각했던 국현은 의아해하며 물었다.

"둘이요?"

"계속 서로 쳐다보더만, 그거 못 봤어요?"

"정만 씨는 필 씨 봤고 단우 씨는 촬영하니까 본 거겠죠. 둘이 언제 봤다고 견제를 해요."

"꼭 봐야지 견제를 하는 건 아니죠. 둘 다 우리 팀장님이 선택한 사람들이니까 서로 견제가 되는 거겠죠."

"아! 그러네! 둘 다 팀장님이 선택했지!"

"그래서 그런지 알게 모르게 둘이 엄청 신경 쓰더라고요."

국현도 그제야 알았다는 듯 손까지 흔들며 이 상황을 재미있어했고, 수잔도 굉장히 재미있어하는 표정이었다. 태진이 그런 수잔에게 물었다.

"문제가 되진 않겠죠?"

"문제요? 무슨 문제요?"

"괜히 사이가 틀어지고 그런 거요."

수잔은 고개를 갸웃거리더니 이내 이해했다는 듯이 고개를 끄덕거렸다. 그러고는 태진을 보며 조심스럽게 말했다.

"이게 다 곽이정 때문이야."

"곽이정이 왜요……?"

"팀장님이 어떻게 생각하실지 모르겠는데 제가 보기에는 팀장님이 곽이정을 라이벌처럼 생각하는 거 같거든요? 그래서 팀장님이 일 배우는 것도 빠르기도 했고."

태진도 인정하는 부분이었다. 곽이정의 일하는 방식이 싫긴 했지만, 배울 점도 많았고 실제로 많이 배우기도 했다. 물론 곽이정이 직접 가르쳐 준 것은 아니었지만.

"팀장님 첫 라이벌이잖아요… 그래서 곽이정하고 팀장님 관계처럼 걱정되실 수도 있는데 라이벌이 꼭 그렇게 나쁜 건 아니에요. 둘이 서로 발전할 수 있는 시너지가 될 수도 있어요. 지금도 정만 씨가 더 잘하려고 하고 단우 씨도 자극받고 그런 것처럼요."

하필이면 첫 라이벌이 곽이정이다 보니 걱정이 된 것이었다. 수잔의 얘기를 듣고 나니 이해가 되었다.

"영화에서도 친구끼리 라이벌이기도 한 것처럼요."
"맞아요! 그거! 둘이 나이도 비슷해요. 정만 씨가 한 살 더 많네. 그래도 라이벌 관계가 제대로 이뤄지면 둘 다 크게 성장할 수 있을 거 같아요. 서로 끌어 주는 그런 게 가장 좋은데 사실 그건 좀 힘들긴 하고요. 그래도 어느 선까지는 같이 성장하겠죠?"

태진은 예전에 봤던 라이벌이면서도 서로를 응원하는 그런 영화들이 떠올랐다. 그리고 두 사람이 함께 출연하는 상상까지 하게 되었다. 굉장히 아름다운 상상이었다. 태진은 두 사람이 그렇게 될 수 있도록 최선을 다해 도와야겠다는 생각이 들었다.

*　　*　　*

며칠 뒤. 코인에서 의뢰했던 걸 다 성사시켰기에 지원 팀은 더 이상 코인을 찾을 이유가 없었다. 지금도 세 사람은 오랜만에 여유롭게 회사 식당에서 점심 식사를 하는 중이었다. 하지만 몸은 여유롭더라도 마음은 코인에 향해 있었다. 코인은 자신들이 직접 참여했기에 신경이 쓰이는 건 당연했다. 가장 빨리 식사를 마친 국현은 시간을 확인했다.

"오! 이제, 10분 남았어요! 이럴 게 아니지!"

태진이 계획했던 대로 먼저 뮤비부터 공개가 되고 오후 6시에 음원이 공개될 예정이었다. 몇 시간 차이가 나지 않지만 그 짧은 시간이라도 최대한 활용할 생각이었다. 국현은 지금도 배우들에게 연락해 챌린지 영상을 올리는 시간을 확인했다.

작업할 시간을 아끼기 위해 배우들에게 미리 파일을 보내 주었다. 처음엔 유명하지 않은 배우들로 시작해 내일부터는 연극에서 인기를 끌었던 사람들 위주로 올리기로 약속되었다. 그때, 태진의 휴대폰이 울렸다. 며칠 전 통화했던 이종락이었다.

"네, 부장님. 안녕하세요."

—네네, 뭐 좀 여쭤보려고요. 우리 에이토는 내일 12시보다 사람들이 더 관심 보일 때 올리는 게 어떨까 해서요. 그게 더 나을

거 같은데요?

"아, 그러셔도 돼요. 도와주시는 건데 편하실 때 올리셔도 돼요."

—아! 그리고! 나머지 멤버 애들도 올리고 싶어 하던데 괜찮죠? 어차피 챌린지잖아요.

"그럼요. 저희야 감사하죠."

—오케이! 이제 곧 공개죠? 잘 찍었어요?

"직접 보시는 편이 좋을 거 같아요."

—오, 자신만만! 기대되는데요? 아무튼 따로 연락 없이 그냥 올립니다?

"네, 그렇게 해 주세요."

그냥 지나가는 말로 한 부탁이었는데 엄청나게 도움을 주고 있었다.

'나중에 인사드려야겠네.'

하지만 이종락의 전화는 태진이 기다리던 전화가 아니었다. 기다리는 전화는 따로 있었다. 그때, 수잔도 궁금했는지 태진에게 물었다.

"단우 씨는 아직이래요?"

"그때 이후로 연락이 없네요."

"직접 해 보시지! 파일도 보내셨다면서요."

"보내긴 했는데 필 씨가 허락을 안 했을 수도 있어서 부담될까 봐요."

"필 선생님도 허락 좀 해 주지. 좋은 경쟁 할 수 있을 거 같은데."

단우가 어떤 영상을 찍었을지 궁금했지만, 아무래도 필이 허락을 하지 않은 것 같았다. 아쉽지만 두 사람의 선택이니 태진이 뭐라 할 수 있는 부분이 아니었다. 그때, 휴대폰을 보던 국현이 입을 열었다.

"이거 구독자 다 누구지?"

"뭐가요?"

"Y튜브에 코인 Ent 채널에 구독자 97명인데요? 어제만 해도 내가 구독했을 때 17명이었는데. 아직 공개도 안 했는데 많이 늘었네."

이제 개설한 채널이다 보니 대부분이 에이드의 지인이거나 현장 스태프들일 것이었다. 태진도 당연히 그중 한 명이었다.

"아무튼 공개됐습니다! 아직도 다 안 드셨네! 여기서 볼까요?"

사무실에 올라가서 볼까도 했지만 궁금함이 더 컸기에 테이블 가운데에 국현의 휴대폰을 놓고 보기로 결정했다.

"볼륨을 약간 키우고!"

식사 중인 직원들에게 방해가 되지 않을 만큼만 소리를 올린 뒤 세 사람은 휴대폰을 쳐다봤다. 현장에서 본 대로 정만이 먼저 등장했다.

"스흡, 정만 씨 연기 진짜 너무 좋은데. 완전 최정만을 위한 노래 같은 느낌인데요."

국현의 말처럼 정만의 연기와 에이드의 노래가 찰떡같이 어울렸다. 태진도 감탄하는 중이었다. 흉내를 낼 수 있을 것 같은 부분도 있었지만, 어떤 부분은 따라 할 엄두가 나지 않는 연기를 할 때도 있었다. 연기를 빨리 배우고 소화해 내는 능력이 탁월하다는 것은 태진도 알고 있었지만, 지금 정만은 태진의 예상을 넘어서고 있었다.

챌린지 씬은 말할 것도 없었다. 정만의 등 연기나 에이드의 표정이나 사람들을 몰입시키기에는 충분했다. 그리고 그 뒤에 에이드의 연기가 이어졌고, 정만에게 비교가 되긴 해도 감독이 신경을 많이 쓴 덕분에 나름 괜찮았다.

잠시 뒤, 뮤직비디오가 끝나자 세 사람 모두 만족스러운 얼굴로 서로를 봤다. 그러고는 자축을 하듯 조그맣게 박수를 쳤다.

"스흡, 이거 사람들 반응 어떨지 너무 궁금한데요. 긴장도 되고 기대고 되고! 욕만 안 먹었으면 좋겠는데!"

태진도 사람들이 어떤 반응을 보일지 상당히 궁금했다. 하지만 거의 처음으로 본 것이나 다름없었기에 댓글은커녕 조회수도 크게 변동이 없었다. 하지만 그때, 태진의 휴대폰에 사람들의 반응을 예상할 수 있는 메시지가 도착했다.

—에이토 약속한 대로 내일 올릴게요! 다즐링 애들도 올립시다?

약간은 흥분되었는지 글도 잘못 적어 보냈다. 태진은 입술을 떨며 메시지를 팀원들에게 보여 주었고, 팀원들은 기분 좋은 얼굴로 웃었다. 그때, 다시 휴대폰이 울렸다. 태진이 이종락이라 생각하며 통화 버튼을 누르려 할 때, 화면에 다른 이름이 보였다.

"네, 단우 씨."

—팀장님! 안녕하세요!

"네, 마법 안 걸려 있어요?

—네, 통화한다고 풀어 주셨어요. 흐흐.

태진은 뮤직비디오를 보고 연락을 했냐고 물어볼까 하다가 고개를 저었다. 하지만 그때, 단우가 먼저 뮤직비디오에 대해서 얘기를 했다.

—저 챌린지 찍은 거 확인 좀 해 주실 수 있으세요?

"찍으셨어요?"

—네… 그런데 좀 과한 거 같아서…….

"네?"

—그게, 선생님이 기왕 하는 거 밀리면 안 된다고…….

"일단 저한테 보내 주세요. 제가 좀 볼게요."

단우가 과하다고 할 정도라고 하니 태진은 사람들 반응보다 단우의 영상이 더 궁금해졌다. 그리고 잠시 뒤, 단우가 보낸 메일이 도착했다.

태진은 수잔과 국현을 불렀다. 두 사람도 단우가 어떤 영상을 찍었는지 궁금했는지 급하게 태진의 옆에 자리했다. 태진도 상당히 궁금했기에 바로 재생을 눌렀다.

"어?"

"와! 무슨 영화처럼 로고를 넣었어!"

지원 팀에서 보낸 건 에이드와 정만이 겹치는 씬에서 정만만 잘라 낸 파일이었다. 바로 그 장면이 나올 줄 알았는데 단우가 보낸 영상은 그렇지 않았다. 검은 바탕에 하얀색 연기들이 마구잡이로 움직이다가 자신의 자리를 찾아가더니 MfB의 글자를 만들었다.

"스읍. 시작부터 퀄리티가 장난이 아닌데요? 앞에는 마음대로 해도 된다 해도 이러면… 다른 사람들이 위축될 거 같은데요? 와……."

국현의 말처럼 시작부터 다른 사람들과 차이가 났다. 하지만 그것으로 끝나는 것이 아니었다. 로고들을 만들었던 연기가 다시 움직이더니 사람 모양을 만들었다. 그 얼굴은 바로 단우였다. 그리고는 다시 권단우라는 글짜를 새겼다. 태진은 헛웃음이 나왔다.

"이거 이대로 단우 씨 프로필로 써도 될 거 같네요."

"저도 그 생각했는데!"

"이거 전문가가 만진 거 같은데… 돈 좀 썼겠는데요? 필 선생님이 해 주신 건가?"

그리고 단우를 만든 연기가 한가운데로 뭉치더니 물방울 모양을 만들었고, 동시에 배경색이 바뀌었다. 마치 사람의 피부처럼 보이는 색이었고, 물방울은 눈물처럼 피부를 타고 흘러내렸다. 그리고는 바닥에 떨어져 퍼짐과 동시에 챌린지 영상이 시작되었다.

태진은 물론 국현과 수잔은 아무런 말도 없이 영상만 쳐다봤다. 단우는 검은색 슈트를 차려입었고 영상도 그냥 집에서 찍은 게 아닌 듯했다. 장소도 그렇지만 화질도 휴대폰이 아닌 것 같았다. 그렇게 챌린지 씬이 끝나자 이번에는 단우가 다시 연기가 되어 흩어졌고, 그 흩어진 연기가 'ADE' 에이드라는 글자와 'in my heart'라는 글자를 만들었다.

영상이 끝났음에도 세 사람은 아무런 말도 뱉지 못했다. 태진은 다시 영상을 처음부터 보기 시작했고, 몇 번이나 돌려 보고 난 뒤에야 입을 열었다. 단우가 과한 거 같다고 한 이유를 알 것 같았다.

"무슨 티저 영상 같네요."

"스읍, 이거 너무 센데요……? 정만 씨한테 미안한데, 이러면 사람들이 죄다 이것만 기억할 거 같은데요?"

태진은 한숨을 크게 뱉으며 고개를 저었다.

"그렇진 않을 거예요. 연기 자체는 정만 씨가 더 괜찮거든요. 근데 시작부터 로고로 몰입을 시켜서 그런가 굉장히 몰입이 되네요."

"진짜 필 선생님이 엄청 신경 썼나 본데요?"

"그런가 봐요. 아, 이건 당장 올리는 거보다 분위기가 처졌을 때 다시 끌어올리는 걸로 올리면 좋을 거 같은데 어떠세요? 그래야지 정만 씨가 했던 연기도 사람들이 알아봐 줄 거 같기도 해서요."

"아! 좋은데요? 챌린지가 좀 더 길게 갈 수 있겠는데요?"

태진은 궁금한 것들이 많았기에 곧바로 단우에게 전화를 걸었다.

"단우 씨, 영상 잘 봤어요."

—아! 보셨어요? 좀 과한 거 같죠……?

"아니요. 좋았어요. 어디에 맡겨서 제작하신 거예요?"

—그거 선생님이 친구 분한테 맡기신 거예요. 아! 유출 안 시킨다고 약속받으셨고요.

"이미 공개돼서 그건 걱정 안 해도 돼요. 그런데 필 씨 친구분이 한국에 있어요?"

—영어로 말씀하셔서 잘 모르겠는데… 에이바가 친구라고만 알려 줘서요. 선생님 바꿔 드릴까요?

"네, 바꿔 주세요."

곧바로 필의 목소리가 들렸다.

—태진. 영상 봤죠. 괜찮죠?

"네, 네. 좋더라고요."

—단우가 꼭 하고 싶어 하는 거 같아서 도와주긴 했는데 아무래도 아직은 연기력에서 차이가 좀 나서 다른 부분을 좀 건드렸어요.

"아… 아하. 그럼 로고들도 전부 아이디어 내신 거예요? 시작할 때 눈물 떨어지는 거 맞죠?"

—아! 그거! 하하하.

필은 뭐가 재미있는지 크게 웃더니 말을 이었다.

—러셀이 자기도 챌린지 하고 싶다고, 그렇게 시작하면 좋을 거 같다고 말한 거예요. 밥 한 끼 사 주고 아이디어 얻어 온 거죠.

"러셀 씨가요?"

—같이 볼 때 에이바가 너무 좋다고 그러니까 자기도 해 보고 싶다고 그러더라고요.

"아… 하셔도 되는데."

—하하하. 아마 할 거예요.

어쩌다 보니 세계적인 스타의 챌린지까지 올라오게 생겼다. 태진은 가볍게 웃고는 말을 이었다.

"영상은 친구분한테 부탁하셨다고 들었어요."

—아! 그거. 돈 안 든 거니까 걱정하지 마요.

"친구분이 한국에 계세요?"

—한국에는 없는데 한국인이죠. 예전에 같이 일할 때 알았던

CG팀 감독이 한국 사람인데 예전에 내가 화면에 어떻게 담아야 될지 조언을 많이 해 줬었거든요. 그리고 그 회사 만든 사람이 로스웰 감독인데 나랑 작품을 많이 해서 잘 알아요. 그래서 이런 부탁은 들어주는 편이죠. LM이라고 들어 봤어요? 그 회사예요.

태진은 고개를 끄덕이며 한 손으로는 메모를 했다. 왜 저런 퀄리티의 영상이 나왔는지 이해가 되었다.

"상당히 좋더라고요."

—좋아야죠. 다들 고생했는데.

"이렇게까지 안 해 주셔도 되는데 감사해요."

—태진 좋으라고 한 건 아니에요. 단우가 하고 싶어 하기도 했고 요즘 연기는 혼자만 끌고 가는 게 아니라는 걸 보여 주고 싶었기도 했고요. 단우가 혼자 짊어지려는 스타일이잖아요. 좀 나아지긴 했는데 보고 느끼라고.

"아……."

단우를 처음 봤을 때도 필이 비슷한 말을 했었다. 그런 부분까지 세심하게 챙겨 주는 필의 모습에 태진이 오히려 감사한 마음이 들었다.

"영상은 좀 천천히 올리는 게 좋을 거 같아요. 괜찮으실까요?"

—그건 상관없죠. 어차피 단우도 아니라고 하면서도 꽤 마음에 들어 하는 중이거든요. 생각했던 거는 이뤘으니까 영상 올리

는 건 태진에게 맡길게요.

"아, 감사합니다."

—감사는. 다 돈 받고 하는 건데. 아무튼 일 봐요. 단우 또 마법 풀어 줬더니 기회다 싶었는지 계속 말하네. 끊습니다.

태진은 어깨가 들썩일 정도로 웃었다. 그러자 통화 내용이 궁금했던 수잔이 눈을 반짝이며 물었다.

"뭐라고 하세요?"

"로고는 러셀 씨 아이디어고, CG는 전문가가 한 거 맞대요. 그리고 영상 올리는 건 제가 맡기로 했고요."

"아! 역시 그랬네. 선생님도 단우 씨 엄청 챙겨 주시네. 그런데 돈 좀 쓰셨겠는데요? 이거 따로 청구 안 될 텐데."

"아는 분 회사에 맡기셨다고 했어요. 회사 이름이 LM? 아, 로스웰 감독이 만든 회사라고 하던데요."

수잔도 LM이라는 회사를 모르는지 고개만 끄덕일 때 국현이 갑자기 벌떡 일어났다.

"로스웰이 만든 LM? 그 LM이요? 미쳤어."

"아세요?"

"그걸 몰라요? 로스웰 감독 대표작이 뭔지 아시죠?"

"어, 스타월드… 어?"

"맞죠! 스타월드 시리즈 죄다 로스웰 회사에서 작업했다고 했잖아요. 거기다가 로고 만들어 달라고 한 거네……."

태진도 그제야 알아차리고는 입을 쩍 벌렸다. 그리고 세 사람이 동시에 입을 열었다.

"클래스가 다르네……."

*　　*　　*

며칠 뒤. 연극 프로젝트에 참여했던 배우들의 도움 덕분에 에이드의 홍보는 상당히 성공적이었다. 에이드의 노래 전체는 모르더라도 챌린지 영상이 하도 많다 보니 챌린지 부분만큼은 많은 사람들이 알아봐 주는 중이었다.

"스흡, 정만 씨가 연기를 잘하긴 잘했나 본데요? 죄다 정만 씨랑 비교하네."

국현의 말처럼 많은 영상들이 올라오고 있지만 정만이 낸 느낌과 차이가 있었다. 자기만의 연기를 한 사람도 있었고, 옷을 벗고 등근육을 자랑하는 사람도 있었다. 별의별 영상들이 다 올라오는 중이었다. 그중 일부 사람들은 정만의 동작을 그대로 따라 해서 올리기도 했다. 하지만 마지막에서 차이가 났다. 마지막에 카메라를 보며 짓는 정만의 표정이 워낙 인상적이다 보니 비교가 될 수밖에 없었다.

그러다 보니 정만이 출연한 정식 뮤직비디오도 덩달아 조회수가 오르는 중이었고, 그 뮤직비디오가 뇌리에 박힌 사람들은 음원까지 듣는 중이었다. 그 덕분에 15년 만에 복귀한 에이드의 노래가 음원차트에 입성했다.

음원차트가 인기의 척도라고 할 수 있기에 그 부분을 확인하던 태진은 웃으며 휴대폰을 내려놓았다.

—3위 내 가슴에 에이드

시간이 갈수록 챌린지 영상이 많아지다 보니 1위도 멀지 않아 보였다. 그와 더불어 저절로 홍보도 되는 중이었다. 챌린지 외 홍보는 코인에서 담당하고 있었다. 에이드의 성격이나 코인엔터의 규모로 보아 딱히 보도 자료를 돌리지는 않았을 것이다. 그리고 그런 계획이 있다면 먼저 연락을 해서 물어봤을 것이었다.

그런데 보도 자료도 없이 에이드의 기사가 쏟아지는 중이었다. 기사라는 게 새로운 소식을 알려 주는 것도 있지만 대중들의 욕구를 채워 주기 위해서 작성되는 점이 컸다. 그렇기에 최근 이슈인 챌린지에 대해 기사를 올리는 건 당연했다. 그러다 보니 에이드의 홍보가 저절로 되는 중이었다.

하루에도 몇 번씩 전화해서 확인을 하는 에이드가 하루 종일 연락이 없는 걸 보면 전화할 정신이 없는 것 같았다. 그때, 챌린지에 관한 것들을 보던 수잔이 이마를 부여잡더니 입을 열었다.

"아… 내가 이럴 줄 알았지."

"뭐가요?"

"지금 숏톡 인기 영상에 제목들 바뀌고 있어서요."

수잔은 한숨을 크게 뱉더니 말했다.

"아까까지만 해도 내 가슴에 챌린지라고 올렸던 사람들이 죄다 제목 바꿨어요. 전부 등씬 챌린지라고 올리는 중이에요. 등신이라고 올리는 사람도 많고요. 이제 우리가 홍보용으로 올린 거 말고는 죄다 이 제목이겠는데요?"

챌린지가 하도 많다 보니 변질되는 경우도 있었다. 그러다 보면 더 유행을 타는 경우도 있었고, 반대로 떨어지는 경우도 있었다. 지금 같은 경우에는 떨어질 것 같진 않았다. 이제 유행을 타기 시작하기도 했고, 노래가 점점 알려지고 있다 보니 한동안 계속될 것 같았다. 다만 걱정되는 부분이 약간 있었다.

태진은 등씬 챌린지라고 올린 사람들의 영상을 찾아보기 시작했다. 먼저 팔로워가 많은 사람들의 영상부터 찾았다. 그리고 댓글을 읽어 갔다. 한참을 읽어 가던 중 태진은 한숨을 뱉었다. 예상하던 것들이 댓글에 보였기 때문이었다.

—Una님 영상 보고 싶었는데! 등씬쏭 개좋음!

—등신송 몰입 쩜.

태진이 걱정하는 것이 바로 이것이었다. 등씬 챌린지로 이름이 바뀌어 가면서 노래 제목에까지 영향을 미칠 것 같았다. 그 외에도 점점 우스꽝스럽게 올리는 영상들도 생겼다.

"이제는 등씬송이라고 하네요."

"아! 진짜 사람들. 좀 예쁘게 지어 주지. 등씬송이 뭐야. 이거 에이드 씨가 보면 안 좋아 하겠는데요?"

"그러겠네요."

"아무리 성적이 좋아도 잘못하면 등씬송 가수로 기억될 텐데."

"일단 에이드 씨 반응 좀 봐야겠네요."

"이제 올라오는데 모르겠죠."

"모르면 알려 주기라도 해야 될 거 같아요."

태진은 말을 끝내고는 곧바로 에이드에게 전화를 걸었다. 그런데 전화를 받은 사람은 한겨울이었다. 그리고 한겨울도 이미 알고 있었다는 듯 전화를 받자마자 하소연을 시작했다.

—아! 너무 속상해! 등씬쏭이래요!

"알고 계셨어요?"

—그럼요! 이런 반응 처음 받아 보니까 계속 확인하고 있죠. 어제까지만 해도 세상 다 얻은 얼굴로 좋아했는데! 같이 등씬 챌린지라고 웃었는데 그게 너무 많아지고 노래까지 등씬쏭이라고 하니까 속상하죠. 지금 인터뷰하고 있는데 되게 속상해하고 있는 게 보여요. 아, 참 속상해.

"아."

—그렇다고 팀장님한테 돌려 내라고 하는 건 아니고요. 그냥 속상해서요.

그렇게 통화를 마친 태진은 한숨을 크게 뱉었다. 그 뒤로 채이주에게도 전화가 걸려 왔다. 채이주도 반응이 좋다는 얘기와 함께 촬영 전체가 곧 마무리된다는 얘기까지 전했다. 이미 밤에 통화하면서 몇 번이나 들은 얘기를 또 할 만큼 아쉬움이 남은 모양이었다. 그렇게 채이주와의 통화까지 마친 태진은 챌린지 영상들을 쳐다봤다.

딱 생각나는 것이 있긴 하지만 방향을 제대로 돌릴 수 있을지 확신은 없었다. 그래도 어느 정도 효과는 있을 것 같았기에 태진은 결정을 내린 듯 고개를 끄덕이며 입을 열었다.

"분위기를 바꿀 필요가 있어 보이네요."

"그렇죠. 등씬쑝은 좀 그래요."

"이르긴 하지만 우리 단우 씨 영상 올리죠."

"벌써요?"

"멋있는 걸 보면 멋있게 따라 하고 싶지 않을까 해서요."

"아……."

수잔과 국현은 이해했다는 얼굴로 고개를 끄덕거렸다. 그만큼 단우의 영상은 비록 앞에 나온 CG 덕분이라고는 해도 세 사람이 인정할 만큼 멋있었다.

정만의 뮤직비디오를 보고 있던 곽이정은 마치 문신이라도 새긴 것처럼 미소가 떠나질 않았다. 예상했던 대로 태진이 가져온 곡과 가수는 대단했고, 정만도 거기에 제대로 탑승을 한 상태였다. 게다가 라이브 액팅과 드라마 사이의 틈을 제대로 메꾸었다.

"팀장님, 2팀장님 오늘 계약하셨다네요."

"그래요."

"대단하세요. 팀장님이 나서니까 바로 해결이 되네요."

"때가 맞은 거죠. 그나저나 정만 씨 기사는요?"

"아! 수정 요청 했습니다. 정만이가… 죄송합니다. 뮤직비디오에서 정만 씨가 워낙 잘해서 그런지 기사가 좀 많아서요."

"관계를 적절하게 유지하세요. 그래야지 서로 존중을 하게 되는 겁니다."

"죄송합니다……."

"사과할 건 아니고 주의하자는 겁니다. 기사 수정은 계속 요청하세요."

모든 일이 잘 풀리는 중이었다. 저번 회의 이후로 회사에서 목표로 잡았던 배우와 계약을 한 팀은 1팀을 제외하고는 4팀과 지원 팀뿐이었다. 2, 3팀은 계획과 달리 애를 먹고 있었고, 곽이정은 그런 2팀을 도와 계약을 성사시켰다.

처음 도움의 손길을 내밀었을 때 2팀에서 거절을 했지만, 계약이 계속 미뤄졌고 불발이 될 확률이 높아졌다. 그렇게 되면 실력을 의심받게 될 것이다 보니 손은 잡을 수밖에 없었다. 총괄 본부장에서는 멀어지더라도 현재 자리를 유지하기 위한 선택이었다. 그리고 그 도움을 준 곽이정은 본부장에 한발 더 나아갈 수 있었다.

문제는 3팀이었는데 4팀 스미스 팀장이 자신과 마찬가지로 도움을 주려 했지만 그 배우가 이미 다른 회사하고 얘기가 거의 끝나가는 단계이다 보니 무산되는 것이나 다름없었다.

곽이정은 기쁜 얼굴로 다시 휴대폰을 봤다. 어마어마한 챌린지 영상들이 올라왔고, 그런 영상들이 많아질수록 정만의 뮤직비디오가 더 빛을 발했다. 하지만 마음에 들지 않는 것도 있었다.

"등씬송이라……."

바로 팀원에게 이 부분을 지시했다. 등씬쏭인 거는 상관이 없는데 문제는 정만에게까지 그 여파가 돌아왔다. 진정한 등씬이라는 기사부터 '최고 등씬 최정만'이라는 기사가 마구잡이로 올라오는 중이었다.

정만이 궤도에 올라와 있는 배우라면 웃고 넘길 수 있는 부분이었지만, 정만은 라이브 액팅을 우승했다 하더라도 이제 이미지를 만들어 가는 단계였다. 그렇기에 이런 이미지를 가지고 가면 계속 웃긴 이미지가 수식어로 붙을 수 있기에 빨리 대처를 해야 했다.

내버려 두면 챌린지가 유행을 타기 시작한 이상 정만은 그런 이미지가 굳어 갈 것이었다. 그렇다고 챌린지를 그만두게 할 수도 없었다. 이미 그러기에는 파도가 너무 커진 상태였다.

"팀장님, 정만 씨 기사 수정했다고 답변받았습니다."

"한 군데가 아니니까 계속 모니터하면서 매니저 팀에 알리고 기자한테 계속 요청하세요."

"네, 그런데 너무 많이 퍼지고 있어서… 사람들이 이제는 전부 등씬 챌린지라고 올려서 기사도 상당히 많더라고요……."

"그러니까 계속 요청하라는 거죠. 챌린지 방향이 한번 바뀐 이상 이걸 다시 돌릴 순 없어요. 그러니까 얻을 건 최대로 얻고 피해는 최소로 하려고 하는 겁니다."

가수는 내버려 두더라도 정만에 대한 기사는 수정을 해야 했다. 이미 매니저 팀에서도 진행을 하지만 압박을 많이 넣을수록 빨리 수정이 되기에 1팀에서까지 수정 요청을 하고 있었다. 그때, 모니터링을 하던 팀원이 입을 열었다.

"팀장님! 숏톡 인기 영상에 새로운 게 올라와서요. I.m.h 챌린지라고……."

"네?"

"In my heart 챌린지라고 D.W라는 사람이 올려서 봤는데 권단우네요. 지금 팔로워 수도 엄청난 수로 늘고 있어요. 어제 올린 거 같은데 Y튜브 쇼츠에도 퍼 나른 영상이 엄청 많고요."

곽이정은 피식 웃었다. 태진이 정만을 선택하긴 했지만 태진이 계약한 단우도 이 분위기로 인지도를 얻으려고 하는 모양이었다. 권단우의 인기라면 어느 정도 반응은 있을 것이었다. 곽이정은 웃으면서 팀원이 말했던 영상을 찾아보기 시작했다.

"……"

모두가 영상을 보며 아무런 말도 뱉지 않았다. 영상을 다 본 팀원들은 불안한 표정으로 곽이정을 쳐다봤고, 곽이정은 심각한 표정으로 영상을 계속 보는 중이었다. 그러던 곽이정이 고개를 들었다.

"허… 이렇게 방향을 바꾼다?"

검은색 배경에 연기의 움직임과 떨어지는 눈물로 먼저 집중을 시킨 뒤 단우의 연기가 시작되었다. 그러다 보니 다른 영상들에 비해 집중도가 훨씬 올라갔다. 마치 앞에 나온 인트로와 단우의 연기가 하나처럼 생각이 되는 영상이었다.

만약에 누가 기억에 남는 챌린지 영상을 뽑으라고 한다면 고민도 하지 않고 권단우의 영상을 뽑을 것 같았다. 아마 다른 사람들도 마찬가지일 것이었다. 그때, 팀원이 화를 내며 말했다.

"팀장님 이건 좀 선을 넘은 거 같은데요? 이거 뭐라고 해야 되는 거 아닙니까?"

"어떤 부분이요?"

"우리 정만 씨 출연시켜 놓고 일부러 이런 영상 올려서 단물 빼 먹으려는 속셈 같은데요."

"철진 씨, 하아."

곽이정은 팀원을 보며 한숨을 뱉었다. 저런 팀원을 보자 태진을 팀으로 데려오지 못한 것이 더 아쉽게 느껴졌다.

"그래서 그런 게 아니라 챌린지 방향을 원래대로 돌려놓으려고 하는 거 아닙니까."

"아… 그런가요?"

"좀 차분하게 생각하세요."

"아, 죄송합니다."

"권단우 씨 영상처럼 올라온 거 있는지 확인해 보세요."

곽이정의 지시대로 영상을 찾아보던 팀원들이 여기저기서 손을 들었다. 생각보다 많은 모양이었다. 곽이정은 옮겨 다니며 팀원들이 찾은 영상을 확인했다.

"이건 애를 쓰긴 했네요."

"여기도 있습니다!"

"아, 이건 아예 권단우 영상을 따라 했네요. 앞에 MfB만 바꾸고. 그래도 자연스러워 보이는게 노력한 거 같네요."

일부는 여전히 웃기려는 의도로 영상을 올리기도 했지만, 권단우처럼 멋있게 연출한 영상들이 생각보다 많았다. 물론 완벽하진 않더라도 최대한 애를 썼다는 것이 보였다. 챌린지 방향을 돌릴 수 있을지는 확신이 서지 않았다. 하지만 적어도 올바른 길을 따라가려는 사람이 늘고 있었고, 그런 영상들이 퍼지고 있는 건 사실이었다. 그때, 조금 전 지적을 당했던 이철진이 손을 들었다.

"이것도 좀 봐 주세요. 이 사람이 등씬으로 인기 영상 1위인 사람인데 또 올렸습니다."

챌린지가 한 번으로 끝나는 게 아니라 배경 등을 바꿔서 여러 가지 버전으로 올리기도 했기에 특별한 건 아니었다. 하지만 1위인 사람이 현재 1위 중인 컨셉 말고 다른 걸 올리는 건 얘기가 달랐다. 1위를 하는 만큼 유행에 민감한 사람일 것이었다.

"오. 이 사람은 그래픽을 전문으로 하는 사람인가 보군요."
"올린 영상들 보면 영상미가 좋습니다."
"그래요."

단우와 필이 따로 준비를 한 것이지만 그걸 알 리가 없는 곽이정은 더욱더 태진이 아쉬웠다. 이런 식으로 방향을 돌릴 줄은 곽이정도 예상하지 못했다. 그때, 이철진이 머쓱해하며 말했다.

"조금 전엔 제가 너무 경솔했습니다."
"아니에요. 그럴 수 있죠."
"저는 정만 씨가 괜히 비교가 되지 않을까 걱정이 돼서……."

순간 곽이정의 눈썹이 씰룩거렸다. 방향을 돌린 아이디어에 감탄하느라 그 부분까지 신경을 쓰지 못했다. 하지만 이내 표정 관리를 하더니 미소를 지었다.

"그겁니다."
"네?"
"남한테 뺏겼다고 생각하지 말고 그 시간에 앞으로 나아갈 방향을 생각해야죠."
"아!"
"우리도 영상을 올립시다. 권단우 씨 영상보다 더 좋은 인트로를 제작해서 올리도록 합시다. 일단 인트로만 비슷하면 연기에서 차이가 나니까 사람들도 알아봐 줄 겁니다."
"역시… 팀장님, 다 계획하고 계셨군요. 그것도 모르고……."

곽이정은 팀원의 반응이 마음에 드는지 미소를 지으며 자리로 돌아갔다.

* * *

챌린지 인기 순위를 보는 태진은 헛웃음을 뱉었다. 여전히 등씬이라는 이름이 올라오긴 했지만 단우의 영상이 인기를 끈 이후부터 퀄리티 좋은 영상들이 더 많이 올라오는 중이었다. 그리고 그중에 단우는 3등에 자리하고 있었다.

"스흡, 1등 못 할 줄은 몰랐네. 음원은 이제 1등인데! 왜 단우는 3등이야!"
"그러게요."

"정만 씨야 같은 회사가 잘되는 거라서 이걸 뭐라 할 수도 없고!"

단우의 위에 있는 영상 중 하나는 다름 아닌 정만의 영상이었다. 뮤직비디오를 그대로 가져왔기에 챌린지라기보다 영상 앞에 인트로를 넣은 것뿐이었다. 하지만 원본이다 보니 챌린지라고 인정을 해주는 분위기였고, 퀄리티도 상당히 높은 편이었다. 단우의 영상과 차이가 별로 없었다. 태진은 지금도 정만의 영상을 보는 중이었다.

"이걸 누가 생각해 냈을까요?"

"곽이정밖에 없죠. 아주 그냥 아이디어 가져가서 자기 거 만드는 건 선수야."

어떻게 보면 가져갔다고 볼 수 있지만, 꼭 그렇게 보이진 않았다. 단우가 연기로 시작이 되었다면 정만은 함박눈으로 시작되었다. 다만 같은 점은 함박눈이 떨어지지 않는 부분에 MfB의 이름이 보인다는 점이었다. 같은 회사이다 보니 회사명을 노출시키는 건 어쩔 수 없었다. 그보다 그것으로 인해 얻는 점이 더 컸다.

—MfB 일 잘하네.

—퀄리티 봐라ㅋㅋ

—쇼토커들 대기업 침범에 엄청 긴장하겠네.

—MfB 쩐다.

—MfB 때문에 다른 거 보면 볼 맛이 안남.

단우가 혼자였다면 단우의 이름이 나왔을 텐데 정만까지 올리고 거기다가 MfB의 이름을 강조한 덕분에 두 개의 영상을 MfB 영상이라고 부르기 시작했다.

하지만 회사는 회사고 담당하고 있는 배우가 팀별로 있다 보니 수잔이 아쉬운 얼굴로 말했다.

"정만 씨한테 미안하긴 한데 그래도 전 단우 씨가 2등 했으면 더 좋았을 거 같아요."

팔이 안으로 굽는다고 수잔은 4팀에서 계약한 단우에게 더 마음이 가는 모양이었다.

"스흡! 기왕이면 1등 하면 더 좋죠!"

"이름값에서 차이가 나잖아요. 지금 우리나라에서만 1등 아니고 전 세계에서 1등인데. 쇼토커들이 몇 년 동안 해서 모은 팔로워 수도 지금 다 따라잡게 생겼고만."

"아오, 이건 좀 너무하지!"

태진도 이렇게 될 줄은 몰랐기에 약간은 당황스러웠다. 바로 빌러셀 때문이었다. 에이드에게 있어서는 엄청난 도움을 주고 있지만, MfB의 입장에서 보면 초를 치고 있는 상황이었다. 단우에게 아이디어를 넘겨준 탓인지 인트로는 아예 없었다. 다른 쇼토커들이 올리는 것처럼 바로 영상이 시작되었는데 문제는 챌린지 원본 파일이 아니었다. 아예 노래 부르는 부분까지 전부 다 촬영을 해 버렸다. 그리고 노래는 러셀의 딸인 에이바가 부르고 있었다.

"에이바 출연시킨 건 둘째 치고 여기는 어디야. 뭐 이렇게 예뻐."
"여기 아마 호텔 스카이라운지일 거예요."

원본과 다르게 뒤에 배경에 서울 시내가 반짝이고 있었고, 그 반짝거림이 에이바를 감싸고 있었다. 에이바가 한국어로 노래를 부르는 것도 신기한데 노래도 생각보다 잘했고, 러셀의 피를 이어받아서 그런지 연기도 꽤 괜찮았다. 부족한 점을 찾으라면 어린 나이 말고는 딱히 지적할만한 부분이 보이지 않았다. 하지만 그렇다고 뛰어난 부분이 있는 것도 아니었다. 그저 무난하다는 느낌이었다.

하지만 러셀은 최고의 연기를 펼치고 있었다. 등으로만 연기하는 게 아니라 뒤도 돌고 여기저기 돌아다니면서 연기를 했다. 어쩔 때는 정만처럼 단호한 모습을 보이다가도 어쩔 때는 대놓고 머리를 감싸며 괴로워하는 모습을 보이기도 했다. 그래서인지 에이바의 노래와 연기가 무난하게 보였을 수도 있다. 그만큼 모든 시선이 러셀에게 향해 있었다. 그리고 그 연기는 태진이 두통이 있더라도 안 될 것 같다는 생각이 들 정도였다. 러셀의 출연작이자 흥행작이었던 사이트 시리즈에서조차 보지 못했던 연기였다.

"인생 연기를 여기서 하시네……."

제2장

3팀과

에이드의 내 가슴에가 한번 유행을 타기 시작하자 꼬리에 꼬리를 물며 계속 흥행이 되고 있었다. 단우와 정만의 영상이 경쟁하듯 순위가 뒤바뀌고 있었고, 그 영향을 받아 멋있는 영상을 올리려는 사람들도 늘었다. 하지만 그보다 더 많은 영상은 따로 있었다.

바로 빌 러셀과 에이바가 올린 영상이었고, 딸과 함께한 덕분에 사람들도 등씬송이라는 이름을 자제했다. 물론 등씬이라고 올리는 사람도 있긴 했지만, 한국의 이미지를 좋게 보여 주고 싶은 다른 사람들에게 뭇매를 맞고 있었다.

게다가 단우와 정만과 달리 세계적인 스타이다 보니 한국에서만 유행하던 챌린지가 점점 퍼지는 중이었다. 그와 더불어 다시 정만과 단우의 영상도 세계에 퍼지고 있었고, 에이드의 노래까지 퍼지는 중이었다. 글로벌 플랫폼의 순기능이 작용되는 중이었다.

이런 기사들을 보던 태진은 이마를 긁적였다. 이렇게까지 큰 반응은 태진의 예상을 넘어선 것이었다.

"러셀 씨의 파워가 다르네요."

"그러니까 몸값이 비싼 거죠. 출연료 책정할 때 티켓 파워 부분이 많이 반영되잖아요. 그러니까 인기 많은 아이돌도 연기 더럽게 못하면서 출연료 많이 받고 그러는 거죠."

"후, 굉장하네요."

"그러니까요. 이제는 연기만 하는 게 아니라 자기네들이 노래까지 부르고 있어요. 아까 필리핀 애는 노래 어마어마하게 잘하던데요. 그것도 한국어로."

러셀의 영상은 쉽게 따라 할 수 있다 보니 더 많은 영상들이 올라왔다. 챌린지와는 조금 다른 커버 영상들이기는 했지만, 그 수가 상당했다. 국현이 말한 것처럼 해외에서조차 커버를 할 정도였다. 그때, 에이드에게서 전화가 왔다. 반응이 이렇다 보니 태진도 즐거운 마음으로 전화를 받았다. 그런데 에이드의 목소리는 예상과 달리 다 죽어 가는 목소리였다.

—팀장님…….

"왜 그러세요? 무슨 일 있으세요?"

—힘들어서요…….

"아! 촬영 많으시죠?"

—다 거절해서 많진 않은데 나이가 있으니까 너무 힘들어요.

아… 하루 2시간 자는 애들도 있다던데 아이돌들 존경스러워요.

살짝 걱정하던 태진은 배부른 투정에 미소를 지었다.

"그런데 왜 스케줄 거절하셨어요?"

—너무 많으니까요. 그리고 너무 부담돼서요. 자꾸 발라드의 여제라고, 이별 전문가라고 막 그러니까 사기 치는 거 같아서 위축되더라고요. 그래서 말도 잘 못하겠고 그래서 그냥 안 가는 게 좋을 거 같아서 거절했죠. 그리고 회사가 바쁘기도 해서요.

"아, 많이 바쁘시겠구나. 직원은 안 뽑으세요? 두 분이 하시기 힘드실텐데."

—안 그래도 그거 때문에 연락드렸어요.

태진은 무슨 말을 할지 감이 오지 않았다. 맡긴 일도 끝이났기에 어떻게 보면 지금도 예의상 하는 통화였다. 그렇다고 새로운 걸 바로 맡기에도 지금 반응이 너무 좋았기에 시기가 일렀다. 그때, 에이드의 말이 이어졌다.

—유통 때문에요.

"유통이요?"

—네, 지금 저 때문에 겨울이가 쓰러지기 일보 직전이거든요.

"어. 무슨 문제 있으세요? 방금까지 음원차트에 있던데요. 음원 차트 다 봤는데 다 있던데요."

—아! 우리 나라 말고요. 유통 계약할 때 국내 유통만 계약했

거든요.

"어, 왜요?"

—정산할 때 보면 너무 불투명하잖아요. 그래서 cdbaby로 그냥 유통하려고 했거든요. 거기서 다 해 주잖아요.

그 부분까지는 태진도 자세히는 알 수 없다 보니 해 줄 수 있는 말이 아무것도 없었다. 지금은 귀 기울여 들은 뒤 자료를 찾아 대답을 해 주는 방법밖에 없었다.

—그런데 연락이 너무 많이 와요.

"유통사에서요?"

—네! 원래 이렇게 연락이 안 오는데. 그런데 그게 우리나라만 오는 게 아니에요. 미국 유통사에서도 직접 유통하고 싶다고 연락이 계속 와요. 겨울이가 영어를 좀 하는데 그래도 계속 뭐라 뭐라 하니까 힘들어해요. 그래서 MfB에 맡기면 어떨까 해서요.

"저희한테요?"

—조건은 cdbaby에 올릴 때보다 좋거든요. 그런데 어디가 어딘지 알아야죠. 사기꾼 같기도 하고 그래서 고민할 바에는 차라리 맡기면 될 거 같아서요.

태진도 어떤 대답을 해야 할지 감이 오지 않았다. 순간 예전에 인턴처럼 부서를 돌아다닐 때의 기억이 떠올랐다.

"제가 좀 알아보고 연락드려도 될까요? 저희 회사에 해외 업무 전담 팀이 있는데 가능한지 알아보고 연락드릴게요."

—어, 팀장님이 해 주시면 안 돼요?

"해외 파트가 아니라서요. 전문으로 하시는 분들이 있어요."

—그래도 그건 좀 싫은데.

또 고집을 부리려는 모습에 태진은 서둘러 말을 이었다.

"진행되는 동안 제가 다 설명하고 확인하고 할게요."

—알았어요. 꼭 그렇게 해 주셔야 돼요?

"네, 알겠습니다."

다행히 에이드가 수긍을 하자 태진은 서둘러 자리에서 일어났다. 그러자 수잔과 국현이 궁금하다는 얼굴로 쳐다봤고, 태진은 그런 두 사람에게 말했다.

"3팀에 좀 다녀올게요."

*　　　*　　　*

3팀의 분위기는 거의 초상집 분위기였다. 회의에서 추천했고, 최근까지 공을 들였던 배우가 다른 회사와 계약을 한다는 얘기를 들었기 때문이었다. 팀원들도 같이 공을 들였기에 다들 화가 나 있는 상태였다.

"진짜 너무하네. 한 달을 재는 게 어디 있어."

"내 말이요! 얻어먹을 건 다 얻어먹고. 완전 여우가 따로 없어."

"우리한테 올 거처럼 그러더니 좀 억울하다."

"경험 많은 배우는 이래서 조심해야 되는데."

팀원들은 모두가 분해하고 있었다. 팀장이 얼마나 공을 들이고 준비를 했는지 알고 있기에 더욱 화가 났다. 며칠 전에 일방적으로 통보를 하더니 일방적으로 전화도 받지 않고 있었다. 그러고는 오늘 기사가 올라왔다.

「'황금 세대'의 주연 황기열, 숲 엔터에 둥지를 틀다」

3팀장은 팀원들이 자신을 위로하려고 투덜거리는 것을 알지만 좀처럼 위로가 되지 않았다. 1팀은 이미 최정만과 이희애를 계약했고, 4팀은 지원 팀의 도움을 받아 권단우를 데려왔다. 그리고 최근 2팀까지 곽이정의 도움으로 계약을 성사시켰다. 지금까지 자신만 능력을 발휘하지 못했다.

'하아. 쪽팔려.'

본부장이라는 자리의 경쟁에서 뒤처져 버렸다. 그리고 혼자만 계획한 것을 성사시키지 못했다. 이제 한 발 뒤에서 나머지의 경쟁을 지켜봐야 하는 입장이 되어 버렸다. 나머지는 2팀과 손잡은 곽이정과 지원 팀과 손잡은 스미스 팀장이 될 것이었다.

같은 선상에서 출발했는데 떨어져 나갔다는 것이 견디기 힘들었다. 그러다 보니 좀처럼 화가 가라앉지 않았다. 그때, 팀원의 목소리가 들렸다.

"어? 술, 아니, 이제 아니지! 한 팀장님이 어쩐 일이세요?"
"안녕하세요. 잠깐 여쭤볼 게 있어서요."
"저한테요? 잠시만요. 나가서 얘기하죠."

태진은 3팀의 내려앉은 분위기에 때를 잘못 맞춰 찾아온 듯했다. 그래도 다행히 사수였던 진이 반겨 주었기에 진을 따라 나가려고 할 때, 3팀장이 태진을 불렀다.

"무슨 말씀 하시러 오셨어요? 아니다. 내가 가죠. 진은 있어요."
"아, 네. 알겠습니다."

약간 신경질이 나 있는 듯한 말투였다. 3팀장이 태진을 달가워하진 않더라도 이렇게 대놓고 적대감을 드러냈던 사람은 아니었다.

'3팀 분위기도 그렇고 팀장님도 그렇고. 무슨 문제 있나.'

태진은 의아해하며 3팀장을 따라갔다. 탕비실에서 커피를 타서 휴게실로 갈 줄 알았는데 3팀장은 엘리베이터까지 타고 회사 밖으로 나갔다.

"어디 가세요?"

"저기 잠깐 있어요. 내가 커피 사 올게요."

태진은 벤치에 앉아 3팀장을 기다렸다. 수잔을 지원 팀에 영입했던 그 벤치였다. 하지만 지금은 그때 기억이 나기보단 3팀에 무슨 일이 일어났는지 궁금했기에 바로 수잔에게 전화를 걸었다.

"혹시 3팀에 무슨 문제 있어요?"

—네? 무슨 얘기 못 들었는데.

"아! 국현 씨라면 알 수도 있겠다."

—잠깐만요. 물어볼게요. 모른대요. 아! 지금 통화 중이잖아요. 나도 몰라서 물어본 건데!

국현이 되레 질문하는 모양이었다. 국현도 모르는 문제가 생긴 모양이었다. 그러다 보니 더욱더 궁금증이 커졌다.

—무슨 문제 생겼어요?

"아니요. 그런 건 아니고요. 올라가서 얘기해 드릴게요."

그때, 신경질을 내던 3팀장이 그사이에 표정이 바뀐 채 커피를 들고 왔다. 마치 뭔가를 체념한 듯한 사람의 얼굴이었다.

"자요."

"감사합니다."

"후우. 일이 잘 안 풀려서 그랬네. 미안해요."

갑작스러운 사과가 오히려 당황스러웠다. 도대체 무슨 일이 벌어지고 있는 건지 알 수가 없었다. 그때, 3팀장이 한숨을 크게 뱉더니 입을 열었다.

"하긴 곽이정보다는 스미스가 낫죠."
"네……?"
"다 알고 있어요. 스미스 팀장 손 들어 달라고 하는 거잖아요. 지금 한 팀장도 스미스 팀장 밀고 있고요. 지금은 좀 밀려도 나까지 합류하면 그나마 비슷해지겠네."

3팀장이 뭔가 단단히 오해를 하고 있는 듯했다. 무슨 말을 하는지 이해가 되지 않을 때, 3팀장이 자조적인 웃음을 뱉었다.

"그런데 내가 힘이 될까 모르겠네. 황기열도 놓쳤는데."
"아."

태진은 그제야 무슨 오해를 하는지는 알 것 같았다. 아마 회사 정치에 관해서 얘기를 하러 온 거라 생각한 모양이었다. 그런 부분에 전혀 관심 없는 태진은 가볍게 웃고는 입을 열었다.

"황기열 씨 계약 안 되셨어요?"
"다 알고 왔잖아요. 괜히 심기 건드리는 말은 하지 맙시다."

"아… 그러려고 물어본 건 아니고요."

"그래서 뭐 어떻게 할 건지 얘기나 들어봅시다."

"전 그래서 온 게 아니고요. 여쭤볼 게 있어서요."

3팀장은 의아한 얼굴로 태진을 쳐다봤다. 태진이 자신을 찾아올 이유가 그거 말고는 없었다. 그때, 태진이 어색한 분위기에 헛기침을 뱉고는 말을 이었다.

"3팀이 해외 업무 전담팀이라서 음원 해외 유통이 가능한가 해서요."

"네?"

"이번에 지원 팀에서 에이드라는 가수를 담당했거든요."

"그건 알죠."

"유통 계약을 국내만 계약했다고 하더라고요. 해외에서는 직접 유통하려고요."

"cbbaby로요?"

"아! 네! 그걸로요. 어떻게 아세요?"

단번에 알아차리는 모습에 태진은 약간 놀랐다. 3팀장 역시 괜히 팀장 자리에 있는 것이 아니었다. 3팀장은 그 어느 때보다 진지한 얼굴로 대답했다.

"다 경험해 봤으니까 알죠. 가수 매니저 한 사람도 많아서 많이 알 겁니다. 아무튼 그거보다는 유통사를 끼고 하는 게 이득

일 텐데. 얼마 안 되더라도 배당 자체가 달라지고 판이 커지면 커질수록 그 이득은 커지니까."

"그렇다고 들었어요. 그런데 어떤 유통사를 골라야 할지 몰라서요."

"조건을 봐야겠죠. 그런데 연락이 많이 오나 봅니다?"

"그렇다고 하더라고요. 저희 회사에서 가능한 일인가요?"

3팀장은 갑자기 머리를 벅벅 긁더니 의심의 가득한 눈초리로 태진을 봤다.

"이걸 우리한테 맡기는 이유가 스미스 지원입니까?"

"아닌데요? 그런 거 전혀 아니에요. 스미스 팀장님하고는 상관없는 얘기예요."

"그럼 나한테 이걸 넘기는 이유가……."

"해외 전문 전담 팀이니까요. 저보다 더 잘 아실 거 같아서요. 그리고 실제로 잘 아시고요."

"진짜 아니라고요?"

"네."

3팀장은 뭔가 생각을 하더니 갑자기 휴대폰을 꺼냈다. 그리고는 한동안 말없이 이것저것 검색을 하는 듯하더니 다시 머리를 벅벅 긁었다.

"음원차트 전부 1위네요."

"네, 해외에서 반응도 좋아요. 음원 유통은 안 했는데 쇼톡이나 Y튜브 같은 플랫폼에서 조회수도 잘 나오고 있거든요."

"기사에 나오네요. 빌 러셀. 친분을 제대로 이용했네. 좋은데요. 일단은 에이드가 원하는 상한선을 듣고 유통사하고는 더 낮춰서 우리가 이익을 얻어야겠군요."

태진은 헛웃음을 뱉었다. 3팀장마저 자기가 생각하고 싶은 대로 생각하고 착각했다. 그러던 3팀장이 다시 휴대폰으로 검색을 해 보더니 약간 놀란 얼굴로 말했다.

"인기 있는 줄은 알았는데 이렇게까지 많은 줄은 몰랐네요. 아, 참고로 원래는 유행에 신경 쓰는데 최근에 일이 안 풀려서 그런 겁니다."

"아, 네. 그래서 가능하세요?"

3팀장은 재차 스미스와 관련된 일이 아닌지 확인을 했고, 그제야 확신이 섰는지 입가에 미소가 피어났다. 그러고는 태진의 손을 덥석 잡았다.

"고마워요. 잘해 볼게요."

*　　　　*　　　　*

3팀장과 에이드는 수많은 만남을 가졌고, 태진은 처음 몇 번을 제외하고는 함께 자리할 필요가 없어졌다. 그만큼 3팀에서는 에이드가 느낄 만큼 최선을 다했다. 태진은 그저 사무실에서 진행 과정을 전해 듣고 감사 인사를 받는 것이 전부였다. 지금도 에이드에게 감사 전화를 받는 중이었다.

"아, 네. 해외 업부 전담 팀이라서 저보다 잘 아실 거예요."

―되게 친절하게 설명해 주시더라고요. 약간 걱정했는데 완전 싹 가셨어요. 제가 모르는 것도 다 알려 주시고. 정말 감사해요!

"다행이네요. 계약은 하셨어요?"

―방금요. 8:2로 계약했어요. 대신 유통사하고 조율해서 정산 비율을 더 많이 가져가게 해 준다고 하더라고요. 우리가 직접 제작을 해서 53% 유통사가 한 34% 정도. 나머지는 레몬에서 가져갈 거 같아요.

"만족하셔서 다행이네요."

―아무튼 너무 감사드려요. 저희는 앞으로 무조건 MfB에 맡기려고요.

에이드에게 몇 번이나 감사 인사를 받은 뒤에야 전화를 끊을 수 있었다. 그때, 긴 통화가 끝나길 기다렸다는 듯이 국현이 입을 열었다.

"스흡, 그림이 그려지는데요?"

"뭐가요?"

"팀장님이 본부장 되는 그림이요."

"무슨 말씀을 하세요. 전 거기에 낄 생각 없어요. 아직 모르는 거투성인데."

"에이! 지금도 딱딱 배분하잖아요. 지금 보면 우리가 다 조율하는 느낌인데! 그리고 원래 높은 사람은 일 잘 몰라요. 그런 건 전문가들이 하는 거고 높은 사람은 적재적소에 맞게 배치하는 역할이죠. 옛날 영화에서 군사가 앞장서서 싸우는 거 보셨어요?"

"하하. 아무튼 별로 생각없어요."

수잔은 그런 국현을 보며 고개를 저으며 말했다.

"다시 1팀 가고 싶은 모양이고만!"

"무슨 그런 악담을 하세요!"

"여기서 팀장님 본부장 가면 지원 팀 와해되는 건 확정인데 그럼 원래대로 돌아가겠죠?"

"어?"

"그럼 이제 또 곽이정이 자기 본부장 안 된 화풀이 국현 씨한테 하겠네. 그럼 또 국현 씨는 회사 그만둘 수도 있고. 미리 인사해 둬야겠네. 같이 일해서 즐거웠어요."

"아니! 어디까지 나가는 거예요!"

두 사람의 장난에 태진은 소리 내어 웃었다. 두 사람이 어떻게 생각하든 간에 태진은 지금 자리에 만족하고 있었다.

"그런데 이렇게 되면 3팀장님이 힘 좀 받겠는데요? 물론 에이드 씨 노래가 얼마나 뜨냐에 따라 다르겠지만 해외에서 조금만 인기 얻어도 3팀장님 힘이 좀 세질 거 같은데."

"그래요?"

"바로 수익이 들어올 텐데 회사에서도 좋아하겠죠. 다른 팀들 보면 당장은 배우 데려온다고 회사 돈만 가져다 쓴 거 잖아요. 나중에는 잘될 수도 있는 거지만, 안 될 수도 있는 거고. 우리만 해도 그런데."

"단우 씨요?"

"네, 아직 단우 씨한테 투자만 한 거지 회수는 안 되고 있잖아요. 그런데 3팀은 바로 회수가 되니까. 그리고 그 금액이 생각보다 클 거란 말이에요."

"그렇게 커요?"

"라온 보세요. 원래 라온 영세 기획사였는데 '후' 하나 데리고 왔다고 우리나라에서 제일 커졌잖아요. 그게 그렇게 되거든요. 물론 에이드가 후만큼 뜰 거 같진 않지만 그래도 지금 반응 보면 꽤 괜찮아요."

태진은 꽤 심각한 표정의 수잔을 보며 가볍게 웃었다.

"수잔도 본부장 노리고 있어요?"

"저요? 전 팀장도 아닌데 무슨 본부장이에요."

"누가 되든 우리는 크게 변할 거 같지 않아요. 그러니까 우리는 우리 일만 지금처럼 잘하면 될 거 같아요."

"그런 게 아니라요. 누가 본부장 될지 궁금해서 그러죠. 하긴 누가 본부장 되건 그게 무슨 상관이야! 곽이정만 아니면 됐지! 곽이정이 본부장 되면 생각만 해도… 어우……."

태진도 웃으며 고개를 끄덕거렸고, 수잔은 쓸데없는 걱정을 한 것이 민망했는지 어색하게 웃으며 국현에게 물었다.

"곽이정은 뭐 한대요?"
"모르죠?"
"스파이가 모르면 어떻게 해요."
"스파이라니요. 정찰이지. 그런데 내부 단속 하는지 정보 얻기가 힘들던데. 그래도 분위기 보면 엄청 바쁜 거 같아요. 2팀도 같이 바쁜 거 같은 거 보면 이제 아주 1팀 밑으로 들어간 거 같아요."
"뭐 하려고 그러나."
"내일 팀장 회의에서 무슨 얘기 나오지 않을까요?"

태진도 이번만큼은 궁금한 듯 관심을 보였다.

* * *

다음 날. 회의에 참석한 태진은 헛웃음을 뱉었다. 3팀은 에이드의 현재 반응을 조금이라도 더 이용하기 위해서 발 빠르게 움직였고, 팀장이 직접 유통사를 파악하기 위해 미국으로 출장을 간 탓에 팀원이 자리하고 있었다. 이젠 계약만 남은 상태나 다름없었다.

그리고 3팀의 일은 태진도 직접 전해 들었기에 알고 있었다.

태진이 헛웃음을 나오게 만든 건 곽이정이었다. 곽이정은 연극 프로젝트의 시즌2를 기획하고 있었다.

"최근 지상파나 종편에서도 유행한 오디션 프로그램은 바로 다음 시즌을 준비하는 경우가 대다수입니다. 그렇기에 연극 프로젝트도 성공리에 끝난 지금이 시즌 2를 준비할 적기라고 봅니다. 시즌 2에서는 1과 같은 포맷을 유지할 예정이고 대신 몇 가지를 더 추가할 계획입니다."

곽이정의 얘기를 듣는 수잔은 얼굴이 빨개진 상태였다. 그런 얼굴로 메모지가 찢어질 정도로 볼펜을 꽉 눌러 글을 썼다.

—저 새끼가! 우리 거 뺏어 가네!

—저저저저! 처음에 기획 올릴 때 빠꾸 맥여 놓고 양심에 난 털을 면도했나!

수잔은 쉴 새 없이 메모지에 글을 적었고, 태진도 이렇게 대놓고 뺏어 갈 줄은 생각지도 못했기에 어이가 없었다.

"시즌 1에서는 볼 수 없었던 배우 성장 과정을 넣을 예정입니다. 그 과정을 조금 더 자세하게 내보내 시청자들로 하여금 조금 더 몰입할 수 있게 만들 생각입니다. 팬심이라고 하죠."

대체 언제 이런 기획을 만들었는지 꽤 제대로 된 기획이었다.

“지상파나 종편과 손잡고 정규 편성을 노릴 수도 있지만, 당분간은 현재의 상태를 유지하는 것이 훨씬 도움이 된다고 생각합니다. 현재 플레이스의 이미지를 보시면 연극 문화계에 큰 공헌을 하고 있다는 평가를 받고 있죠. MfB도 거기에 동참을 하게 될 것입니다.”

태진과 눈이 마주쳤음에도 곽이정은 조금도 당황하지 않고 말을 이어 나갔다.

“방송국과 함께한다면 더 많은 수익을 얻을 수 있겠지만, 그렇게 된다면 배우들이 원하지 않는 연출이 불가피해집니다. 갈등 조성이라든가, 억지 감동 만들기라든가 그런 것들이 들어가겠죠. 하지만 연극배우들이 원하는 건 그런 것들이 아닙니다. 극단이 원하는 건 그저 단순합니다. 자신들의 극단이 만든 연극을 제대로 봐 주는 것뿐이죠. 그래서 시즌 1처럼 플랫폼과 직접 공연을 유지하게 될 겁니다.”

그때, 부사장인 조셉이 웃는 얼굴로 입을 열었다.

“그렇게 하는 이유치고는 너무 별론데요? 그중에는 극단을 위하는 사람도 있겠지만, 스타가 되고 싶은 사람도 있을 텐데?”

“그럴 수 있습니다. 하지만 방송이 아니더라도 많은 인기를 얻을 수 있습니다. 그 예로 저희 회사에 들어온 권단우 씨가 있죠.

권단우 씨야 라액에서 이름을 알렸기에 제외를 하더라도 그 외에도 많습니다. All in의 유재한 씨의 인기도 무시할 수 없죠."

조셉이 고개를 끄덕이자 곽이정은 좀 더 편안한 표정으로 말을 이었다.

"우리 MfB의 특성상 방송국보다는 배우들의 편에 선다는 이미지가 더 중요합니다. 그래야지 배우들에게 우호적인 이미지를 얻을 수 있을 테고 그러면 고객이 원하는 배우를 더 쉽게 섭외할 수가 있게 됩니다. 사실 연극계에 공헌하고 있다는 이미지는 덤이죠."

투자를 끌어오는 것도 곽이정이 담당한다고 했으니 회사로서는 손해 볼 일이 없었다. 그래서인지 조셉은 연신 미소를 짓고 있었다. 그런데 미소 짓고 있는 얼굴과 달리 말은 날카로웠다.

"그런데 이걸 우리 회사에서 처음 기획한 걸로 알고 있는데 그때는 왜 다 반대를 했나요?"

스미스마저 반대를 했기에 스미스도 고개를 돌리며 대답을 피했다. 하지만 곽이정은 전혀 문제없다는 얼굴로 말을 이었다.

"우리 MfB하고는 맞지 않는 기획입니다. 플레이스에서는 회사 소속의 배우를 통해 홍보를 했고 극장 또한 보유하고 있기에 수락을 했던 것이지 플레이스가 아닌 다른 회사들도 다 보류를 했을 가능성이 높습니다. 지금도 단독으로 진행하면 실패할 가능성이 높은 기획입니다. 그렇기에 플레이스와 함께할 예정이고요."

"그래요. 뭘 하기 전에 나 자신을 파악하는 것도 중요하니까. 좋네요."

그때, 조셉이 갑자기 태진을 봤다. 그러고는 씨익 웃더니 곽이정에게 물었다.

"그럼 리얼 팬텀도 다시 등장하는 건가요?"

이미 곽이정과 약속한 것이 있었지만, 태진은 곽이정이 어떻게 나올지 모르기에 불안했다. 그때, 곽이정이 고개를 저으며 말했다.

"가면맨의 경우 계속 이어 나가기에는 무리가 있습니다. 사람들은 계속해서 정체를 궁금해할 것입니다. 그게 잠깐이면 재미로 볼 수 있지만, 계속 유지되고 이어지면 지치게 됩니다. 그럼 좋았던 감정이 반대로 돌아설 수 있습니다. 그리고 한태진 씨가 얼굴을 공개한다고 하더라도 문제가 됩니다."

곽이정은 진지한 얼굴로 태진을 쳐다보며 말했다.

"사람들의 기대와 다르기 때문이죠. 연기가 어떻든 라액에 잠깐 출연해 잠깐 이슈를 끌어모은 게 전부죠. 물론 뉴스에 나오기도 했지만 그건 별개의 문제고요. 그렇다 보니까 가면맨은 오히려 독이 될 수도 있습니다. 기대와 다르게 되면 실망도 커지는 법이죠."

태진은 맞는 말인데도 곽이정이 말을 하자 묘하게 기분이 나빴다. 수잔은 어떤 반응일지 보자 수잔이 이번에는 동의한다는 듯 고개를 끄덕거리며 무언가를 적었다.

—메모지 찢어지겠어요!

자신도 모르게 볼펜으로 메모지가 찢어질 정도로 낙서를 하고 있던 태진은 헛웃음을 짓고는 펜을 내려놓았다. 나쁘게 말한 것에서 기분이 나쁘기도 했지만, 분명히 가면맨을 활용할 계획까지 세웠던 사람이었다. 그런데 지금 보니 전부 거짓말이었던 것처럼 보였다.

'어이가 없네…….'

그때, 곽이정이 말이 끝나지 않았는지 태진을 보며 말했다.

"하지만 가면맨은 아니더라도 지원 팀의 지원은 필요합니다. 이번 기획이 한태진 씨가 있는 지원 팀에서 나온 것이고 시즌 1도 성공으로 끝냈다 보니 도움이 될 거라고 생각합니다."

태진은 티가 나진 않았지만 상당히 놀란 상태였다. 곽이정이 먼저 손을 내밀 거라고는 생각지도 못했다. 오로지 공을 다 가져갈 거라고만 생각했는데 전혀 예상 밖이었다. 하지만 곽이정이 다 보니 선뜻 대답이 나오지 않았다. 그때, 태진 대신 조셉이 웃으며 말했다.

"한태진 팀장은 패스."

곽이정의 미간이 순간 찡그러졌지만, 이내 표정 관리를 한 채 조셉을 봤다. 그러자 조셉이 웃으며 말했다.

"이제 채이주 씨도 담당이 필요하죠."

순간 얼음물을 끼얹은 듯 분위기가 싸늘해졌다. 태진도 채이주에게 들은 것이 아무것도 없다보니 당황스럽긴 마찬가지였다.

"당분간은 힘들더라도 지원 팀에서 맡아 주세요. 워낙 강력하게 요청을 하네요."

그때, 2팀장이 급하게 입을 열었다.

"지원 팀은 지금 인원도 적어서 무리라고 봅니다."

조셉은 전혀 문제가 되지 않는다는 듯 시큰둥한 얼굴로 말했다.

"신입 사원을 모집할 예정이죠. 지원 팀에도 인원이 부족하고 어쨌든 다른 팀에도 팀원 손실이 생겼으니 충원을 해야죠. 그래서 당분간 힘들더라도라고 말했습니다."

다른 사람들이 아무런 말도 없자 조셉이 재밌다는 듯 미소를 지으며 말했다.

"아, 전부 다 한태진 팀장이 필요한가 보군요. 4팀하고도 같이 일하고 3팀에도 일을 가져다주고 1팀에서도 한태진 팀장이 필요하고. 한태진 팀장이 없으면 회사가 안 돌아갈 분위기인데요? 하하."

조셉은 농담처럼 말했지만, 팀장들은 조셉이 무슨 뜻으로 저런 말을 하는지 알고 있는지 표정이 굳었다. 채이주의 얘기가 나올때보다 더 심각해졌다. 그래서인지 모두가 아무런 말도 하지 않은 채 입을 다물었고, 조셉은 또다시 웃으며 태진의 의견을 물었다.

"가능하시죠?"

태진은 사람들 분위기가 어쨌든 간에 채이주에 대한 생각으로 머리에 꽉찼다. 시간을 좀 줬으면 더 생각을 해 볼 텐데 조셉은 어서 대답하라는 듯 태진만 쳐다보고 있었다. 옆에서 수잔은 계속 수락하라는 듯 동그라미를 그려 댔고, 태진은 그 동그라미를 보며 고개를 끄덕거렸다. 다른 배우라면 몰라도 채이주는 자신과 지금까지 연습을 하고 있기도 했고, 여기에서 자신이 채이주를 가장 잘 알고 있을 것 같았다.

"지원 팀에서 맡겠습니다."

* * *

회의가 끝난 태진은 채이주에게 직접 물어볼 생각으로 서둘러 회의실을 나왔다.

"대박! 대박! 팀장님! 부사장님은 다 알아봐 주시네요! 아, 소름!"

수잔은 조셉이 태진을 언급한 것이 기쁜지 발까지 동동 구르면서 태진을 따라왔다. 그때, 뒤에서 태진을 부르는 소리가 들렸다.

"한태진 팀장."

고개를 돌려보니 곽이정이 서 있었다. 그런 곽이정의 모습에 태진은 피식 웃음이 나왔다. 곽이정이 태진의 마음을 알면 기분이 나쁠 수도 있었을 웃음이지만, 티가 안 나다 보니 전혀 알아차리지 못한 모습이었다.

'자기도 알면서 저러는 건가.'

태진이 웃은 이유는 바로 호칭에 있었다. 남들 앞에서 깎아내릴 때는 한태진 씨였고, 뭔가 아쉬운 소리를 할 때는 팀장이었다. 지금 자신에게 아쉬운 소리를 할 게 채이주밖에 없었다. 정만도 데려가더니 이제는 채이주까지 데려가고 싶은 모양이었다. 태진은 가만히 서서 곽이정을 지켜봤다. 곽이정의 옆에는 2팀장이 있었고, 딱 봐도 곽이정을 보필하는 느낌이었다.

"잠깐 얘기 좀 하죠."
"네, 말씀하세요."

어차피 들어 줄 생각도 없었지만 나중에 무슨 수작을 부릴지 모르기에 최대한 정보를 얻기 위하여 대화를 수락했다. 그리고 곽이정은 둘만 대화를 나누고 싶다는 의미인지 2팀장으로 돌려보냈고 태진도 수잔에게 먼저 올라가라고 했다. 그러고는 두 사람만 휴게실로 이동했다.

"음."

무슨 말을 하려는지 잠깐 뜸을 들였다. 곽이정이 이럴 사람이 아니다 보니 태진도 약간 긴장이 되었다. 그때, 곽이정이 말을 이었다.

"약속은 지켰습니다."
"네?"

"가면맨이요."
"아."

태진은 헛웃음을 뱉었다. 애초부터 거짓말이었던 걸 뻔뻔하게 약속이라고 하고 있었다. 태진은 그런 곽이정을 잠깐 쳐다본 뒤 대놓고 물어봤다.

"처음부터 가면맨 활용할 계획 아니셨죠?"
"계획이었습니다만?"
"아까 말씀하신 거하고 달라서요."
"아, 오해를 했군요. 그냥은 쓸 수가 없다는 거죠. 하지만 활동할 계획이라면 방법은 있죠."

반항적인 마음에 까칠하게 질문을 했음에도 곽이정은 친절하게 대답했다. 이런 것만 봐도 뭔가 부탁할 것이 있었다. 그러다 보니 더 듣고 싶지 않았지만 이미 친절함을 컨셉으로 잡은 곽이정은 설명을 이어 나갔다.

"가면을 활용하려면 일단은 한태진 팀장이 노출이 되어야겠죠. 한태진 팀장은 뭐 연기를 잘 가르치니까 다른 사람을 가르치는 장면을 사람들에게 보여 주는 거죠. 그래서 한태진 팀장도 지도를 잘한다는 이미지를 만들어 가면서 사람들에게 한 가지 화두를 던져 주는 거죠."

곽이정은 별거 아니라는 듯 툭하니 말을 뱉었다.

"가면맨이 더 뛰어난가 아니면 한태진 팀장이 더 뛰어난가."

"아……."

"알아차렸죠? 생각하는 게 맞습니다. 서로 편 갈라져서 한쪽을 응원하겠죠. 그런데 알고 보니 둘 다 같은 사람이다. 이만한 반전이 없죠? 그만큼 엄청난 이슈가 될 테고 가면맨도 계속 이어 나갈 수 있게 되겠죠."

태진은 순간 자신도 모르게 숨을 크게 들이마셨다. 세부적이지는 않지만 저런 식으로 노출이 된다면 곽이정의 말처럼 승산이 있어 보였다. 지금 자신도 재미있을 거 같다는 생각까지 하게 만들었다.

'진짜…….'

겉과 속이 다르고 남의 사정 따위는 신경 안 쓰는 거 빼고 일만 놓고 보면 정말 대단한 사람 같았다. 어디서 저런 아이디어가 계속 나오는지 신기하기만 했다. 하지만 그렇다고 채이주를 넘겨줄 생각은 없었다.

"약속은 지켜 주셨다고 하더라도 채이주 씨는 지원 팀에서 맡도록 할게요."

"그건 부사장님 지시인데 제가 뭐라 할 수 있는 부분이 아니죠."

태진은 자신이 잘못 짚은 것 같은 상황에 입을 다물었다. 그때, 곽이정이 웃으며 말을 이었다.

"다름이 아니라 연극 프로젝트를 제안할 때 지원을 요청해 달라는 겁니다. 플레이스하고는 저보다 한태진 팀장이 더 관계가 좋으니까요."

"아!"

태진은 그제야 제대로 된 이유를 알아차렸다. 게다가 회의에서 왜 지원 팀에 요청한 것인지도 알 수 있었다. 다름 아닌 이창진이 문제였다. 곽이정은 싫은 티를 내진 않았지만, 이창진은 대놓고 적대적인 모습을 보였다.

'싫어하는 거 알고는 있나 보네.'

그래서 더 궁금했다. 왜 사람들이 싫어하는 걸 알면서도 그렇게 행동하는 것인지 이해가 되지 않았다.

"다른 부분은 1팀에서 꾸려 나갈 수 있습니다. 처음 제안할 때와 조율할 때 지원을 해 달라는 겁니다."

"도와 달라는 건가요?"

"음. 그렇게 볼 수 있죠."

도와 달라는 말이 약간 거슬렸는지 곽이정의 표정이 살짝 달라졌다. 그것도 잠시 원래대로 돌아온 곽이정은 다시 입을 열었다.

"서로서로 지원을 해 주는 게 맞지 않을까요? 우리만 해도 정만 씨 챌린지 영상을 올린 거 아시죠? 그로 인해서 챌린지 방향을 바꾸는 데 지원해 드린 것도 사실이고요."

"하아. 그거 정만 씨 뮤비 섭외 수락해 주신 건 감사한데 챌린지 영상은 저희가 부탁드린 적 없는데요."

"같은 회사니까요. 서로 다른 팀이 잘되면 좋은 거 아닐까요. 1팀은 그런 생각으로 지원차 챌린지 영상을 올린 겁니다. 지원팀도 같은 회사로서 지원을 해 주셨으면 좋겠습니다."

태진은 진저리가 난다는 듯 살며시 몸을 떨었다. 도대체 미꾸라지도 아니고 빠져나가는 데는 선수였다. 그래서 태진도 거절을 할까 했지만, 연극 프로젝트를 하면서 극단들의 생활도 봤고, 얼마나 기회가 간절한지도 알고 있었다. 그렇기에 쉽게 거절의 말이 나오지가 않았다. 그때, 예전에 곽이정과 가면맨으로 협상하던 것이 떠올랐다.

남한테 아쉬운 소리 하기 싫어하는 곽이정이라면 이런 부탁을 하기 위해 다른 무언가를 준비하지 않았을까 싶었다. 수락은 할 생각이지만, 최대한 얻을 생각에 태진은 입을 다문 채 곽이정을 쳐다봤다. 그러고는 안 된다는 듯 고개를 저었다.

아니나 다를까 곽이정의 표정이 순간 일그러졌다. 그것도 잠깐, 태진의 예상처럼 준비해 둔 것이 있는지 고개를 끄덕이며 말했다.

"대신 한 가지 정보를 드리죠."

"정보요?"

"도움이 될 겁니다. 대답하면 알려 드리죠."

어차피 수락하기로 한 것이니 태진이 고개를 끄덕거렸다. 그러자 곽이정이 마음에 든다는 듯 웃으며 입을 열었다.

"권단우 씨 청춘 멘탈 바사삭에 추천할 생각이셨죠?"

표정을 짓지 못하는 태진이 이번에는 티가 날 정도로 놀랐다. 고개에서 소리가 들릴 정도로 빠르게 곽이정을 쳐다봤다. 그와 동시에 여러 가지 생각이 났다. 국현과 수잔이 그럴 리는 없기에 4팀에 스파이가 있는 건 아닐까 하는 생각이 들었다.

"그거 드라마화 안 됩니다."

"네?"

"작가에게 문제가 있습니다. 그래서 절대 될 리가 없습니다. 여기까지만 말씀드리는 게 좋을 것 같네요."

안 들었을 때보다 더 답답했다. 그렇다고 알려 달라고 조르는 것도 모양새가 우스웠다. 일단은 직접 알아보는 수밖에 없었다.

"그럼 약속하셨으니까 믿고 일어나겠습니다."

곽이정은 그 말을 끝으로 먼저 휴게실을 나가 버렸다.

*　　　*　　　*

사무실에 자리한 태진은 곽이정이 말한 진위 여부부터 파악하는 중이었다.

"스읍, 이거 뭐 아무런 얘기 없는데요? 다 그냥 재밌다는 얘긴데."

"곽이정이 사기 친 거 같은데요? 신경 안 써도 될 거 같은데. 그거보다 오늘 채이주 씨 만나기로 하셨잖아요. 나가실 준비 하시는 게 좋을 거 같아요."

채이주와는 바로 통화를 했고, 약속까지 잡았다. 채이주가 약속이 있다고 해서 다음으로 미룰까 했지만, 같이 봐도 되는 사람들이라며 끝까지 약속을 밀어붙였다. 워낙 강하게 밀어붙인 탓에 태진은 어쩔 수 없이 수락한 상태였다.

태진은 시계를 한 번 본 뒤 한숨을 뱉었다. 아직 시간이 충분했다. 하지만 시간이 많더라도 곽이정이 말한 걸 알아낼 순 없을 것 같았다.

국현과 수잔은 곽이정이 거짓말을 했다고 생각하지만 태진이 보기에는 아니었다. 곽이정이 수작을 부리긴 해도 거짓말을 지어내서 혼란을 줄 사람은 아니었다.

"분명히 문제가 있다는 건데… 뭔지를 모르겠네요."

태진의 의심에 국현은 여전히 믿기 어려운 듯한 얼굴로 대답했다.

"뭔 문제가 있을까요? 요즘 같은 세상에 문제가 있으면 바로 터질 텐데. 아! 혹시 곽이정이 터뜨리는 거 아니에요?"

"뒤에서 움직이지 대놓고 움직일 거 같진 않은데. 직접 터뜨릴 거면 말해 주지도 않았을 거고요."

"그런가요? 그럼 그건 아닐 거 같고. 이상하네. 전에 JH 임 부장님도 별말 없었는데. 제작사도 모르는 문제가 있다고요?"

그때, 태진과 수잔이 동시에 국현을 쳐다봤다. 이런 정보라면 제작사가 더 잘 알고 있을 것이었다. 그리고 여기에는 누구보다 빠르게 정보를 얻어 오는 국현이 있었다.

"어? 지금 전화해 보라고요? 이건 좀 그런데요? 다짜고짜 전화해서 무슨 문제 있어요? 그러면 정보 얻으려는 것처럼 보이잖아요. 이런 건 먼저 말을 꺼내게 만들어야 되는 건데!"

"그런 거예요?"

국현은 수잔과 태진을 보더니 이내 고개를 끄덕거렸다.

"아 참. 내가 없으면 돌아가지가 않는고만. 간만에 술 약속 잡아야겠네. 잠시만 계셔 보세요."

국현은 시계를 한번 보더니 곧바로 친분을 다져 놓았던 JH 임 부장에게 전화를 걸었다.

"아, 부장님! 회사세요? 퇴근 언제 하세요. 저 지금 JH 근처라서요. 오랜만에 근처 들렀는데 그냥 가기 그래서요. 저번에 부장님이 데려가 주신 스시집 거기가 자꾸 생각나더라고요. 그런데 또 혼자 가긴 그래서 연락드려 봤죠. 아! 정말요? 2시간이요? 2시간이면 충분하죠. 네, 그럼 이따 뵙겠습니다."

국현은 거만한 표정으로 목에 소리가 날 정도로 좌우로 꺾었고, 태진은 자신도 모르게 박수를 보냈다. 수잔도 국현에게 엄지를 치켜세우며 행동과 다른 말을 뱉었다.

"사기꾼은 따로 있었네."
"사기꾼이라니요. 다 진실인데. 여기서 JH까지 30분이면 가니까 근처잖아요."
"대단해요!"
"아무튼 최대한 알아 오도록 하겠습니다!"

자기만 믿으라는 듯 가슴까지 두드리는 국현의 모습에 태진은 웃으며 고개를 끄덕거렸다.

*　　　*　　　*

채이주와 약속 장소에 도착한 태진은 들어가지 않고 멀리서 식당을 쳐다봤다.

'하… 이게 뭐야…….'

기자들로 보이는 사람들부터 일반 팬들과 주민들까지 모여 있었다. 그리고 판넬과 플래카드까지 걸려 있었다.

[신품별 촬영 종료 기념 파티]

[너였구나. 너였어. 이제야 네가 보이는구나. 정진아! 우리도 너만 보여!]

[그냥 신 아니죠? 여신 채이주!]

별의별 응원 카드가 여기저기 붙어 있었고, 심지어는 들고 있는 사람까지 있었다. 게다가 드라마에 출연한 배우들까지 도착해서 저마다 포즈를 취했고, 수많은 카메라들이 배우들을 찍어 댔다. 그때, 익숙한 얼굴이 보였다.

"빌 러셀이다!"

태진은 어이가 없었다. 러셀도 이런 자리에 참여할 줄은 몰랐다. 복장만 편했다뿐이지 거의 영화제나 다름없는 분위기였다.

그러다 보니 도저히 들어갈 엄두가 나지 않았다. 태진은 아무래도 약속을 다음으로 미루는 것이 나을 것 같다는 생각에 전화를 걸었다.

—팀장님! 도착하셨어요?

"오늘 회식이었어요?"

—네, 오셨어요?

"그럼 회식이라고 말씀하시지. 그럼 약속을 다음에 잡아도 될 텐데요."

—말하면 안 오실 거잖아요. 배우분들 소개해 드리고 그러려고요. 오히려 이런 자리에서 마음이 쉽게 열려서 일부러 오시라고 한 거예요. 팀장님한테는 그게 다 이득이잖아요.

"아."

—아무튼 파티인 거 안 거 보면 근처신가 본데요? 잠깐만요. 카메라 많아서 못 들어오시는구나. 잠시만요! 금방 전화 걸게요.

자신을 생각해 준 말에 거절하기가 어려웠다. 그리고 채이주의 말을 듣고 나니 인맥을 만들기에는 좋은 자리 같았다. 물론 그럴 수 있을까 걱정이 되긴 했지만, 일단은 부딪쳐 보는 게 좋을 것 같았다.

'국현 씨라도 흉내를 내 볼까…….'

잠깐 생각은 해 봤지만, 그 어떤 연기보다 어렵게 느껴졌다.

그때, 채이주에게서 다시 전화가 왔다.

—어디 있어요? 손 한번 흔들어 보세요. 아! 봤어요! 완전 뒤에 있네!

"직접 오시게요?"

—에이, 제가 가면 팀장님 또 카메라에 담기고 그럴 거 아니에요. 정훈 씨가 갈 거예요. 지금 보이시죠?

태진은 반대가 되어 버린 입장에 멋쩍게 웃었다. 되레 채이주가 자신을 위해 움직이고 있는 것처럼 느껴졌다.

제3장

김정연의 새 작품

촬영 종료 파티에 참석한 태진은 분위기에 쉽게 적응했다. 사실 적응이라고 할 것도 없었다. 지금은 몇몇이 모인 식사 자리나 다름없었다.

처음만 해도 어디에 와 있는 건지 정신이 하나도 없었다. 감독부터 시작된 건배사가 주연배우들과 원로배우들까지 이어졌고, 그때마다 모두가 함께 환호를 해 대니 여기가 어딘지조차 헷갈릴 정도로 정신이 없었다.

게다가 채이주는 태진을 데리고 다니며 배우들에게 소개해 줬다. 심지어는 비중이 적은 배우들에게까지 인사를 시켜 주다 보니 누구를 만난 건지 정신이 없었다. 하지만 채이주에게 그만하자고 할 수도 없었다. 채이주가 인사시켜 주는 사람들의 표정이나 말들 때문이었다.

"이렇게 밝은 성격인 줄 알았으면 진즉에 좀 친해질 걸 그랬어요!"
"저 원래 성격 좋은데요. 모르셨구나."
"하하하. 다음 작품에서 만나면 꼭 친해져요!"

다들 먼저 다가서는 채이주를 신기해했고, 태진은 채이주가 자신 때문에 일부러 저런다는 것이 느껴졌다. 채이주가 기회를 만들어 준 것이 고마웠기에 태진도 채이주를 따라다니며 이곳저곳에 인사를 했다.

"안녕하세요. 에이전트 한태진이라고 합니다. 드라마 정말 재밌게 봤습니다. 예전에 출연하셨던 작품도 정말 재밌게 봤었습니다."

대부분 이런 식의 인사를 하고 다녔고, 채이주는 그런 태진에게 엄지를 내밀었다.

"살짝 걱정했는데 그럴 필요 없었겠어요!"

아마 표정을 짓지 못하는 부분을 걱정했을 것이다. 하지만 채이주가 나서서 만들어 준 자리이다 보니 익숙하지 않았지만 태진도 배우들의 기분을 좋아지게 만드는 인사를 한 것이었다. 그리고 다시 한번 국현의 힘을 느끼는 중이었다.

'따라 한다고 했는데 쉽지 않네.'

그래도 효과가 있었는지 아니면 채이주가 데리고 다니면서 소개를 해서인지 그것도 아니면 촬영 종료 파티라서 그런지 다들 거부감 없이 반겨 주었다.

그렇게 인사를 마친 뒤 지금 자리한 곳은 김정연 작가가 있는 자리였다. 채이주가 주연배우다 보니 처음부터 주요 스태프들과 가까운 자리에 배정되어 있기도 했고, 하도 돌아다닌 탓에 비어 있는 자리도 그곳뿐이었다.

테이블이 이어져 있다 보니 바로 옆 테이블에 배우들과 스태프들이 섞여 떠드는 소리가 들렸지만 태진이 있는 테이블은 마치 옆 테이블과 다른 일행인 듯 굉장히 조용했다. 그 이유는 김정연에게 있었다. 한 배우가 술을 권하러 김정연에게 다가왔지만, 칼처럼 차단했다.

"나 술 안 마셔요. 대신 사이다로 주세요."

이런 게 반복되다 보니 이제는 아예 올 생각도 없는 모양이었다. 그래서 굉장히 차분하고 조용한 분위기였다. 태진은 그게 불편하지 않았다. 술을 못하는 것도 있지만, 여기 있는 사람들 중에 그나마 김정연과 친분이 있었기 때문이었다. 그때, 굉장히 불편한 얼굴로 있는 감독이 술병을 잡으며 물었다.

"한 팀장님도 술 안 하세요?"

가족이 간단히 맥주를 마실 때도 따라 놓기만 했었기에 지금도 따라 놓기만 하려 할 때, 김정연이 입을 열었다.

"건강 생각해야죠."

"에이, 저렇게 건장한데 간 좀 적셔 줘야죠."

"한 팀장은 건강 관리 해야 돼요. 전에 뉴스 봤냐고 얘기하셨잖아요."

"아! 아, 그렇지."

"사이다나 한잔 주세요."

태진은 자신의 얘기를 기억하고 있는 김정연의 세심한 배려에 가볍게 고개를 숙여 인사했다. 그러자 김정연이 피식 웃었다.

"태민이가 하도 얘기를 많이 해서요."

갑자기 튀어나온 동생의 이름에 태진은 깜짝 놀라며 김정연을 봤다. 태민이 김정연 미디어와 계약하긴 했어도 김정연과 그런 대화까지 나눴을 거란 생각은 못 했다. 게다가 김정연은 한국에서 세 손가락 안에 꼽히는 작가이자 김정연 미디어의 대표였다. 그런 사람이 태민이까지 신경 써 주고 있을 줄은 몰랐다. 그때, 감독이 의아한 얼굴로 물었다.

"태민? 태민이가 누구예요?"

"우리 회사 작가예요. 미래가 창창한?"

"아! 그래요? 작가님이 칭찬하는 분이면 곧 만날 수 있겠는데요?"
"저번에 촬영장에 와서 봤을 텐데요?"
"아! 그래요? 그럼 작가와 감독으로 만나게 되겠네요. 하하."
"아직은 멀었어요. 이제 웹소설로 데뷔할 거라서요. 아! 데뷔는 아니고."

동생의 얘기에 물어보고 싶은 것들이 태산이었다. 하지만 둘의 대화에 끼어들기가 망설여졌다. 그때, 채이주가 태진의 귀에 속삭였다.

"작가님이 태민 작가님 작품 직접 봐주셨거든요. 촬영장에서도 시간 나면 소설 보고 계셨어요. 칭찬하시다가도 태민 작가님하고 전화하면 맨날 혼내시고 그러셨거든요."
"진짜요? 그동안 그런 말씀 없으셨잖아요."
"작가님이 말하지 말라고 하셨어요. 팀장님한테 얘기하면 태민 작가님 귀에도 들어간다고. 그럼 텐션이 흔들릴 수 있다고 그러셨어요."
"아……."

그때, 김정연이 피식 웃으며 말했다.

"이주야, 그렇게 가까이 붙어서 속삭이면 스캔들 난다?"

촬영하며 친해졌는지 채이주도 농담으로 받아들이며 웃었다.

그리고 김정연은 웃으며 말을 이었다.

"다음 주에 파이온에 독점으로 론칭하기로 했어요."

"우리 태민이요? 으랏차차 강필두요……?"

"참 태민이하고 똑같네. 태민이도 툭하면 우리 태진이 형이라고 하더니 무슨 형제가 그렇게 우애가 깊어요. 아무튼 제목은 바꿨어요. 태민이가 얘기를 안 해요?"

"아무런 얘기도 못 들었는데……."

"부끄러운가? 속이 깊은 친구라서 무슨 생각 하는지 감이 안 올 때가 있긴 한데. 그래서 글이 더 재밌는 것도 있고."

"맞아요. 태민이가 생각이 많아요."

김정연은 동감한다는 듯 웃으며 고개를 끄덕거렸다.

"보통 많은 게 아니죠. 글 쓰는 속도도 빨라서 200화 정도 쌓였을 때 론칭 날까지 잡아서 하자고 했더니 좀 미루자고 하더라고요. 그 이유가 있더라고요. 막냇동생이 또 있다면서요."

"아, 네. 막내 있어요."

"다음 주에 막내가 수능이라고 하던데? 그래서 분위기 만들어줘야 된다고 수능 끝나고 론칭 날짜 잡은 거예요. 푸하하. 그때 생각나네. 공부를 너무 안 해서 분위기라도 만들어야 된다고 그래서 처음에는 농담하는 줄 알았는데 너무 진지하게 말하더라고요."

"아……."

공부하고 담쌓고 어제도 계속 게임만 하고 있는 태은의 모습을 봤기에 태진은 그 부분을 완전히 잊고 있었다. 그래도 약간 신경 쓰지 못해 미안한 마음도 들었다.

"자세한 얘기는 직접 물어봐요."

"아, 네. 신경 써 주셔서 감사합니다."

"우리 애인데 당연한 거죠. 내가 보기에는 스토리도 많이 다듬어졌고 재미도 있어서 잘될 거 같아요."

태진은 당장이라도 전화를 걸어 직접 물어보고 싶은 마음에 주머니에 넣어 둔 휴대폰만 만져 댔다. 그때, 휴대폰이 울렸고, 태진은 급하게 휴대폰을 꺼내 들었다. 혹시나 텔레파시가 통해 태민이일까 기대하면서 번호를 봤다. 하지만 태민이 아닌 국현이었다.

잠깐 실망은 했지만, 국현의 전화로 인해 잠깐이나마 잊고 있던 일이 떠올랐다. 태진은 양해를 구한 뒤 자리에서 일어났다.

"저 잠시만 전화 좀 받고 오겠습니다."

식당 밖으로 나온 태진은 서둘러 자리를 옮겼다. 아직까지 식당 앞에 진을 치고 있는 사람들로 가득했다.

—여보세요. 어디신데 그렇게 시끄러우세요.

"잠시만요."

사람들을 피해 조용한 곳으로 자리를 옮기 태진은 곧바로 물었다.

"알아보셨어요?"

—아! 네! 여기서 좀 소문이 도나 봐요.

"무슨 소문이에요?"

—그 작가한테 문제가 있더라고요. 그걸 문제라고 해야 되나.

"네? 무슨 문제요?"

—정치적 성향이 굉장히 강해요. 보수파라고 하죠?

"그게 문제가 돼요……?"

—문제가 되죠. 연예인이나 대중 돈으로 먹고 사람들은 정치 성향을 좀 숨겨야 돼요. 그리고 그 사람은 보수파인 건 둘째 치고 대처가 문제가 됐더라고요.

"그게 무슨 소리예요?"

—청춘 멘탈 바사삭이 첫 작품인지 알았는데 그게 아니더라고요.

태진은 고개를 갸웃거렸다. 태진이 기억하기로는 처음 데뷔하는 작품이었고, 댓글들도 그동안 어디에 있다가 이제 나왔냐는 얘기들도 많았다. 그리고 태진이 봤던 작품에는 국현이 말한 정치적 성향이 전혀 보이지 않았다.

—지금 이름 DK잖아요. 그게 이번에 바꾼 거예요. 원래는 브레이크라는 이름을 썼대요. 그리고 그 이름으로 그린 웹툰이 문

제가 됐나 보더라고요. 제목부터 '빨갱이'인데 내용도 학생 운동권 간첩 얘기 그런 거라고 하더라고요.

"아……."

—그런데 문제는 자기는 문제없다고 이게 팩트라고 끝까지 유지해 놓고 돈 벌려고 이름을 바꿔서 다른 작품을 내놨다는 거죠.

"그걸 어떻게 알았어요?"

—자기 딴에도 신경 쓴다고 한 모양인데 그림체가 비슷한 게 몇 컷 있나 보더라고요. 우리 네티즌 수사대가 그걸 의심스럽게 본 모양이고 아직은 이슈가 안 됐는데 제작사들에서는 눈치챈 모양이더라고요. 만약에 제작했다가 문제 생기면 제작사도 난감하니까 손 떼려는 분위기더라고요. 아니, 손 떼는 거 거의 확실해요.

방금까지 태민의 얘기로 들떠 있던 기분이 싹 가라앉았다. 단우의 드라마 데뷔 작품으로 점찍어 뒀던 작품인데 말도 안 되는 문제가 생겨 버렸다. 단우가 연기를 배우는 중이기에 시간은 있지만, 계획이 틀어진 것이 마음에 들지 않았다. 그때, 국현의 말이 이어졌다.

—그리고 곽이정이 그 얘기 아셨는지 아세요? 아, 그 양반 진짜 미친 거 같아요.

"왜요? 혹시 정만 씨 관련된 얘기예요?"

—아니요! 정만 씨가 아니라 2팀에서 데려온 최진성 있잖아요. 그 사람이 프로필을 어마어마하게 보낸대요. 보통 제작 기획이 잡히면 그런 경우도 하는데 아무 얘기도 없는데 다짜고짜 보

내고 찾아오고 그랬대요. 임 부장님 담당이 아니라서 들은 얘기 인데 툭하면 찾아온대요.

"곽이정이요?"

—네, 그래서 생각해 보니까 그게 우리 단우 씨 계획 보고서 노린 거 같더라고요. 그러다가 이 일 알게 된 거 같아요. 어휴, 같은 회사에서 자리를 뺏으려고 그럴 줄은 몰랐네. 그 말 듣고 어이가 없어서.

태진도 너무 어이가 없어 헛웃음만 나왔다.

—아무튼 저 지금 스크린 골프장 왔거든요. 새로운 정보 얻으면 이따 연락 드릴게요.

"아, 네. 고생하세요."

태진은 무거운 마음으로 통화를 마쳤다.

* * *

긴 통화를 마치고 식당으로 돌아오니 자리에 보이지 않던 사람이 있었다. 마치 자신처럼 이 자리에 어울리지 않는 정장 차림의 남자였다. 태진은 남자에게 가볍게 인사를 한 뒤 자리에 앉았다. 그러자 김정연 작가가 남자를 소개했다.

"여기 이번에 투자 담당하셨던 멀티박스 강찬열 이사님이세요."

"안녕하세요. MfB 한태진이라고 합니다."
"아! MfB! 반가워요."

처음 보는 사이였기에 그것으로 강찬열과의 인사는 끝이었다. 촬영 종료 파티이다 보니 제작사에서도 찾아온 모양이었다. 다만 계속 작품에 대해서 얘기를 하다 보니 대화에 끼어들기 힘들어졌다. 그럼에도 태진은 끼어들 틈을 찾고 있었지만, 좀처럼 기회가 보이지 않았다. 그러던 중 불편한 표정의 감독이 화장실을 간다는 핑계로 자리에서 일어났다. 그러자 강찬열이 감독이 있을 때 하지 않았던 말들을 꺼내놓았다.

"다음 작품도 저희하고 해 주셨으면 좋겠습니다."
"또 웨이브?"

신을 품은 별이 ETV와 스트리밍 플랫폼인 웨이브에 동시 방영을 했다. 신을 품은 별이 웨이브에서만큼은 좋은 평가를 받고 있었지만, 스트리밍 플랫폼을 다 합치면 그다지 높은 순위는 아니었다. 김정연은 그 부분이 마음에 들지 않는 모양이었다.

"중국 돈 들여와서 자기 나라 플랫폼 키우려는 건 알겠는데 서비스가 너무 개판이에요. 접속 안 될 때도 있고 작품도 몇 개 없어서 가입자도 적고. 그리고 투자했으면 그만이지 툭하면 뭐 넣어 달라, 그게 뭔 짓거리예요."
"이번에는 아닙니다. 좋은 작품만 있다면 N플릭스에서 투자받을 수 있습니다. 간섭 일절 없이 편하시게 작업하실 수 있습니다. 저희 멀티박스와 작가님 명성이면 충분하죠."

"난 N플릭스 싫은데? 난 런닝 개런티 계약할 건데."

"아! 물론이죠. 방송사부터 알아보고 2차적으로 N플릭스에 공급하겠다는 말입니다."

N플릭스에 투자를 받는다면 안정적으로 진행이 되겠지만, 작품이 성공했을 때 돌아올 기댓값이 없었다. 김정연은 자신 있게 그 부분에 대해 얘기를 하고 있었고, 태진은 자신에게도 영향이 올 수 있는 대화에 귀를 기울였다. 그때, 강찬열이 하는 말이 들렸다.

"전에 잠깐 보여 주셨던 시나리오 어디까지 완성되셨을까요?"

김정연의 새 작품 얘기에 태진은 모든 신경을 두 사람의 대화에 쏟았다. 김정연이 새 작품을 계획 중이라면 청춘 멘탈 바사삭이 어떻게 되든 상관이 없었다. 그때, 김정연이 시큰둥하게 입을 열었다.

"틀은 잡았죠."

그와 동시에 태진은 주먹을 불끈 쥐었다. 대본을 이미 완성시킨 뒤에 촬영하는 것으로 유명했기에 기간이 얼마나 걸릴지 알 수는 없지만 그래도 준비 중이라는 중요한 정보를 얻었다.

"그럼 이제 시간문제겠군요!"
"틀만 잡았다니까요."
"작가님 글 쓰시는 속도 모르는 사람도 있습니까. 하하."
"일단 나도 좀 쉬어야죠."
"쉬셔야죠! 쉬시면서 천천히 작업하시고 올해 말까지만 시놉 주시면 저희가 어떻게든 투자받겠습니다."
"그래요. 아니지! 올해면 두 달도 안 남았는데."

태진도 속으로 강찬열을 열렬히 응원했다. 그와 동시에 두 사람이 조금 더 편하게 대화를 나눌 수 있도록 자리를 채이주 쪽으로 살짝 붙었다. 그러자 사람들과 대화 중이던 채이주가 의아한 얼굴로 태진을 봤고, 태진은 신경 쓰지 말라는 듯 고개를 저었다. 태진의 작은 노력 때문인지 두 사람의 대화가 좀 더 깊어졌다.

"지금 김희준 감독님도 기대하고 계세요."
"김희준 감독이요?"
"네! 전에 같이 일하셨죠. 이번에 SBC에서 저희 멀티박스로 오셨거든요. 차기작 준비 중이시라고 말씀드렸더니 다른 작품 안 맡으시려고 하시더라고요."
"거짓말도 참. 궁금했으면 전화했겠죠."
"진짜예요. 저희가 비밀로 해 달라고 해서 궁금해도 참으신 거 같습니다."
"우리나라 넘버 원 작가와 판타지 연출의 대가의 만남을 기다리는 사람도 많고요."

태진은 채이주를 쳐다보고 있었지만, 귀는 김정연에게 열려 있었다. 그러면서 판타지라는 정보를 얻었기에 고개를 끄덕거렸다. 술을 마셔서 그런지 얼굴이 빨개진 채이주는 자신을 바라보는 태진을 보며 헛웃음을 뱉었다. 표정 하나 없는 채로 곧 있으면 머리만 김정연 쪽으로 빠질 것 같은 자세였다. 저쪽에서 무슨 대화를 나누는지 대충은 알고 있기에 채이주는 태진을 보며 피식 웃더니 입을 가까이 가져갔다.

"궁금한 거 있으면 직접 물어보세요. 작가님이 잘 안 숨기시는 편인데."

"작품 얘기 하시는 거 같아서요."

"물어보셔도 돼요. 저도 가끔 물어보는데요. 아, 시나리오 유출되고 그럴까 봐요?"

"그런 것도 있고요."

"걱정도. 같은 소재로 써도 작가님이 쓰면 달라요. 기다려 봐요."

태진의 왼쪽에 앉아 있던 채이주는 오른쪽으로 옮긴 뒤 김정연에게 말했다.

"다음 작품 말씀 중이세요?"

"응."

"저한테 같이하자고 하셨던 거요?"

"맞아. 너 술 좀 그만 마셔야겠다. 얼굴 빨간데?"

"괜찮아요."

채이주의 말에 태진은 입이 벌어질 정도로 깜짝 놀랐다. 그리고 그건 태진뿐만이 아니었다. 강찬열도 상당히 놀란 얼굴로 채이주를 봤다. 정작 말을 꺼낸 채이주만 모르는 눈치였다.

강찬열은 놀람도 잠시 다시 기대된다는 표정으로 입을 열었다.

"그럼 여자 주인공은 이미 잡아 놓고 계셨네요. 역시 그럴 줄 알았습니다."
"그런 건 아니고요."
"아이고, 직접 얘기해 주셨는데. 작가님이 글 쓰실 때 배우들 몇몇 후보들 정해 놓고 캐릭터 잡으신다고."

태진도 4팀에 있을 때 들었던 것이었다. 배우 섭외할 때도 김정연 작가가 정확히 지목을 했었고, 4팀에서는 그대로 진행했었다. 하지만 채이주는 몰랐는지 약간 놀란 얼굴로 김정연을 봤다. 그러자 김정연이 채이주를 보며 재밌다는 듯 웃었다.

"뭘 놀래. 내가 또 같이하자고 몇 번 얘기 했는데."
"정말이세요? 저 생각하시면서 작품 쓰세요?"
"그런 건 아닌데?"
"어휴, 놀랐네. 엄청 부담될 뻔했어요."

채이주는 그럴 줄 알았다며 웃어넘겼고, 김정연은 그런 채이주를 보며 미소 지었다. 누가 보더라도 굉장히 아끼고 있다는 것이 보였다.

"내가 사람이 풍기는 이미지를 좀 중요하게 봐서 전에는 캐릭 생각하고 배우 대입해 보고 잘 어울리게 글을 썼거든. 그런데 이번에 하면서 좀 바뀌었어. 그래서 나도 좀 편해지기도 했고."

"어떻게요?"

"마음대로 써도 소화해 낼 배우들이 많다는 거?"

"아, 다들 연기 잘하셨죠."

"다른 사람 말고 너 말이야. 원래 자기 역을 강은수가 했던 거 알지? 강은수 문제 터졌을 때 망했구나 했거든. 이제 와서 하는 얘기지만 자기가 왔을 때도 사실 큰 기대도 없었어. 그런데 보면 볼수록 내가 생각했던 캐릭이랑 어울리더라고. 내가 생각한 자기 이미지는 전혀 그런 이미지가 아니었는데. 그렇다고 성격이 신이하고 맞는 것도 아니었고. 그래서 나도 느낀 게 많지."

채이주는 김정연의 칭찬이 부끄러웠는지 술 때문에 빨간 얼굴을 양손으로 감싸 쥐었다.

"자기, 술 취하면 귀엽구나?"

"부끄러워서 그렇죠."

"부끄럽긴. 준비 제대로 안 되면 다른 배우 쓸 건데."

"아!"

그제야 화들짝 놀란 채이주가 갑자기 태진을 쳐다봤다.

"다음에도 도와주셔야 돼요?"

"아, 자기 연습 한 팀장이 도와줬다고 그랬지? 하긴 한 팀장이 시나리오 보는 눈이 있었어. 그러고 보니까 이쪽 피가 흐르나 본데. 태민이도 그렇고."

예전에 라액에서 만날 때 태진이 수정한 시나리오를 봤었기에 김정연은 태진을 인정했다. 그때, 채이주가 칭찬이 부족하다는 듯 거들고 나섰다.

"연기도 진짜 잘하시는데! 저 다 한 팀장님이 가르쳐 주신 거예요. 모르셨죠?"

"많이 들었어. 자기 진짜 취했나 보다."

"저 진짜 괜찮아요. 그런데 어떤 내용이에요? 저 미리 준비할게요!"

시나리오를 얘기할 장소로는 적절하지 못했다. 듣는 사람도 많았기에 예의가 없을 수도 있어 보였다. 태진은 약간 취한 듯한 채이주가 걱정되기 시작했다. 그때, 태진의 걱정과 달리 김정연은 전혀 문제가 되지 않는다는 듯 입을 열었다.

"대충 생각은 했는데 영혼 이동물이면서 스릴러라고 보면 되겠네. 남자 주인공이 영혼을 옮겨 다니는 거야."

"공포 드라마예요……?"

"공포는 아니고 추적 스릴러야. 남주가 자기도 모르는 이유로 정신을 잃고 정신을 차릴 때마다 다른 사람으로 깨어나는 거야. 그런데 유독 한 사람에 대해서만은 정신을 잃어도 바뀌지 않는 거지. 그리고 지금까지 자기가 거쳐 갔던 사람들의 공통점이 있고. 그 공통점은 한곳을 가리키고 있지. 그래서 남자가 조금씩 기억을 찾으면서 그 공통점을 찾아가는 스토리고."

"와! 말만 들어도 재미있을 거 같아요!"

"그래? 다행이네?"

"그럼 여주는요?"

"무당이야."

"무당이요?"

"능력이 좋은 처녀 보살이라고 하는 게 정확하겠네. 분위기도 좀 가볍게 만들고 능력도 좋아서 빙의 같은 거 있잖아. 그것도 자유자재로 하는 거지. 내가 생각한 캐릭 중에 가장 판타지스러운 캐릭이야. 이게 자기 덕분에 생각한 캐릭터거든."

태진은 그 어느 때보다 몰두했다. 말만 들었을 뿐인데 머리에 그림이 그려지고 있었다. 여주 역이 빙의를 하다 보니 여러 가지 모습을 보여 줘야 할 텐데, 이를 채이주가 소화해 낼 수 있을 것처럼 보인 듯했다. 물론 쉽지만은 않겠지만, 지금 잠깐 들은 얘기로도 기대가 되기에 무조건 놓쳐서는 안 될 것 같은 느낌이었다. 그때, 채이주가 궁금했는지 말을 이었다.

"보살은 주인공 도와주는 역인 거예요?"

"크게 보면 그런데 드라마란 게 목적이 있어야 돼. 그래서 여주의 부모님도 남주가 겪었던 사람들과 같은 피해를 본 거지. 그걸 알아 가는 거고."

"아! 아… 아… 저 머리가 나빠서 그런지 보살하고 남주하고 연결이 안 돼요."

김정연은 오히려 그 모습을 더 기분 좋아했다.

"모르겠지?"

"네! 왜 같이 만나는 건데요?"

"이거 말하려면 결말부터 말해야 되는데."

"결말까지 정해 놓으셨어요?"

"당연하지. 말해 줘?"

"네!"

설마 말해 줄까 싶었는데 김정연은 아무렇지도 않다는 듯 입을 열었다.

"남자가 영혼이거든."

"아! 그래서 보살 눈에 보이는 거구나!"

"그냥 보이는 게 아니지. 몇 년 전에 남편이 남편이 아닌 거 같다고 굿하러 찾아왔을 때 그 유령을 봐 놓고 몇 년 뒤에 똑같은 유령을 또 보는 거지. 첫 대사는 생각해 뒀어."

"뭔데요?"

"유령이 들어간 남자, 그러니까 극을 끌고 갈 주연이 겁나게 잘생긴 거야. 그래서 수줍어하면서 '우리 어디서 본 적 있어요?' 이런 거지. 이 대사가 굉장히 중요해."

김정연은 얘기는 마치 엄마가 동화책을 읽어 줄 때처럼 빠져들게 만들었다.

"찐 결말에 여기저기 돌아다니던 영혼이 자기 몸으로 들어가거든. 혼수상태였던 거야. 같이 다니면서 남주한테 붙어 있던 영혼에게 애틋한 감정을 느끼면서 사랑까지 이어지는 거지. 그러다가 영혼은 일이 마무리되면서 사라지게 되고 보살은 그 영혼을 찾아 방황하지. 그러다가 혼수상태에서 깨어난 남자를 보게 돼. 그리고 다시 만나서 하는 말이……."

김정연의 말이 끝나기 전에 채이주가 울먹거리는 얼굴로 말했다.

"우리 어디서 본 적 있어요?"

"그래! 그거야! 딱 그 표정! 그게 내가 생각한 그 표정이야!"

"얘기만 들어도 너무 슬프다."

"어때? 이렇게 진행되면 얼굴이 아니라 내면을 사랑하는 여주라는 평가도 받을 수 있지."

"저 꼭 할게요. 진짜 준비 열심히 해서 할게요!"

태진은 진심으로 감탄했다. 잠깐 들은 얘기로 드라마가 상상이 되고 보고 싶다는 생각마저 들었다. 그와 동시에 단우도 남자 주연으로 괜찮을 것 같다는 생각도 들었다. 김정연의 캐릭터 설명에 잘생겼다는 배경이 깔려 있었기 때문에 단우라면 남들보다 우위에 설 수 있을 거 같았다. 물론 연기력이 문제겠지만.

그때, 김정연의 얘기에 빠져 버린 채이주는 연신 대사를 뱉고 있었다, 처음에 만났을 때의 톤과 마지막에 만났을 때의 톤 두 가지로 계속 같은 대사를 하고 있었다. 그런 채이주가 갑자기 태진을 보더니 머리를 귀 뒤로 쓸어 넘기며 수줍은 모습으로 대사를 날렸다.

"우리 어디서 본 적 있어요?"

처음 만나는 장면을 연기하는 모습인 듯했다. 딱 봐도 술에 취해 보였기에 웃어넘기려 할 때, 단우를 어필할 수 있는 기회라는 생각이 들었다. 태진은 수줍어하며 자신을 보는 채이주의 눈을 피했다.

"아니요. 사람 잘못 보셨어요!"

태진은 최대한 단우의 연기를 떠올리며 대답했다. 어떤 대사가 나올 줄은 모르지만 이런 식으로 흘러갈 것 같았다. 모든 기억을 갖고 있다면 남자 주인공도 보살을 못 알아볼 리가 없었기에 약간 티 나게 모르는 척 연기를 했다. 그러자 강찬열은 태진이 장난친다고 생각했는지 웃으며 말했다.

"너무 정색하시면 그러시네. 하하하. 채이주 배우님 무안하시게."
"그게 아니에요. 가만히 좀 있어 봐요."

김정연은 재미있다는 얼굴로 강찬열의 말을 끊더니 태진에게 말했다.

"참 센스 좋아. 그렇게 나오면 이주 씨가 더 재밌게 나오겠네. 남주가 어떤 캐릭인지 감이 와요?"

기회라고 생각한 태진은 잠깐의 고민도 없이 생각하던 것들을 꺼내 놓았다.

"정확하진 않지만, 좀 진지한 캐릭터일 거 같아요. 그래도 너무 무겁지 않게 보살과 있을 때는 유머스러운 모습을 보여 줘서 친밀감을 만들지 않을까 생각했어요."
"오. 그건 아니었는데 그게 좋긴 하죠. 그렇게 친밀하게 보이면 몰입시키기 좋죠. 또 뭐가 재미있을까요?"
"생각한 건 있는데 맞는지는 모르겠어요."
"괜찮으니까 말해 봐요. 지금 정보 수집 중이니까. 아! 그대로 썼다고 나중에 고소하기 없기?"
"안 그러죠."

"그러니까 말해 봐요."

"작가님 작품에 싸움하는 씬이 많이는 아니더라도 중요한 장면에 꼭 들어가잖아요. 그래서 그 부분에 정당성을 주려면 유령이나 남주나 둘 중에 하나는 싸움에 능한 특성이 있는 게 좋을 것 같거든요. 제가 보기에는 유령도 좋긴 한데 빙의된 남자가 그런 특징이 있는 게 더 재미있을 거 같아요. 그래야지 유령이 자기 싸움 실력에 놀라는 것도 자연스러울 거 같고요. 그리고 다른 사람의 몸이다 보니까 약간 원래 몸의 주인의 습관도 가끔 나오는 것도 재미있을 거 같아요……."

말을 하던 태진은 김정연의 행동에 당황스러워 말을 멈췄다. 갑자기 사이다를 들이켜더니 옷을 챙기고 있었다. 태진은 자신이 선을 넘은 건가 생각하며 어떤 말을 했는지 떠올릴 때, 김정연이 손짓했다.

"나가요. 시간 있죠? 여기 시끄러우니까 나가서 얘기해요."

*　　　*　　　*

김정연과 커피숍으로 자리를 옮긴 태진은 시간이 얼마나 흐른지도 모를 정도로 대화에 빠져들었다. 자신의 얘기를 재미있게 들어 주는 것도 기분 좋았지만, 어떤 얘기를 했을 때 그걸 더 흥미롭게 확장시키는 김정연에게 매료되었다.

게다가 함께 자리를 옮긴 채이주 역시 주변 사람들의 시선에도 아랑곳하지 않고 직접 연기를 해 보기까지 했다. 사람들의 시선이 신경 쓰이긴 했지만, 채이주에게도 기회라는 것을 알기에 태진이 제지할 수도 없었다. 다만 술에 약간 취해서 그런지 아니면 원래 이렇게 밝은 사람이었는지 평소와는 조금 다른 모습이었다. 지금도 젊은 여성 두 명이 채이주를 보며 하는 말이 들렸다.

"실제로 보니까 진짜 존예네. 너무 예쁜데?"

못 들은 척할 만도 한 말에 채이주는 환한 미소를 지으며 대답까지 해 주었다.

"그걸 이제야 알았어요? 앞으로 소문 좀 내 주세요!"
"언니 팬이에요!"
"팬이었어요? 가만있을 수 없지!"

자신들끼리 한 말에 대답을 해 줘서인지 여성 두 명은 너무나 좋아했다. 그러고는 사진까지 찍어 주고는 다시 테이블로 돌아온 뒤 아무 일도 없었다는 듯 다시 대화를 이어 나갔다. 태진은 그런 채이주가 걱정된 마음에 조심히 물었다.

"괜찮으신 거 맞죠?"
"괜찮아요. 저 술 잘 마셔요."
"진짜 괜찮으신 거죠?"

"왜요. 저분들하고 사진 찍어 주고 그래서 그래요? 저렇게 안 했으면 저기 신경 쓰여서 얘기 제대로 못 할 거 같아서 그랬어요. 그러니까 빨리 얘기해 봐요!"

태진은 채이주의 성화에 못 이겨 다시 말을 이었다.

"제가 보기에는 남주도 중요한데 여주한테 더 많은 매력을 느낄 수 있을 거 같거든요.. 여러 가지 모습을 보이니까요. 그래도 원래 캐릭터의 성격에 기준은 잡혀 있어야 돼요."
"아하! 좀 밝은!"
"그것도 괜찮은 거 같고."

이번엔 김정연이 태진의 말을 이어받았다.

"맞아. 그거야. 그래야 시청자들이 더 기대하는 법이거든. 뭐가 좋을까. 아! 싸움할 때 도와 주려고 빙의를 하려고 하는 거야. 막 다급한 상황인 거지. 그래서 싸움 잘하는 유령들을 찾다가 그중에 가장 세 보이는 유령하고 빙의하는 거야. 그리고 유령이 알고 보니 브루스 리인 거지!"
"아뵤?"
"푸하하. 그래. 그거!"

태진이 보기에는 조금 이상했지만, 지금 자리에서 알려 주기도 어려웠다. 표정이 중요한 만큼 태진이 따라 하지 못하는 배우이기도 했다. 채이주는 연신 브루스 리의 독특한 표정을 흉내 냈고, 김정연은 그게 재미있다는 듯 웃었다.

"너무 웃긴데?"

"너무 과해요?"

"아니야. 딱 좋아. 이주야. 이거 나랑 하자."

"저야 너무 좋죠!"

"약속한 거다?"

"그럼요! 무조건 할게요!"

사적인 자리에서 나온 얘기이지만, 김정연이 허튼 말을 할 사람은 아니었다. 아무래도 이번 작품으로 채이주를 굉장히 좋게 본 모양이었다. 그렇게 한참이나 대화가 이뤄졌고, 김정연은 휴대폰으로 모든 대화를 녹음해 가며 대화를 이어 나갔다.

그리고 김정연은 정말 오디션이라도 보려는 건지 채이주에게 시키는 연기가 늘어 갔다. 채이주도 최선을 다해 연기를 펼쳤고, 부족하다고 생각하는 부분은 메모까지 해 가며 준비를 하겠다고 말했다. 그렇게 대화가 거의 끝나 갈 때쯤 김정연이 다시 채이주에게 연기를 부탁했다.

"내가 생각하기에는 엔딩이 정말 중요하거든."

"우리 어디서 본 적 있어요? 이 대사요?"

"그래, 그게 내가 가장 중요하게 생각하는 부분이야. 이거 한 번만 해 볼래?"

채이주도 중요하다는 말에 부담감이 생기는지 좀 전처럼 편하게 연기를 하지 못했다. 생각이 많아 보이는 얼굴로 어떤 연기를 할지 구상하는 듯했다. 태진은 그런 채이주에게 자신이 생각한 느낌을 말해 주었다.

"너무 기쁘고 반가워서 눈물이 나는 거예요. 기쁨의 눈물을 흘리면서 약간은 원망도?"

"원망이요?"

태진은 잠시 김정연을 봤다. 그러자 김정연은 상관없다는 듯 계속 해 보라고 손짓했다.

"그게 마지막 장면을 극적으로 보이려면 오랜만에 만났다는 설정이 좋을 거라고 생각했어요."

"오, 그래 맞아요!"

"그럼 이유가 있어야 되니까… 요즘은 전화가 다 있으니까 일부러 안 했다는 이유밖에 없거든요. 그 이유가 외모에 있지 않을까."

"외모?"

"아까 외모보다 내면을 보는 여주라고 말씀하셔서요."

"아! 그거 그냥 일단 뱉고 본 말인데. 좋네! 외모! 그동안 남주도 연락할까 고민하는 모습도 넣어 주면 되겠네. 그래서 원망했구나. 아! 좋아! 너무 좋다! 이러면 되겠다. 남주는 여주가 원래 자신의 모습을 아는지 모르는 거야. 그래서 더 자신이 없는 거지. 그러다가 자기가 빙의했던 사람한테 여주가 남주를 좋아한다는 얘기를 듣는 거지. 그 순간 마주치는 거고."

김정연은 또다시 휴대폰을 입에 가져다 대고 생각한 것들을 녹음했다. 그러고 나서야 다시 채이주를 봤다. 하지만 채이주는 쉽게 감이 오지 않는 모양이었다. 태진은 그런 채이주에게 조용하게 말했다.

"칸 영화제에서 상을 탔다고 생각해 보세요."
"칸……? 내가요?"

너무 멀리 잡았는지 더 감을 못 잡는 것 같은 느낌이었다. 그 때, 김정연이 웃으면서 태진의 말을 수정했다.

"이주야, ETV 연기대상에서 대상 받았다고 생각해 봐."
"아……."
"그동안 너한테 발 연기라고 했던 사람들에게 인정받는 순간이야. 네 앞에는 우리 신품별에 출연했던 배우들이 너를 인정하며 박수를 보내고 있고, 집에는 부모님들이 감격에 차서 눈물을 흘리고 있어. 모든 사람들이 너를 봐 주고 있는 거야."

태진은 진심으로 감탄했다. 괜히 작가가 아니었다. 얘기를 듣는 태진도 시상식이 그려졌다. 그리고 채이주도 마찬가지인지 벌써부터 울먹이고 있었다.

"우리… 우리… 흐흑."

"약간의 원망을 담아서! 한 팀장이 일을 너무 잘해서 다른 회사로 간다는 얘기가 있어!"

"흐흑. 진짜요? 진짜예요?"

"그냥 한 말이지. 상상해 보라고. 그런데 이주 때문에 남는대! 그래서 배신감을 느꼈는데 마음이 놓이는 거지!"

그러자 채이주는 태진을 쳐다보더니 웃으면서 울고 있었다. 연기가 많이 늘었다는 건 알고 있었지만, 이렇게 보니 느낌이 달랐다. 가슴이 요동치고 있었다. 그런 채이주가 태진을 보며 대사를 뱉었다.

"우리… 우리 어디서… 본 적 있나요?"

김정연은 이미 엄청나게 만족한 표정이었다. 태진은 그런 김정연을 보고는 생각하던 대사를 뱉었다.

"오랜만이에요……."

"이이이씨. 흐흑."

"이런 나라도… 괜찮나요?"

"몰라. 이씨."

채이주는 엄청나게 몰입했는지 계속 울먹이면서도 태진의 장

단에 맞췄고, 그 덕분에 태진은 자신이 생각한 대로 대사를 끝냈다. 그러자 그 모습을 보던 김정연이 손가락까지 내밀며 태진과 이주를 가리켰다.

“그래! 그거야! 그거! 내가 딱 생각한 그림! 내 머리에 들어와서 보고 나간 것 같은 그림이야! 이거 보니까 글 쓸 욕구가 생기네! 진짜! 딱 좋아!”

김정연은 아이디어가 계속 떠오르는지 연신 고개를 끄덕거렸다. 한참이나 고개를 끄덕이던 김정연이 갑자기 태진을 뚫어져라 쳐다봤다.

“한 팀장, 나랑 같이 연기 해 볼래요? 느낌이 너무 좋아.”

태진은 살짝 당황했지만, 한편으로는 성공했다는 기쁨이 차올랐다. 태진은 흥분을 가라앉히기 위해 헛기침을 뱉었다.

“지금 제가 한 건 차오름 씨 흉내 낸 거예요. 조연이면서 좀 외모 때문에 재미있는 역 많이 맡는 배우신데.”

“아! 알죠! 그러고 보니까 그런 거 같네? 어! 잘 어울릴 거 같다!”

“그리고 아까 잘생긴 설정의 배우는 권단우 씨 따라 한 거였어요.”

“아! 권단우! 알죠. 라액에 나왔던 친구.”

“네, 맞습니다. 지금 저희 회사에 같이 있습니다.”

"아, 그랬구나."

다른 배우 얘기할 때는 공감을 하더니 단우의 얘기가 나오자 약간 시큰둥한 모습이었다. 부족한 것도 사실이었지만, 지금도 누구보다 열심히 연기 수업을 받고 있으니 발전할 수 있을거라 믿고 있었다.

"지금은 좀 부족하지만 누구보다 노력을 많이 하거든요. 연기에서 진심이 느껴지는 배우입니다. 작가님이 집필하시는 기간 동안 많은 준비를 할 수 있을 거 같습니다."

"에이! 갑자기 왜 여기서 영업을 하세요. 이렇게 보니까 다른 매니저들 같네."

그때, 채이주가 태진을 돕기 위해 나섰다.

"저도 한 팀장이 가르쳐 주셔서 신이 역 잘 마무리한 거예요. 한 팀장님이 나선다고 하시면 분명히 달라지는 게 있을걸요?"

"그래?"

태진도 기회를 놓칠 수 없다 보니 최대한 단우를 어필하며 나섰다.

"저도 도울 거고요. 지금도 로젠 필 씨와 일대일로 연기 교육을 받고 있습니다."

"오? 그렇게까지? MfB에서 미는 기대주인가 보네. 난 최정만이 기대주인 줄 알았는데. 그 친구는 연기 잘하던데."
"정만 씨도 기대주 맞습니다."
"으음, 외모만 놓고 보면 합격점인데."

쉽게 대답을 하지 않던 김정연이 입을 열었다.

"오케이. 오디션을 한번 보죠. 아직 글을 쓴 건 아니라서 좀 이르고 어느 정도 쓰고 나면 연락할게요. 그럼 됐죠?"
"감사합니다."
"좀 쉬려고 했는데 내일부터 바로 써야겠네. 너무 재미있을 거 같아."

태진은 주먹을 불끈 쥐었다. 처음부터 주연 배우로 단우를 캐스팅하겠다는 확답을 들으려는 건 아니었다. 최대한 좋은 기회를 만들어 주고 싶었고, 이제 그 대답을 들었다. 앞으로의 준비는 단우에게 달려 있었다. 태진이 이 좋은 소식을 빨리 알려 주고 싶다고 생각할 때, 김정연이 말을 이었다.

"대신 나도 조건이 있는데!"
"네, 말씀하세요."

어떤 조건이라도 받아들일 생각에 태진은 잠시의 고민도 하지 않고 대답했다.

"나중에 어느 정도 틀이 잡히면 나하고 또 얘기해요."

"저야 너무 감사하죠."

"그러면서 누가 어울릴지 같이 생각해 보자고요."

"네! 물론……."

바로 바로 대답하던 태진이 순간 말을 멈췄다. 생각해 보니 회사에서 하는 일이었다. 지금 사적으로 부탁을 하고 있지만, 성급히 대답을 해선 안 될 것 같았다. 잠시 고민하던 태진은 대화의 방향을 돌렸다.

"MfB가 전문입니다. 맡겨 주시면 최선을 다하겠습니다."

그러자 김정연은 아깝다는 듯 허공에 손을 젓더니 입을 열었다.

"에이! 거저먹을 수 있었는데!"

태진은 속으로 안도의 한숨을 뱉었다. 어떻게 된 게 이 바닥은 한시도 마음을 놓을 수가 없었다. 김정연은 웃으며 말을 이었다.

"농담이에요. 아무튼 내가 못 봤으면 모를까, 봤는데 다른 사람한테 맡길 수가 없네요. 내가 쓴 캐릭터하고 잘 어울리는 배우를 어떻게 이렇게 잘 찾지. 드라마를 얼마나 본 거예요? 어떻게 모르는 배우도 없어."

"예전에 할 일이 없어서 TV만 봤었거든요."

"아, 백수일 때? 아직 젊어 보이는데?"

"예전에 하반신 마비였거든요."

"아! 맞다 맞다! 기억났네. 아, 그때 쌓아 놓은 게 이렇게 도움이 되는구나. 헛된 세월을 보낸 건 아니네요? 그때는 힘들었겠지만 지금 보면 의미 있는 시간이었네요?"

잠시 긴장을 하던 태진은 김정연의 말에 긴장이 눈 녹듯이 풀렸다. 자신의 과거 얘기를 들을 때 하나같이 다행이라는 말을 했다. 하지만 김정연은 보는 관점이 달랐다. 지금 위로가 필요한 건 아니었지만, 이상하게 마음이 위로되는 느낌이었다. 만약 이런 말을 듣고 김정연이 부탁했다면 고민도 하지 않고 대답했을 것 같았다.

"감사합니다."

"나한테 감사할 건 없죠. 나야말로 오늘 진짜 많은 소스 얻어 가는데. 아마 최단 기간이 걸리지 않을까 싶은데?"

"글 쓰시는 기간이요?"

"써 봐야 아는 거긴 한데 아무래도 그럴 거 같은데요? 지금 같아서는 한 4회분 정도까지 한 2주 걸릴 듯한데."

"그렇게 빨리요……?"

"어디에서 방송하냐에 따라 다르겠지만, 보통 방송사 투자를 기준으로 삼는다면 쓸데없는 거 다 쳐내면 길어야 한 3회 정도? 되겠네요. 그럼 뭐 등장인물은 거의 다 나오는 셈이고, 제작사에서도 확인을 하고 그러면 정확하진 않더라도 대충 한 3주? 그 정도 예상되네요."

태진은 농담인지 진담인지 구분이 되지 않았다. 작가라고는 태민이 글 쓰는 것만 봐 왔기에 다른 사람이 어떤지는 알지 못했다. 그래도 다른 사람하고 큰 차이가 없을 거라고 생각했는데 김정연이 말한 속도는 태진이 이해하기 힘들었다. 그때, 김정연이 진심이었다는 듯 웃으며 휴대폰을 내밀었다.

"한 팀장님 번호 좀 찍어 줘요. 직통으로 얘기하게. 그러면 한 팀장도 어깨 좀 펴고 다닐 수 있죠? 내 작품 따온 거니까?"

"아! 그럼요!"

"나중에 밥 크게 쏴요. 나 비싼 거 좋아하니까."

회사에 이 소식을 알린다면 얼마가 됐든 처리해 줄 것이 확실했기에 태진은 그 어느 때보다 자신 있는 목소리로 대답했다.

"네! 원하시는 거 사 드리겠습니다."

제4장

—

태은의 꿈

김정연과의 성공적인 미팅으로 인해 기쁜 마음으로 집으로 온 태진은 곧장 동생들의 방문을 두드렸다. 방문을 열자 컴퓨터 앞에 앉아 있는 태민이 보였다.

"형 왔어?"
"글 쓰고 있었어?"
"어, 그렇지. 회식 있었어?"
"어? 어떻게 알았어?"

그사이에 김정연이 연락을 한 건가 싶어 잠깐 놀랄 때, 태민이 웃으며 말했다.

"고기 냄새 진동하는데?"
"아. 많이 나나 보네."
"술은 안 마셨지?"

태진은 웃으며 태민을 봤다. 아직까지도 걱정이 되는 모양이었다. 태진은 그런 태민에게 소설에 대해 얘기를 하려다 말고는 미소만 지었다. 태진은 먼저 말해 주지 않는 태민에게 약간 서운하기도 했지만 생각이 깊고 어떻게 보면 자신보다 더 어른스러웠기에 말하지 않은 이유가 있을 것 같았다.

"쉬엄쉬엄해."
"안 그래도 그러고 있어. 밥은? 엄마 오늘 야간 타임 가서 없고 아빠는 엄마 데리러 갔어. 밥 줘? 아, 회식했지."
"괜찮아. 태은이는?"
"형 방에 있을 거야."

태진은 일어나려는 태민에게 손짓하고는 급하게 방문을 닫았다. 그러고는 태은을 찾아 자신의 방으로 들어갔다. 그러자 컴퓨터 앞에 앉아서 모니터를 열심히 들여다보는 태은이 보였다.

'오, 공부하네!'

공부하고 담쌓은 줄 알았는데 큰 시험 앞에서는 태은도 걱정이 되는 모양이었다. 항상 게임하는 모습만 봤는데 지금은 모니터를 뚫어져라 보는 중이었다. 인터넷 강의를 보는 있는 듯한 모습에 태진은 조용히 나오려 할 때, 인기척을 느낀 태은이 고개를 돌렸다.

"어! 큰형! 왔어?"
"어, 일어나지 마. 공부해."
"공부? 아! 이거? 게임 공략 본 건데?"
"아……."

밖으로 나가려던 태진은 자신도 모르게 한숨을 뱉었다. 어떻게 보면 한결같은 모습을 유지하는 것도 대단했다.

"다음 주 수능이라며."
"벌써 다음 주야?"
"아……."
"알지! 농담이지."

딱 봐도 자기도 놀란 얼굴이었다. 얼마 전까지는 그런 태은이 귀엽게 보였는데 사회에 나가 사람들과 부딪치다 보니 태은이 걱정이 되었다. 기왕이면 좋은 직업을 가졌으면 하는 바람이었다.

"태은아, 넌 꿈이 뭐야?"
"갑자기? 난 돈 많은 백수?"
"백수인데 돈이 어떻게 많아."

"그러니까 꿈이지."

"장난하지 말고 진짜 되고 싶은 거 말이야."

진지한 태진의 모습 때문인지 태은도 진지한 표정으로 대답했다.

"챌린저."

"챌린저? 그게 뭐야."

"게임에서 몇몇 사람만 될 수 있는……."

"넌 진짜! 너 나가. 형 쉬게."

태진은 끝까지 장난을 치는 태은을 내쫓았다. 나가면서까지 장난기 가득한 얼굴로 웃으면서 나가는 태은의 모습에 태진은 머리가 아파 왔다. 그때, 책상에 올려 둔 책들이 보였다.

"공부하는 척하려고 준비는 철저히 했네. 그래도 문제집은 있네."

태진이 문제집을 가져다주려고 정리하던 중 연습장이 보였다. 백지일 게 예상되는데 이상하게 두툼했다. 태진은 펜이라도 껴 놓은 건가 생각하며 펜을 뺄 생각으로 연습장을 펼쳤다.

"어……?"

펜 때문에 연습장이 두툼한 것이 아니었다. 연습장에는 익숙한 그림이 있었다. 바로 얼마 전에 진행한 연극 프로젝트의 공연 티켓이었다. 그것도 다섯 장 모두 붙어 있었다. 태진은 궁금한 마음에 급하게 태은을 불렀다.

"한태은! 이리 와 봐!"
"형이 나와."
"이리 와 봐!"
"아, 진짜! 오늘 왜 그러실까!"

귀찮은 얼굴로 방문을 연 태은은 연습장을 보고 있는 태진을 보자마자 급하게 뛰어 들어왔다.

"왜 남의 걸 봐!"
"보려던 게 아니라 정리하다가 본 거야. 이거 뭔데. 이거 봤어?"
"봤으니까 있지."
"언제? 왔으면 형한테 얘기하지."
"큰형 없었거든?"
"그랬어? 그리고 형한테 말하면 티켓 줬지."
"아니야. 그런 거."

태은의 성격상 연극을 봤다면 무조건 자신에게 먼저 연락을 했을 텐데 지금도 꽁꽁 숨기는 이유가 궁금했다. 태민과 달리 태은은 자기 마음을 제대로 표현할 줄 아는 동생이었다. 그런데 지금은 그렇게 보이지 않았다.

"뭔데, 형한테만 말해 봐."
"아, 진짜! 그냥 학원에서 보면 좋을 거라고 해서 본 거야."
"학원에서? 네가 학원을 다녀?"
"얼마 안 됐어."
"무슨 학원인데?"
"연기 학원."
"어……?"

태진은 진심으로 놀랐다. 하지만 놀람도 잠시, 걱정이 되기 시작했다. 태은이 뭔가를 하고 있다는 것이 신기하기도 했지만, 그보다 자신 때문에 헛바람이 든 건 아닐까 하는 걱정이 더 컸다. 자신이 본 사람들 중 스타라는 사람들은 외모거나 연기거나 특출난 부분이 있었는데 태은에게 미안하지만 동생은 전혀 그렇지가 않았다. 평범함 그 자체였다. 태진은 조금 더 확실하게 알기 위해 질문했다.

"배우 하고 싶어?"
"아니?"
"그럼 가수 하고 싶어?"
"나 노래 못하는 거 알잖아."
"그럼 뭐가 하고 싶어서 연기 학원을 다니는 건데?"

태은은 태진을 힐끔 보더니 쑥스러워하며 말했다.

"원래는 배우가 하고 싶었는데 바뀌었지."

"배우가 하고 싶었다고? 언제부터?"

"그냥 형이 계속 배우들하고 만나고 그러니까 나도 그냥 해 보고 싶었던 거야. 그리고 친구들도 나 연기 잘한다고 그러고."

"친구들이?"

"그냥 애들한테 누구 흉내 내고 그런 거야. 형이랑 하던 거."

"아… 그런데 왜 바뀐 건데?"

"학원에서 해 보니까 잘 안 맞더라고. 어렵고 고쳐야 될 것도 많고 내가 하고 싶은 대로 못 하게 하고."

"형한테 말을 하지 그랬어."

"이럴까 봐 그렇지! 남한테 아쉬운 소리 해야 되잖아. 그냥 수능 못 봐도 실기로 잘하면 대학갈 수 있다고 그래서 다닌 거야."

오래전부터 대학을 꼭 가고 싶어 했던 마음은 여전히 변하지 않았다. 태진은 그런 태은을 응원을 해 줘야 하나 꾸짖어야 하나 판단이 서지 않았다.

"그래서 뭐로 바뀌었는데?"

"다 봤잖아."

"뭘?"

"연습장! 몰래 봤잖아."

연습장에 보지 못했던 부분이 있었던 모양이었다. 하지만 연습장은 이미 태은에게 넘어가 있었다. 태진은 그런 태은을 보다가 자신도 모르게 곽이정을 흉내 내고 있었다.

"아, 그거였어. 형이 좀 봐 줄게. 네 생각도 좋은데 그보다 좋은 방법도 많거든."

태은은 이미 다 봤다고 생각하는지 툭하고 태진에게 연습장을 던졌다. 태진은 그런 연습장을 펼쳐 보니 사진을 프린트해서 붙여 놓은 것들이 있었다.

'연극 무대를 왜 이렇게 찍었어.'

무대 사진부터 시작해 인터넷에서 뽑은 듯한 포스터들까지 수두룩했다. 그리고 중간에는 아까 봤던 티켓까지 붙어 있었다. 그리고 그 밑에는 자신의 감상까지 적어 두었다. 태은답게 제대로 된 감상은 아니었다. 그저 멋있었다, 좋았다 같은 말들이었고, 티켓에는 '최고'라고 적혀 있었다.

태진은 그것들을 보다 태은이 무엇을 하고 싶은지 알아차렸다. 갑자기 이런 일을 하고 싶다는 게 의아하긴 했지만, 그래도 이 정도까지 무언가를 하려는 의지를 보인 적이 없다 보니 뿌듯한 마음까지 들었다. 태진은 너무 뿌듯한 나머지 태은의 팔을 툭 쳤다.

"왜. 좋은 방법 알려 준다면서 왜 때려."

"기특해서 그래."

"뭘 기특해."

"그런데 연기 학원은 뭐 하러 다녀."

"알아보니까 내 성적으로 갈 수 있는 데가 있긴 하더라고. 그런데 거기는 연기 실습만 본대. 그래서 합격하면 전공 갈리나 보더라고."

"그래서 무대 연출로?"

"그래."

태진은 너무 기특한 나머지 태은의 머리를 헝클어뜨렸고, 태은은 언제나처럼 머리를 뒤로 뺐다. 그런 태은을 보던 태진은 좋은 생각이 떠올랐다.

"너, 한번 경험해 볼래?"

"뭘? 형이 연출 이런 것도 해? 형 에이전트잖아."

"난 아니고 아는 분이 계셔서. 여기 이거 티켓 만든 분이신데."

"어……? 진짜?"

"이거 만든 분, 형이 모셔 온 분이야. 선우 무대라고."

"진짜로?"

회사일이다 보니 자세한 얘기를 한 적이 없어 모르는 것이 당연했다. 태진은 엄청 놀라 하는 태은의 모습을 보며 웃었다. 채이주와 통화를 할 때보다 더 놀란 모습을 보니 이번만큼은 진심일 것 같았다.

"형이 부탁드려 볼게. 한번 경험해 봐."

"나 때문에 괜히 아쉬운 소리 하는 거 아니야?"

"아니야. 안 그래도 요즘 되게 바쁘시다고 들었거든. 안 될 수도 있고."

"오케이! 좋아! 면접 볼 때 점수 딸 수도 있겠다! 나 대학 가겠는데?"

김칫국부터 마시는 태은의 모습에 태진은 웃으며 또다시 머리를 헝클어뜨렸다.

*　　　*　　　*

다음 날. 회사에 간 태진은 김정연과 있었던 일로 인해 영웅이 된 상태였다. 아직 확정이 된 건 아니었기에 대화가 오고 간 태진에게 진행을 지시했다.

"스흡, 이럼 내가 어제 걱정한 게 억울해지는데!"

"오히려 더 잘된 거죠! 진짜 김정연 작가님이 같이하자고 그러셨어요?"

국현과 수잔도 상당히 놀라고 있었다. 태진은 두 사람에게도 어제 있었던 일들을 전부 설명해 주었다.

"이주 씨! 너무 좋다!"

"스흡, 이래서 사람이 착하게 살아야 돼."

"그게 무슨 말이에요?"

"팀장님이 밤마다 연습 도와주니까 은혜 갚은 거잖아요. 까치처럼."

"까치요?"

"흥부네 까치 있잖아요."

"아! 그러네. 크큭. 아, 너무 좋다."

"그런데 이거 진짜 우리 지원 팀이 아니라 지휘 본부 되는 거 아닌지 모르겠네! 일도 따 와. 지원도 해 줘. 회사 일은 우리가 다 하네."

"아! 그러네. 이거 우리끼리만으로는 안 될 거 같죠?"

두 사람의 대화를 듣던 태진은 웃으며 고개를 끄덕였다.

"그래서 3팀에 맡겼던 것처럼 4팀하고 같이하려고요. 다 넘기면 좋은데 그러면 작가님한테 실례 같아서요."

"작가님이 팀장님을 지목해서요?"

"네."

"그래도 좋아할 거 같은데요? 청춘 멘탈 없어진다는 얘기 듣고 조금 미안했는데."

수잔은 기분 좋은지 미소를 지으며 말을 이었다.

"지금 오시라고 할까요?"

"제가 내려가서 말할게요."

"에이! 아니에요. 중요한 일도 맡기는데 오라고 해야죠. 제가 연락해도 될까요? 마침 커피도 먹고 싶었는데!"
"네? 네, 뭐 그렇게 하세요."

수잔은 뭘 하려는지 장난스러운 눈으로 코를 찡긋하더니 바로 전화를 걸었다.

"스미스 팀장님! 지원 팀으로 와 주셔야겠어요. 그게 일이 생겨서요. 청춘 멘탈 바사삭이 없어졌거든요. 아, 네. 일단 와 주셔야겠어요."

수잔이 통화를 마치자 태진은 헛웃음을 뱉으며 말했다.

"걱정하실 텐데 제대로 말씀해 주시지 그러셨어요."
"잠깐만 두고 보세요."
"기분 나빠하시는 거 아니에요?"
"스미스 팀장님이니까 이렇게 하는 거죠. 이런 걸로 화내고 그러시지 않으세요. 오히려 더 재미있어하시지."

아무래도 수잔이 더 많은 시간을 보냈으니 더 잘 알 것이기에 태진은 더 이상 묻지 않았다. 대신 태진은 시간을 한번 확인했다. 아무래도 스미스가 오기 전까지 시간이 있을 듯했기에 곧바로 전화를 걸었다.

"반장님, 안녕하셨어요."

—한 팀장님! 아이고, 저야 잘 지냈죠. 안 그래도 감사하다고 인사드리려고 했는데 먼저 전화를 주셨네요. 팀장님 덕분에 저희 이제 살아났어요.

"아, 잘됐네요. 일 많으세요?"

—그럼요. 그런데 무대 쪽도 있는데 대부분이 우리 대표한테 일이 많이 들어오네요. 하하. 그래도 팀장님이 뭐 맡기시면 우선으로 해 드릴게요. 저희가 뭐 도와 드릴까요?

그때, 사무실 문이 열렸다. 스미스가 벌써 왔는 줄 알았는데 문으로 들어오는 사람은 채이주와 담당 매니저였다.

"저 잠시만요. 제가 금방 전화드릴게요."

사무실로 들어온 채이주는 태진이 통화하는 걸 본 채이주가 급하게 말했다.

"저 상관하지 말고 통화하세요. 잠깐 온 거예요!"

이미 전화를 끊었지만, 다시 하라는 듯 수잔과 국현이 채이주를 맞이했다. 그리고 태진은 채이주가 두 사람에게 하는 말을 듣고는 웃었다.

"혹시 팀장님한테 어제 얘기 들으셨어요?"

"그럼요! 지금 난리도 아니에요!"

"그렇죠? 아! 진짜 기대돼서 밤새 잠도 못 잤어요!"

"그럼 좀 쉬시지 회사에 왜 나오셨어요. 나오실 일도 없을 텐데."

"흥분이 가라앉지가 않아요. 이런 적이 없어서요. 어제 팀장님도 같이 있었으니까 이 기분을 나눌 수 있을 거 같아서 왔어요. 그리고 저 지원 팀이 담당한다고 해서 겸사겸사 왔는데."

"아! 잘 오셨어요!"

채이주가 온 이유를 안 태진은 이해가 되기에 가볍게 웃었다. 그러고는 다시 김 반장에게 전화를 걸었다.

그러자 상대방도 전화를 기다렸는지 신호가 몇 번 울리기도 전에 전화를 받았다.

"죄송해요. 일이 생겨서요."

—아닙니다. 그런데 무슨 일 있으세요?"

"그런 건 아니고요. 여쭤볼게 있어서요."

—네, 말씀하세요.

"혹시 바쁘시면 알바생 필요하시지 않으세요? 무대 연출 하고 싶어 하는 친구인데 아직 경험은 없거든요. 잡일이라도 가능하면 일이 어떻게 돌아가는지 보여 주고 싶어서요."

—아! 안 그래도 우리가 손이 부족하긴 한데. 저한테 연락처 주세요.

"가능한 거예요?"

—그럼요. 잘됐네요. 우리도 지금 감당하기 힘들어했는데 팀장님 소개면 믿을 수도 있으니까 저희야 좋죠.

"아, 그럼 제가 연락을 하라고 할게요. 지금 학생이라서 다음 주에 수능 보거든요. 수능 끝나고 연락드려도 될까요?"

—아, 네. 그렇게 하세요. 그때 같이 뵙고 술이나 한잔하시죠. 제가 보답을 꼭 하고 싶어서요.

"네, 알겠습니다."

약간 어려운 부탁일 수도 있기에 약간 걱정을 했는데 김 반장이 기분 좋게 수락해 준 덕분에 태진도 마음이 놓였다. 태은이 잘하길 바라는 마음으로 한숨을 크게 뱉었다. 그때, 자신을 보는 세 사람이 보였다. 세 사람은 통화 내용을 들었는지 어느새 대화를 멈추고 궁금해하는 얼굴로 쳐다보고 있었다. 그러던 중 국현이 참지 못하겠는지 질문을 했다.

"누가 무대 연출 한대요?"

"아, 동생이요."

"동생이요? 작가시라고……."

"막내가 있어요."

"아! 삼 형제셨어요?"

가족 얘기를 할 일이 없다 보니 수잔과 국현은 처음 듣는 얘기였다. 하지만 이미 알고 있던 채이주는 신기해하는 얼굴로 입을 열었다.

"태은 씨요? 태은 씨가 무대 연출 하고 싶대요? 와!"

"네. 무대 제작에 관심이 있나 보더라고요. 그래서 경험 좀 해 보게 도와주고 싶어서요."

"어제 수능이라고 들었는데! 안 본대요?"

"수능도 보죠. 실기 때문에 학원도 다닌다고 하더라고요."

"아! 연출학과 이런 데 가려나 보다."

"네, 그런데 성적이 좀 부족하고 가려는 학교에는 실기가 연기밖에 없어서 연기 학원 다닌대요."

"아하! 팀장님 동생이니까 엄청 잘하겠는데요?"

"그렇지도 않아요. 학원 다닌 지 얼마 안 된 거 같더라고요."

그때, 태진의 눈에 입을 벌린 채 자신과 채이주를 번갈아 쳐다보는 수잔과 국현 그리고 채이주의 매니저가 보였다. 채이주의 매니저는 무슨 상상을 하는지 걱정이 가득한 얼굴이었다. 그때, 눈이 마주친 국현은 눈을 몇 번 깜빡이더니 입을 열었다.

"서로 가족도 알고 그러세요? 두 분이 예상보다 더 가까워 보이는데요?"

"아, 막내가 이주 씨 팬이라서요. 영상통화 하면서 연습할 때 몇 번 본 적 있거든요."

"스흡, 그래요?"

세 사람이 무슨 생각을 하는지 들어 보지 않아도 알 것 같았다. 태진과 채이주는 동시에 재밌다는 표정으로 국현을 보며 웃었다.

“태은 씨가 날 뭐라고 부르는 지 알면 까무러치겠네.”
“뭐라고 부르는데요?”
“에이, 비밀이죠. 그건.”
“뭔데요! 너무 궁금한데!”

태진도 그것만큼은 말하지 말라는 듯 채이주를 보며 고개를 저었고, 채이주는 그저 재밌다는 얼굴로 웃고 있었다. 그러더니 다시 태진을 보며 말했다.

“그럼 실기 봐야 하겠네. 내가 연기 지도 해 줄까요?”
“아! 아니에요. 괜찮습니다.”
“팀장님이 저보다 나은 거 아는데 그래도 가족이면 얘기가 달라요. 팀장님은 잘 가르친다고 해도 태은 씨가 싫을걸요? 가족한테 그런 걸 보이는 게?”
“그래도요. 아무래도 저분들처럼 오해할 수도 있어서요.”

그때, 채이주가 환하게 웃더니 매니저를 쳐다봤다. 두 사람의 관계에 정신이 팔려 있던 매니저는 자신을 왜 보는지 이해를 못 하고 고개를 갸웃거렸고, 채이주는 그런 매니저에게 말했다.

“콘텐츠요!”
“콘텐츠요? 무슨 콘텐츠요?”
“지원 팀에 온 이유 있으시잖아요.”
“아! 맞다! Y튜브!”

그제야 매니저는 얼굴을 펴며 손가락을 튕겼다.

"아! 그거 때문에 그러신 거였어요?"

태진은 무슨 말인가 싶어 채이주와 매니저를 봤다. 그러자 매니저가 다소 편안해진 얼굴로 입을 열었다.

"이주 씨 스케줄이 내일 인터뷰 하나면 끝이거든요."
"많이 찾을 텐데요?"
"이주 씨가 예능 나가는 것도 싫어하시고 마땅히 나갈 만한 예능도 없어서요. 다른 배우분들이랑 같이 나가면 또 몰라도 다들 거절하시더라고요. 그래서 인터뷰도 조연배우들 나간다고 해서 힘이라도 실어 준다고 이주 씨가 같이 나가신다고 하신 거예요."
"아."
"대신 작품 준비 하시는 동안 근황 같은 걸 Y튜브에 올릴까 하거든요. 거기에 쓸 좋은 아이디어 얻으려고 온 거기도 합니다. 원래 저만 오려고 했는데 이주 씨가 회사 나오셔서 같이 온 거고요."
"그런데 그게 제 동생하고 무슨……."

말을 하던 태진은 이유가 떠올랐는지 급하게 고개를 저었다.

"그건 더욱 안 되죠. 많은 사람이 보는데 오해가 생기면 문제가 되잖아요."

국현과 수잔도 태진의 의견에 동의한다는 듯 고개를 끄덕이고 있었다. 하지만 채이주는 걱정되지 않는다는 얼굴로 입을 열었다.

"아무것도 안 해도 오해는 생겨요. 한 번도 못 본 사람하고도 스캔들 나는데. 그리고 경험상 차라리 이렇게 대놓고 하는 게 더 오해 안 받아요."

사실 걱정은 채이주가 아니라 태은이었다. 동생인데도 어디로 튈지 예상이 되지 않았다. 문제를 일으킬 것 같다가도 어제 얘기할 때 자신한테 폐를 끼치지 않고 싶어서 숨겼던 걸 생각하면 괜찮을 것 같기도 했다. 하지만 이미 불안한 마음이 생긴 이상 하지 않는 게 맞는 듯했다. 그때, 채이주가 자기가 생각하던 걸 꺼내 놓았다.

"연기 학원 다닌다면서요. 거길 가려고요! 깜짝 카메라로!"
"네?"
"그럼 거기에 태은 씨만 있는 게 아니잖아요."
"아……."
"배우가 되기 위해 노력하는 친구들을 응원한다는 포맷으로! 그리고 문제 되는 건 다 자르면 돼요!"

태진은 수잔과 국현을 봤고, 눈을 마주친 세 사람은 고개를 끄덕이며 차례대로 입을 열었다.

"재능 기부로 좋은 이미지를 얻겠는데요."
"스흡, 콘텐츠도 재미있을 거 같아서 채널도 홍보될 거고!"
"학원 측도 무조건 한다고 하겠는데요?"

세 사람의 말을 들은 매니저는 피식 웃더니 채이주에게 말했다.

"회사 직원으로 다니셔도 되겠는데요?"
"재밌을 거 같지 않아요?"
"저분들 말처럼 잘될 거 같아요. 그런데 너무 판이 커지면 관리하기 힘들 텐데."
"매니저 팀에서 관리한다고 했잖아요."
"그건 그런데요. 유지하려면 영상을 계속 올려야 되니까요."
"작품 준비하는 것도 보여 주고 하면 돼죠! 나 이만큼 준비하고 있다!"
"아하!"

채이주는 매니저가 내민 엄지를 보며 미소 짓고는 다시 태진을 봤다.

"재밌을 거 같죠!"
"네. 그럴 거 같네요."
"그럼 도와주시는 거예요? 좀 더 세밀하게! 완벽하게!"

태진은 고개를 끄덕이고는 채이주를 봤다. 후드티를 뒤집어쓴 처음 모습과는 완전히 달라져 있었다. 그땐 의욕은 있지만 어딘가 걱정이 가득해 보였는데 지금은 걱정은 모두 버리고 의욕만 남아 있었다. 태진이 그런 채이주를 보며 웃을 때, 다시 문이 열렸다.

스미스는 한 손에는 커피 캐리어를 들고 나머지 한 손은 인사를 하는 것처럼 손을 흔들었다.

"괜찮아요. 괜찮으니까, 우리 너무 위축되어 있지 말고 기운 냅시다. 자, 커피들 한 잔씩 하면서 다시 힘내 봅시다! 어? 채이주 배우님도 계셨군요."

무슨 상황인지 모르는 채이주는 위로를 받는 지원 팀 세 사람을 쳐다봤고, 갑자기 위로를 받게 된 태진은 헛웃음을 뱉었다. 그리고 수잔은 웃으며 스미스가 사 들고 온 커피를 받아 들었다.

예상과 다른 지원 팀의 분위기에 당황하던 스미스도 태진에게 자초지종을 듣고 나자 태도가 바뀌었다.

"그러니까 청춘 멘탈 바사삭이 엎어진다는 소문도 사실이고, 김정연 작가가 새 작품을 들어가는데 어떤 제작사가 되든 김정연 작가가 밀어준다는 말도 사실인 거죠?"

"네, 맞아요. 청춘 멘탈은 문제가 있더라고요."

"그건 됐고요. 지금은 하나도 안 아쉽죠."

스미스는 여러 가지 생각이 드는지 멍한 얼굴로 지원 팀 세 사람을 번갈아 봤고, 태진과 국현은 그저 미소만 짓고 있었다. 도무지 믿기 힘든 얘기였지만, 같이 있었다던 채이주까지 말을 보태자 안 믿을 수도 없었다.

수잔은 그런 스미스의 표정이 재미있다는 얼굴로 커피를 흔들었다.

"커피 잘 마실게요!"

스미스는 헛웃음을 뱉으며 말했다.

"커피가 문제가 아니지. 그러니까 한 팀장, 그 일을 우리 4팀한테 맡기겠다는 거죠?"

"정확히는 저희하고 같이 하는 거예요. 김정연 작가님이 저를 지목해 주셔서요. 그래도 단우 씨 때처럼 같이하는 걸로 했으면 하는데. 어떠세요?"

"우리야 좋죠! 김정연 작가가 없는 말 안 하기로 유명하니까! 와… 이걸 어떻게 따 왔을까? 아직 쓰지도 않은 걸."

"그냥 대화하다가 잘 통한다고 보셨나 봐요."

대화를 듣던 채이주가 태진의 말이 부족했는지 급하게 대화에 끼어들었다.

"통한 정도가 아니라 작가님이 팀장님한테 완전히 매료됐어요. 계속 녹음하시고 얘기하시고 거의 같이 대본 쓰는 수준이었어요."

"아… 대단한네요."

스미스는 놀랐는지 잠시 말이 없었고, 채이주의 매니저는 신이 난 채이주에게 조용히 속삭였다.

"일하시게 저희는 가죠. 이러면 실례 같은데요."

"아! 제가 너무 끼어들었죠?"

"그건 아닌데 아무래도 불편하죠. 저희는 가죠."

어제의 여운을 나눌 수 있는 대화에 기뻐하던 채이주는 아쉬워하는 얼굴로 조용히 일어났다.

"가시게요?"

"일하시는 데 방해되는 거 같아서요."

"아니에요. 계셔도 돼요."

그 말에 다시 앉으려는 채이주를 매니저가 잡았다.

"저희 콘텐츠 회의도 해야 돼서요. 이만 가 보겠습니다."

채이주는 억지로 끌려 나가듯 사무실을 나갔고, 지원 팀 세 사람은 채이주가 나간 문을 보며 피식 웃었다. 하지만 스미스만은 채이주가 있든 말든 상관이 없었다. 여전히 믿기 힘들다는 표정이었다. 그러고는 혼자 중얼거리기 시작했다.

"그럼 무슨 준비를 해야 될까… 일단 촬영 예정일 예상하고 스케줄 맞는 배우들 최대한 리스트 만들어야 되겠고, 혹시 단역까지 우리가 맡아요?"

"그건 모르겠는데 섭외 부분은 다 맡을 거 같은데요."

"사이트에서 구한다고 해도 거르려면 시간이 좀 필요하겠네."

놀란 것도 잠시, 스미스는 많은 경험을 바탕으로 어떤 준비를 해야 할지 늘어놓았다. 김정연에게 연락이 오면 바뀔 부분도 있겠지만, 사전에 미리 준비를 해 둬서 김정연의 마음을 확실히 잡겠다는 의지가 보였다. 그렇게 한참이나 대화를 나누던 스미스가 입을 열었다.

"지금 당장 준비할 건 이 정도 같네요. 후……."

"연락 주시면 제가 바로 말씀드릴게요."

"그래요. 그리고… 고마워요."

스미스의 표정은 얼마 전 3팀장이 보여 줬던 표정과 똑같았다. 태진은 기분 좋은 얼굴로 고개를 끄덕였다. 그때, 태진의 휴대폰이 울렸다. 번호를 보니 3팀장이었기에 태진은 스미스에게 양해를 구한 뒤 전화를 받았다.

—우하하하! 우리 0.2% 먹어요! 그게 됐어요!

다짜고짜 엄청 큰 소리에 태진은 전화를 건 사람을 다시 확인했다.

"자 팀장님?"

—네네! 저 맞습니다!

"한국 오셨어요?"

—아직이죠! 내일 갑니다! 하하. 내가 이 은혜 절대 잊지 않을게요. 한 팀장도 진짜 기대해요!

"네?"

—이걸 우리끼리만 먹겠습니까! 지원 팀도 인센티브 받게 될 겁니다! 내가 장담하죠! 일단 한국 가서 만납시다! 꼭 만나요!

너무 신나서인지 3팀장의 두서없는 말에 태진은 정신이 없었다. 그러던 중 스피커폰으로 하지도 않았는데 목소리가 들렸는지 스미스가 놀란 얼굴로 말했다.

"우리가 0.2%나 먹어요? 오 마이 갓… 이거 성과급 나오는 거 두 팀 나눠도 억 단위로 받겠는데……."

그 말이 끝남과 동시에 국현과 수잔이 너무나 기쁜 나머지 소리를 질러 댔다.

*　　　*　　　*

태진은 단우와 필에게도 소식을 전하러 찾아왔다. 두 사람이 하도 돌아다니다 보니 멀리 있을까 걱정했는데 다행히 서울의 한 가구 매장에 있었다.

"침대 사시게요?"

"침대도 사고 필요한 것들도 있고 해서 왔죠. 그런데 여기 미국하고 다르게 엄청 비싸네."

MfB와 계약을 했기에 필이 한국에 머물러야 했고, 회사에서 머물 집을 제공했다. 그런데 가전제품이나 가구들이 구비되어 있었기에 침대를 살 이유가 없었다.

"침대가 불편하세요?"

"아니, 내 침대 말고 단우 침대."

단우는 마법에 걸렸는지 말을 하지 않았다. 그렇다고 설명을 하기 위해 애쓰지도 않았다. 그저 어색한 표정으로 따라올 뿐이었다.

"단우 집이 멀던데. 왕복 3시간씩 걸리는데 시간 아깝잖아요. 단우도 혼자 살고 나도 혼자니까 그냥 같이 살자고 했죠."

"아!"

"저게 좋겠는데. 단우."

필이 고갯짓으로 침대를 가리키자 알아들은 단우는 침대에 누웠다. 단우는 또 만족한 걸 표현하려는지 잘 잔 사람처럼 웃는 얼굴로 기지개까지 폈다. 그러자 필은 이해를 하고 손가락을 튕겼다.

'이제는 대화 없어도 잘 통하네.'

태진은 너무나 자연스러운 모습에 웃음이 나왔다. 그렇게 두 사람을 따라 여러 가구를 사고 나서야 가구 매장 내 식당에 자리할 수 있었다. 필은 대화를 하기 앞서 단우에게 손을 내밀었다. 그러자 단우는 자신의 휴대폰을 필의 손 위에 올렸다. 아무래도 녹음하는 걸 들킨 모양이었다.

"그러니까 새 작품에 들어가는데 아직 기간이 정해진 게 없다는 거죠."

"네, 맞아요. 단우 씨는 아직 모르는 거 같은데요?"

"아직 얘기 안 했죠. 괜히 몸에 힘 들어가고 그럴까 봐. 겨우 힘 빠지기 시작했는데."

전화로 얘기할 수 있었음에도 찾아온 이유가 바로 필 때문이었다. 필이 반대를 하면 태진도 어떻게 할 수가 없었다.

"가능할까요?"

"아무래도 촬영은 아무리 빨라야 6개월은 걸릴 거고. 그럼 괜찮은 거 같기도 하네."

"일단 오디션을 붙어야 돼요. 붙을 수 있을까요?"

"나도 장담은 못 하겠는데. 근데 단우가 상당히 똑똑해서 사람들이 원하는 걸 잘 캐치하니까 될 것 같기도 하고. 일단 그걸 목표로 해 봐야죠."

태진의 걱정과 달리 필이 단우를 높게 평가하고 있었다. 필은 그 뒤로도 드라마에 대한 내용을 물어 가며 준비해야 될 것들을 메모했다.

"한마디로 다른 사람처럼 연기를 해야 된다는 거네. 이건 지금도 하고 있는 거니까 잘됐네."

"지금도 하고 계신다고요?"

"하고 있죠. 이번엔 누구를 할까. 오, 당분간은 가구 매장에서 일하는 사람처럼 하면 되겠네."

"네?"

"이제는 일상생활에 말 없이도 별로 어려움이 없더라고요. 그래서 미션 같은 걸 주는 거죠. 식당 주인처럼 행동해라, 이런 식이요."

"식당 주인처럼… 행동하는 건 뭐 어떻게 하는 건데요……?"

"그건 단우한테 달렸죠. 자기가 느끼고 자기가 생각한 식당 주인이 어떤 사람인지. 처음에는 어색한데 점점 익숙해지더라고요."

자신에게 저런 걸 시킨다면 어떻게 해야 할지 감이 잡히지 않았다. 단우가 참 고생한다는 생각이 들 때, 태진은 두 사람만 있을 때 의사소통을 어떻게 하는지 문득 궁금해졌다. 그때, 필이 휴대폰을 꺼내더니 무언가를 적어 단우에게 보여 주었다. 그러자 단우가 휴대폰과 자신을 번갈아 가리켰고, 필은 고개를 끄덕거렸다.

단우는 잠시 생각하더니 곧장 자신이 보고 생각한 가구 매장 직원을 연기했다. 연기라고 할 것도 없지만, 편안한 미소를 지은 채 지나가는 사람들에게 천천히 고개를 숙여 가며 인사를 했다. 아마 가구를 보고 가라고 하는 듯한 느낌이었다. 이제는 부끄러움도 없는지 모르는 사람에게도 자연스럽게 인사하는 단우의 모습에 태진은 소리 내어 웃어 버렸다.

"하하하하."

단우는 태진에게도 무슨 문제가 있냐고 묻듯이 눈썹을 살짝 들어 올리며 자신에게 말하면 해결해 주겠다는 표정을 지었다. 단우가 생각한 이곳 매장 직원의 모습이었다. 태진은 그런 단우를 보며 입술을 떨었다.

단우를 추천하면서도 단우가 잘할 수 있을까 걱정이 됐는데 이제는 그런 걱정을 하지 않아도 될 것 같았다. 배역을 따낼 수 있을지 모르겠지만, 만약에 배역을 따내지 못하더라도 연기를 즐기는 단우의 모습이 만족스러웠다. 그리고 언젠가는 지금의 경험이 반드시 도움이 될 것이었다. 그때, 같이 피식거리던 필이 입을 열었다.

"단우한테는 아직 얘기해 주지 마세요."

"아, 네."

"편안하게 있다가 볼 수 있게."

필이 단우를 위해 노력한다는 것을 알기에 태진은 웃으며 고개를 끄덕거렸다.

*　　　*　　　*

다음 날. 지원 팀 사무실에 반갑지 않은 사람이 찾아왔다. 바로 곽이정이었고, 곽이정은 처음 지원 팀 사무실에 왔음에도 마치 1팀 사무실에 온 것처럼 편안한 얼굴이었다. 국현과 수잔은 경계를 하기 바빴지만 태진은 곽이정이 온 이유를 알기 때문에 경계하기보다는 궁금해했다.

"자, 한번 보세요. 이렇게 진행될 겁니다."

곽이정은 준비해 온 자료를 태진에게 주었다. 계약을 하러 같이 가기에 태진도 알아야 하는 내용이었다. 태진은 약간 기대를 하며 자료를 살폈다.

'아. 이래서 성장하는 과정을 넣자고 했구나.'

바로 PPL이었다. 성장하는 과정에 배우들이 먹을 음식이나 편리한 가구들을 넣어 제작비를 지원받는 형식이었다. 플레이스에서도 제작비가 줄어드니 당연히 좋아할 만한 부분이었다. 그 외에도 자신이 참여했던 시즌 1과는 비교가 힘들 정도로 준비가 잘되어 있었다. 이미 극단들까지 알아봤는지 상당히 많은 극단들의 자세한 소개까지 준비했다.

준비가 철저하다 보니 자신이 자리를 하든 말든 플레이스에서 받아들일 만한 기획이었다. 이창진이 곽이정을 싫어하지만, 이런 기획이라면 거절할 이유가 보이지 않았다. 자신에게 같이 가 달라고 한 것도 약간의 변수도 만들고 싶지 않다는 게 이유처럼 느껴졌다.

'이래서 그렇게 자신만만했네.'

지금도 곽이정은 편안한 얼굴로 지원 팀을 둘러보는 중이었다. 그러던 중 움직일 수 없는 태진의 미간을 찡그리게 만드는 것이 보였다.

"무대 제작을 동서기획에 맡기시네요."

"가장 적당하니까요."

"시즌 1에서 선우 무대에서 제작한 배경 상당히 좋았는데요. 그리고 포스터하고 티켓 디자인도 되게 큰 도움이 됐었어요."

"압니다. 하지만 동서기획도 못지않아요. 일단 배경은 소품 제작이 아니라 스크린으로 쏠 거라서 인건비도 더 줄고 수고도 덜하게 될 겁니다."

태진은 어이가 없었다. 어떤 회사를 데려오든지 선우 무대만큼 싸고 질 좋은 회사가 없었다. 곽이정도 분명히 알 텐데 이건 일부러 배제를 했다고밖에 보이지 않았다. 그리고 그럴 이유는 예전 라이브 액팅 때 벌어진 철거 사고 문제밖에 없었다. 하지만 지금 얘기해 봤자 먹히지 않을 게 뻔했기에 태진은 화를 참으며 고개를 끄덕거렸다. 그렇게 자료를 다 읽은 뒤 책상에 올리자, 곽이정이 다시 자료를 챙기며 일어섰다.

"내일 10시에 미팅이니까 회사에서 같이 가면 될 것 같습니다. 그럼 내일 보죠."

곽이정은 자신이 준비한 기획에 자신 있다는 얼굴로 지원팀 사무실을 나갔다. 그러자 국현이 곧바로 태진에게 다가왔다.

"스읍! 너네가 뭐 건드릴 수 있는 게 없다는 것 같은 저 눈빛이 너무 마음에 안 들어! 또 팀원들 갈아서 만든 거면서! 재수 없어."

"준비는 잘했네요."

"어련하겠어요. 그런데 무대 제작 팀 바꾼대요? 김 반장님에서? 진짜 너무하네."

"그거 말고는 다 좋더라고요. 극단들도 더 좋은 환경에서 연습할 수 있고."

"한마디 하시지!"

"말해도 안 먹히잖아요. 아이고, 다른 사람한테 말해야지."

"네?"

태진은 가볍게 웃고는 곧바로 휴대폰을 집었다. 국현은 궁금하단 얼굴로 물었다.

"어디에 하시게요? 김 반장님한테 하시게요?"

"아니에요. 잠시만요. 이창진 실장님, 안녕하세요. 저 한태진입니다."

이창진에게 전화를 걸 줄은 몰랐는지 수잔까지 놀란 얼굴로 다가왔다.

—한 팀장! 오랜만인데요? 그런데 어쩐 일이에요.

"내일 미팅 때문에 연락드렸어요."

—아, 내일 미팅! 어? 난 그냥 도움 주는 정도인데.

"권은희 부장님이 담당이세요?"

—그럼요. 기획부장이신데. MfB는 한 팀장이 계속 담당인 거예요?

태진은 오히려 더 잘됐다 싶었다. 누구보다 선우 무대와 사이가 좋았던 권은희라면 선우 무대를 도와줄 것 같았다.

"저희도 담당 바뀌었어요. 곽이정 팀장으로요."

—어? 아, 두통이야. 벌써 두통이 생기네. 또 뭔 짓을 하려고! 뭐 혹시 정보 주려고요?

"저도 내일 미팅에 같이 나가거든요. 그런데 그 선우 무대 있잖아요."

—아, 네. 알죠. 우리 지금 대극장에서 하는 연극도 전담으로 맡기려고 그러는데.

"잘됐네요."

—그런데 선우 무대는 왜요.

"거기를 빼고 다른 회사를 넣으려고 하더라고요. 그런데 뺄 이유가 딱히 보이지 않아서요."

—아! 지가 한 일이 있으니까 마주치기 껄끄러운 거고만! 난 그때 사과 엄청 했는데!

이창진도 태진과 똑같이 느낀 모양이었다.

"그래서 그 부분만 문제 삼아 주실 수 있을까요?"

—어?

"꼭 선우 무대로 써야 한다고 해 주셨으면 하거든요. 저희 도움 많이 받았는데 바꿀 이유가 없잖아요. 도움받아서 잘돼 놓고 다른 회사랑 일한다는 소문나면 별로 좋진 않을 거 같은데요."

—그렇죠. 그런데… 이런 얘기 나한테 해 줘도 돼요?

"부탁드리는 거예요."

—한 팀장 회사에서 알면 문제 커질 일인데.

"옆에 계신 분들 다 저랑 같은 생각이세요. 그리고 실장님도 곽이정 당황하는 거 보시고 싶잖아요."

—그건 그런데…….

“계약은 꼭 성사시키고 싶을 거라서 받아들일 수밖에 없어요.”

잠시 고민하는지 말이 없던 이창진이 피식거리는 웃음과 함께 입을 열었다.

—좋아요. 갑질 좀 해 보지! 내가 권은희 부장님한테는 잘 얘기할게요! 걱정 마요!

“네, 감사합니다. 그럼 내일 뵐게요.”

—오케이! 타도 곽이정!

통화를 마친 태진은 국현과 수잔을 봤다. 그러고는 검지를 입에 가져다 댔고, 국현과 수잔도 입에 지퍼를 채우는 시늉을 하며 웃었다.

* * *

다음 날. 미팅 자리에 참석한 태진은 처음에는 약간 난처해했다. 안면이 있어서인지 권은희와 이창진이 기획에 대한 질문을 전부 태진에게 했다. 이렇게 되면 나중에 선우 무대 일도 맡길 수가 있다 보니 태진은 서둘러 중심을 곽이정에게 넘겼다.

“이번 담당은 곽이정 팀장님이시라서 직접 물어보시는 게 좋을 거예요.”

태진을 중심으로 돌아가는 상황이 마음에 들지 않았던 곽이정은 그제야 표정이 펴졌다. 그러고는 언제 기분 나빴냐는 듯 준비한 것들을 막힘없이 설명했다. 한참이나 기획에 대한 설명을 하고 난 곽이정은 트집 잡을 것이 없다는 듯 자신만만한 표정으로 권은희의 대답을 기다렸다. 권은희는 언제나처럼 기분 좋은 미소로 고개를 들더니 입을 열었다.

"너무 좋은데요. 저희로서는 안 할 이유가 없네요."
"감사합니다."
"그런데 한 곳만 좀 수정했으면 하거든요."
"말씀하시죠."
"여기 무대 제작 담당이 동서기획이네요. 저희가 이번에 선우무대하고 같이 일을 하게 되는데 이건 좀 곤란해서요. 양해 좀 부탁드릴게요."
"여기 보시면 동서기획도 부족함이 없습니다. 오히려 경력이나 성과면에서는 더 앞선다고 보입니다."
"저희 사정도 좀 봐주세요. 극장 담당을 맡겼는데 다른 곳에 맡기면 좀 그렇잖아요. 우리 플레이스하고 너무 잘 맞고 배려해 주셔서 저희도 그에 맞는 보답은 해 드려야죠."

그때, 이창진이 권은희에 말을 보태며 나섰다.

"그게 맞죠. 티켓이랑 포스터 얻으려고 공연 본 사람도 많은데 좀 떴다고 다른 데하고 일하면 그건 사람으로서 할 짓이 아니죠. 사실 여기서 몇 가지 빼더라도 선우 무대하고 일하는 게 더 나을 것 같은데요? 그렇죠, 부장님?"

권은희도 동의한다는 듯 고개를 끄덕이며 말을 이었다.

"실장님 말씀처럼 시즌 1을 성공적으로 한 만큼 같이했으면 하네요. 그래서 시즌 1을 같이했던 MfB하고도 같이하는 거니까요."

곽이정도 이 부분은 생각하지 못했는지 당황하는 표정이 역력했다. 곽이정으로서는 선택지가 없었다. 그 모습에 태진과 이창진은 눈을 마주치며 재미있다는 듯 입을 씰룩거렸다.

*　　　*　　　*

사무실에 도착하자 국현과 수잔이 기다렸다는 듯이 달려들었다.

"어떻게 됐어요? 곽이정 똥 씹었어요?"
"이 실장님이 잘 약 올렸어요?"

태진은 아무런 말 없이 자리에 앉았고, 두 사람도 태진의 옆에 자리를 잡았다.

"왜요? 또 빠져나갈 구멍 만들어 뒀어요?"
"스읍, 이창진 실장이 그냥 기획 받았구나! 아, 사람 그렇게 안 봤는데."

태진은 두 사람의 오해에 가볍게 웃고는 대답했다.

"그런 게 아니라 저도 궁금해서 그래요."
"뭐가요?"
"빠져나갈 방법이 없는데 어떻게 해결할지가요."
"아!"
"저한테 부탁할 줄 알았는데 그건 또 싫은가 보더라고요."
"부탁해도 들어주시면 안 돼요!"
"저도 그럴 생각이에요."

그때, 가만히 생각하던 국현이 갑자기 손가락을 튕겼다.

"이거 혹시! 그냥 같이 일하자고만 하는 거 아니에요? 김 반장님은 곽이정 얼굴은커녕 이름도 모르잖아요!"
"얼굴은 몰라도 이름은 알죠. 예전에 처음 섭외하러 갔을 때 수잔이 다 말해 줬어요."
"아! 그래요? 그럼 다른 팀원이 가 버리면!"

태진은 걱정 말라는 듯 어깨까지 으쓱거리더니 말을 이었다.

"제가 다 얘기드렸어요."
"누구한테요? 김 반장님한테요?"

"네, 어제 동생 얘기도 해야 되고 해서 전화드렸죠."
"뭐라고 하셨는데요?"
"그때 사건 일으킨 사람이 같이하자고 할 거라고 그때 화나셨던 거 화풀이하시라고 그렇게 얘기했죠."
"어? 그러다가 아예 안 하면요?"
"하실 거예요. 처음에도 이제는 다 옛날 일이라고 신경 안 쓴다고 하셨었거든요."
"진짜 천사들이시네. 그럼 화풀이는커녕 곽이정 말발에 넘어가는 거 아니에요?"
"그건 또 아닐 거예요. 동서기획 얘기 했거든요."
"아! 사과하기 싫어서 다른 회사 데리고 왔다고! 그럼 나라도 화나지!"
"분위기 봐서는 애 좀 태우실 거 같아요."

수잔과 국현은 재미있다는 듯 서로를 보며 웃었다. 그러던 중 수잔이 갑자기 태진을 보며 말했다.

"그런데 기분이 왜 그러세요? 찜찜하세요?"
"네? 제 표정이 보여요?"
"표정 말고 분위기가 그런데."
"아. 동생 때문에요."
"동생이 왜요?"

태진은 태은을 생각하니 큰 한숨부터 나왔다.

"왜 그러세요?"

"선우 무대에서 알바 하라고 얘기했더니 오늘부터 당장 간다고 해서요."

"오늘부터요? 학생이라면서요."

"학교 끝나고 간대요. 요즘 선우 무대 일 많아서 늦게까지 일하신다고 그러시더라고요."

"그럼 상관없잖아요."

"수능 다 보고 갔으면 했거든요."

"에이, 기본 실력이 있나 보죠! 이제 보니까 팀장님도 동생 바보시네."

"공부하는 걸 못 봤거든요. 그래서 좀 컨디션이라도 좋게 수능 끝나고 일했으면 하는데 마음이 급한가 봐요."

태진은 태은에 대한 걱정을 털어 내기 위해 고개를 크게 저었다.

* * *

곽이정은 예상치 못한 난관에 머리가 아팠다. 선우 무대와 마주치기 껄끄러웠기에 팀원들을 보냈는데 모두 거절을 당하고 와 버렸다.

"왜 안 한답니까?"

"그게……."

"말을 해요."

"자기들 망하게 하려고 했던 사람들 도와줄 생각 없답니다……."

"오해라고 말했습니까?"

"네, 실제로 많이 놀라서 병원도 간 것도 사실이고 저희가 먼저 선우 철거 언급한 거 아니라고도 설명드렸는데도 할 생각 없다고, 가라고만 하더라고요. 사과도 없이 일 맡기면 좋아할 줄 알았냐면서 얘기도 제대로 못 꺼내 봤습니다."

"음. 우리인 걸 어떻게 알았죠?"

"아무래도 지원 팀하고 일하면서 알지 않았을까요……? 그러니까 지원 팀하고 일한 거 같고요."

팀원은 차분한 표정의 곽이정을 보며 조심스럽게 말을 이었다.

"저기 팀장님, 지원 팀에 요청해 보는 건 어떨까요. 전에도 같이 일해서 얘기가 잘될 거 같은데……."

곽이정은 차분하다 못해 차갑게 느껴지는 얼굴로 팀원을 쳐다봤다.

"지원 팀에 요청하면 우리는 뭐가 됩니까. 이런 거 해결도 못 하면서."

"그런데… 거기 대표가 너무 완강해서요. 저희는 기획안을 보인 이상 서둘러서 해결해야 할 것 같아서요. 근데 뭘 제안하더라도 안 할 거 같아 보이더라고요."

곽이정은 알았다는 듯이 고개를 끄덕이고는 가 보라는 듯 손을 저었다. 그러고는 마른세수를 하기 시작했고, 손바닥으로 가려진 곽이정의 표정은 완전히 일그러져 있었다. 그렇게 한참이나 얼굴을 비비던 곽이정이 한숨과 함께 고개를 끄덕였다.

'그래, 사과를 원하면 사과를 해 주지.'

곽이정은 한숨을 크게 뱉고는 시간을 확인했다. 마음 같아서는 당장이라도 가고 싶지만 차마 팀원들에게 사과했다는 걸 알리고 싶지 않았기에 퇴근 후에 찾아가 볼 생각이었다.

* * *

선우 무대에 찾아간 곽이정은 양손에 들린 과일바구니와 음료수를 한 번 쳐다본 뒤 걸음을 옮겼다.

"실례합니다."
"네, 어서 오세요. 어떻게 오셨어요?"

중년 남성의 경계하는 얼굴로 보아 이미 자신에 대해 눈치챈 표정이었다. 손님이라고 생각했다면 저렇게 경계를 할 필요가 없었다. 곽이정은 그런 남성에게 고개부터 숙였다.

"안녕하세요. MfB에서 왔습니다."

"아, 진짜. 나 안 한다고 몇 번이나 얘기해야 될까."

"진정하시고 얘기 좀 들어 주시면 안 될까요?"

"됐어요. 가요. 듣고 싶은 얘기도 없고 같이 일할 생각도 없으니까 가요. 소금을 뿌려야 되나."

곽이정도 물러날 생각이 없기에 과일바구니와 음료수를 내밀었다.

"이거라도 받아 주세요."

"됐어요. 이런 거 못 먹어서 안달 난 사람도 아니고. 가져가요."

"저희하고 함께하자고 해서 찾아온 게 아니고요. 사과를 드리려고 찾아왔습니다."

"됐다니까. 사과를 하든 말든 됐어요. 얘기하고 싶지 않다고요."

"죄송합니다. 예전의 일은 오해로 인해서 생긴 일인데 마음고생 하셨다는 걸 최근에서야 알게 됐습니다."

그 말에 남성이 곽이정의 얼굴을 빤히 쳐다봤다. 그러고는 어이없다는 듯 헛웃음을 뱉었다.

"하아, 오해요? 오해 같은 소리 하고 있네. 내가 모를 줄 알아요? 또 열받네."

고개를 숙이고 있는 곽이정의 얼굴이 순간 변했다. 이런 걸 얘기할 사람은 한태진밖에 없다는 생각이 들었기 때문이다. 그때, 남성의 얘기가 이어졌다.

"내가 전에 왜 같이 일했는지 알아요? 그때는 이 실장이 진심으로 계속 사과해서 겨우 같이 한 거예요. 그런데 오해? 어이가 없네."

한태진이 아니었다. 이창진이라면 그럴 수 있다는 생각이 들었다. 이창진에게 들었다면 모든 상황을 알고 있을 것이었다. 그와 동시에 미리 말을 해 주지 않은 것에 대해 화가 치밀었다. 하지만 화를 낼 수가 없다 보니 곽이정은 힘들게 표정 관리를 하며 사과를 할 수밖에 없었다.

"죄송합니다. 그때는 저희가 생각이 많이 짧았습니다."
"됐어요. 진심으로 하는 거 같지도 않고 진심이더라도 할 생각 없습니다. 그리고 그쪽 담당자한테 더 이상 오지 말라고 하세요."
"제가 담당입니다."
"아! 그 주범이고만! 이런 이 씨!"
"죄송합니다. 일찍 찾아뵀어야 했는데 늦었습니다."

얼굴까지 빨개진 남성은 화를 참고 있는 게 보였다. 차라리 때리기라도 하면 좀 더 수월할 텐데 씩씩거리며 화를 참고 있었다.

"하아, 가든 말든 알아서 해요. 난 할 생각 없다고 분명히 말했어요."

남성은 아예 등을 돌려 버렸다. 그렇다고 그냥 물러날 수가 없다 보니 곽이정은 과일바구니와 음료수를 내려놓고는 남성의 마음이 조금이라도 풀릴 수 있는 방법을 찾기 시작했다. 그러고는 한쪽 구석에 놓인 빗자루를 보더니 곧장 집어 들었다. 마음을 풀게 만들 수만 있다면 청소가 문제가 아니었다. 무릎이라도 꿇을 수 있었다.

그렇게 말없이 바닥을 쓸고 있을 때, 밖에서 크게 웃는 소리가 들려왔다. 그러고는 중년 여성과 어려 보이는 남자가 함께 들어왔다. 그러자 사무실 안에 있던 남성이 환하게 웃으며 말했다.

"식사 괜찮았어요?"

"너무 맛있던데요! 저 밥 먹으러라도 매일 오고 싶어요! 그리고 말씀 편하게 하세요!"

"하하하. 입에 맞았다니까 다행이네."

그때, 남성이 곽이정을 힐끔 보더니 다시 어린 남자에게 말했다.

"뭐라고 불러야 될까. 아, 그냥 기분이다. 부장 해!"

"어? 반장님이 결정하셔도 돼요? 대표님 여기 계신데."

"괜찮아! 부장 해!"

"감사합니다! 첫날부터 승진했네요?"

"하하하."

같이 온 여성도 따라 웃으며 말을 이었다.

"형이랑 너무 달라. 엄청 살갑더라고."

자기들끼리 얘기를 하던 중 여성이 구석에서 청소하는 곽이정을 쳐다봤다.

"누구세요?"

그러자 반장이라고 불리는 남성이 대표라고 불린 여성을 불렀다. 그러고는 심각하게 얘기를 나눴다. 들리지 않더라도 자신에 대한 얘기를 하는 게 뻔했다. 아니나 다를까 대표의 표정이 변했다. 하지만 반장과 마찬가지로 자신을 유령 취급 하기 시작했다. 그때, 방금 부장이 된 남자가 다가왔다.

"안녕하세요? 저 선우 무대 한 부장입니다."
"아, 네. 안녕하세요……."

그때, 대표가 큰 목소리로 말했다.

"인사 안 해도 되는 사람이야! 신경 쓰지 마. 모르는 사람이니까."

한 부장이라고 불리는 남자는 대표의 말투에서 사태를 파악한 모양인지 곽이정을 위아래로 훑어봤다. 그러고는 자신의 주변을 얼쩡거렸다. 차라리 반장이나 대표처럼 유령 취급을 해 주면 고마울 텐데 자꾸 주위를 맴돌았다.

"아저씨."
"네?"
"무슨 잘못 하셨어요?"
"그런 거 아닙니다."

반장이나 대표가 들을 수 있게 말하면 좋을 텐데 옆에서 자꾸 속삭이기만 했다. 전혀 도움이 안 되었다. 그냥 자기가 궁금해서 묻고 있었다.

"무슨 잘못을 하셨길래 여기 와서 청소를 하실까."
"……."
"돈 떼먹으셨어요?"
"그런 거 아닙니다. 저한테 왜 그렇게 관심이 많으실까요?"
"이거 제가 할 일인데 하고 계시니까 그러죠. 제가 오늘 첫날이거든요. 아저씨 때문에 제가 할 일이 없어서요."
"하……."
"혹시 여기에서 일하시고 싶어서 찾아오신 거예요?"
"아닙니다."

화를 내고 싶은데 상황상 그럴 수도 없었다. 그때, 대표가 한 부장을 부르더니 무언가를 건네주며 한참이나 설명했다. 그러자 한 부장이 서류를 들고 곽이정 근처 테이블에 앉았다.

"여기가 제 자리거든요."
"네, 일 보세요."
"아저씨, 고마워요. 아저씨가 청소해 주셔서 저 바로 일 가르쳐 주시네요!"

곽이정은 들은 척도 하지 않고 계속 빗자루질만 했다. 크지 않다 보니 빗자루질을 더 이상 할 곳도 없음에도 계속 바닥을 청소했다. 그러던 중 테이블에서 무언가가 후두둑 떨어졌다. 고개를 들어 보니 한 부장이 윙크를 하며 웃고 있었다.

"도와 드리는 거예요. 더 떨어뜨려 드릴까요? 여기 지우개 가루 많은데."

곽이정은 떨어진 지우개 가루를 보며 순간 짜증이 났다. 그가 마음을 가라앉히기 위해 허리를 펴고 숨을 쉴 때, 한 부장이 하는 일이 보였다.

"이걸 왜 손으로 그립니까."
"왜긴요. 컴퓨터 못하니까 손으로 그리죠."
"모르면 배워야죠."
"지금 배우려고 온 거예요. 지금 이건 대표님이 제 감각 알아보신다고 시키신 일이에요. 제가 감각이 좀 있긴 하거든요."

한마디도 지지 않는 모습에 더 이상 말을 섞고 싶지 않았다. 그러던 중 청소 말고 다른 방법으로 어필할 수 있는 방법이 떠올랐다. 한 부장을 도와 선우 무대에 도움이 되다 보면 대표와 반장도 인정해 줄 것 같았다. 해 본 적은 없지만 그동안 봐 왔던 게 있다 보니 오늘 부장이 된 한 부장보다는 나을 것이 확실했다. 그리고 지금 보니 자신도 알고 있는 연극이었다. 연습을 시키려고 지시한 일처럼 보였다. 곽이정은 반장과 대표의 눈치를 살피고는 한 부장에게 조용히 속삭였다.

"이 연극이 음식에 관한 연극이기는 하지만 주 내용은 대형 레스토랑 주방에서 생기는 일이거든요. 제목부터가 '당신의 입맛을 돌려 드립니다'잖아요. 그래서 이렇게 요리만 그려 놓으면 무슨 내용인지 알 수가 없을 거 같지 않나요?"

"아하! 저도 딱 그 생각했는데."

"후우, 그랬겠죠. 그래서 주는 요리보다는 셰프의 마음이죠. 그래서 셰프가 가운데 있고, 그 주위에 음식이 배치되는 구도가 제일 적당하죠."

"딱 내가 생각하던 그림이에요. 그런데 아저씨도 무대 제작하세요?"

"아니요. 하던 거 하세요."

한 부장은 곧바로 그림을 그리기 시작했고, 곽이정은 그림을 보면서 한숨이 나왔다. 그림도 처음 그려 보는지 초등학생이 그려도 이거보다 잘 그릴 것 같았다. 그런데도 자신의 그림이 만족스럽다는 표정을 짓더니 벌떡 일어나 대표에게 갔다.

'그래, 내가 도와줬다고 말해라.'

한 부장이 대표에게 설명을 하는 듯 보였고, 대표가 약간 놀란 얼굴로 한 부장을 칭찬했다. 곽이정은 이제 자신에게도 말을 시켜 줄 거라 생각했는데 한 부장의 입에서 예상치 못한 말이 나왔다.

"생각해 보니까 손님들의 사정을 듣고 요리를 만드는 셰프가 주제 같더라고요. 그래서 이런 그림이 가장 적절할 거 같았어요."
"이야, 감각 있어. 좋다. 한 부장 좋은데?"
"감사합니다! 열심히 배우겠습니다!"

아예 자신에 대한 얘기는 쏙 빼놓고 자기가 칭찬을 받고 있었다. 곽이정은 어이가 없는 상황에 빗자루를 들고 있던 손에 힘이 들어갔다.

'저 자식이!'

제5장

—

태은

다음 날, 지원 팀 사무실에 있는 태진은 마치 다른 사무실에 와 있는 기분이었다. 어떻게 된 게 사무실에 지원 팀원보다 다른 팀원들이 더 많았다. 전부 3팀원들이었고, 심지어 거의 모든 팀원들이 와 있는 상태였다. 다들 전부 에이드에게 인사를 하기 위해서 와 있는 중이었다.

에이드에게 모든 팀원들이 노력한다는 그림을 보여 주려고 저러는 건 알겠는데 저럴 필요가 있을까 싶을 정도로 과했다. 지금 사무실에 와 있는 에이드도 당황스러워했다. 3팀장은 그런 에이드에게 계약에 대해 설명을 했고, 중간중간 자신들의 능력으로 이런 결과를 이끌어 냈다는 점을 어필했다.

"그쪽에서도 같이 파도를 타려고 빨리 움직여서 어제부터 음원 공개됐습니다. 아직 성적은 높은 편은 아니지만, 곧 올라가리라 예상합니다. 스포파이의 아시아 차트에서 88위이고요. 글로벌 차트는 아직이지만 곧 올라올 겁니다. 미국도 마찬가지고요."

에이드는 영 감이 안 오는지 감흥이 없는 얼굴이었다. 하지만 태진은 벌써부터 두근거렸다. 잘하면 자신이 고르고 홍보 계획을 짠 노래를 전 세계에서 알아봐 줄 수 있다는 생각에 입이 다물어지지 않았다.

"이건 계약 외 내용이지만 JJ유통에서 에이전시도 하더라고요. 그래서 거기 계약한 배우들한테 챌린지 권유해 본다고 했습니다. 그 챌린지 덕분에 당분간은 상승세가 쭉 이어질 것 같습니다."

"감사해요."

"그리고 그쪽에서 활동도 좀 했으면 하더라고요. 그래야지 시너지가 더 생긴다고… 어떻게 생각하실까요?"

"저요? 미국에서요?"

"미국에서도 쇼에 출연하시고 해외에도 공연 다니시는 게 더 효과가 클 거라는 예상입니다."

아무래도 코인 기획에 직원도 없고 해외 공연을 다녀 본 적도 없다 보니 고민이 되는 모양이었다. 그래도 고민이 되는 걸 보면 해 보고 싶기는 한 듯했다. 그때, 에이드가 자리만 지키는 태진을 쳐다봤다.

"……."

마치 결정을 내려 달라는 눈빛에 태진은 아무런 대답도 하지 못했다. 자기도 해외를 나가 본 적이 없으니 그런 부분에서는 전혀 도움이 될 것 같지 않았다. 그래도 자기 말고 다른 사람들이 많기에 태진은 조심스럽게 물었다.

"해외에서 활동하고 싶으신 거예요?"

"활동은 아니고 그냥 공연이겠죠. 공연보다 해외여행 하면 좋잖아요!"

잿밥에 더 관심이 큰 에이드의 모습에 태진은 가볍게 웃고는 3팀장을 쳐다봤다.

"저희가 관리할 수 있어요?"

"그건 힘들지만, MfB 이름으로는 가능합니다. 저희하고 계약하시면 MfB 본사하고 연계해서 해외 활동 전반에 관해서 도움을 드릴 겁니다. 그래서 그 부분에 대해서 말씀드리려고 한 거고요."

"아, 그럼 에이드 씨는 따라다니기만 하면 되는 거죠?"

"그렇게 되겠죠. 한국에 있을 때는 저희가 도와 드리고 해외에 가실 때는 본사 직원이 붙을 겁니다."

태진은 궁금한 게 풀렸냐는 눈빛으로 에이드를 봤다. 그러자 에이드가 고개를 끄덕이더니 말했다.

"이번에도 팀장님이 조율해 주시는 거죠?"

"저요? 저보다 여기 3팀장님이 담당이시니까 직접 하시는 게 더 도움이 될 거예요. 그리고 저보다 경험도 많으시고 저도 많이 배웠거든요."

"그래요?"

"지금도 미국하고 계약하신 거 보시면 아시잖아요."

에이드는 잠깐 고민하는 모습을 보였다. 곧바로 대답하기 힘들 정도의 큰일이기에 당장의 대답을 기대하진 않았다. 그저 좋은 방향으로 흘러가길 기대할 뿐이었다. 그런데 그때, 에이드가 입을 열었다.

"알았어요. 계약할게요."

"네?"

"계약한다고요."

3팀장은 순간 당황한 얼굴로 뒤에 있던 팀원들을 쳐다봤고, 팀원들 역시 당황한 얼굴로 고개를 저었다.

"저기, 저희가 계약서를 준비해야 해서요. 미국 본사하고도 얘기를 하고 조율이 필요해서 내일까지 저희가 찾아뵙겠습니다."

"아! 그렇구나. 알겠어요. 그럼 얘기 다 끝난 거죠?"

"일단은 그렇습니다."

"저 그럼 가 볼게요! 행사가 있어서요!"

"아이고, 그러시군요. 차 안 가져오셨으면 저희가 모셔다 드리겠습니다."

"가져왔어요."

사람 없는 코인에서 그래도 행사를 잡은 모양이었다. 3팀장은 에이드를 배웅해 주기 위해 서둘러 자리에서 일어났고, 그와 동시에 3팀원들이 우루루 빠져나갔다.

한바탕 전쟁을 치르고 나니 그제야 지원 팀 사무실로 돌아온 듯한 느낌이었다.

"스흡, 이거 이제는 진짜 본부 된 거 같은데요……?"

"나도 그 생각 했는데! 스미스 팀장님 올 때는 그냥 그랬는데 3팀장님까지 와 있으니까 기분 이상하더라고요."

"이제 3팀장님도 완전히 우리 편 된 거 같죠?"

"그렇겠죠! 우리 팀장님이 본사하고 같이 일하게 만들었는데! 이제 완전 우리 편 된 거 같은데!"

어쩌다 보니 지원 팀을 중심으로 일이 돌아가고 있기에 약간은 부담스러운 마음도 없지 않았다. 그래도 예전과 달리 3팀장의 바뀐 태도를 보니 나쁘지만도 않았다. 고마워하는 마음도 처음 잠깐일 거라 생각했는데 자신이 중간에 끼어들어도 전혀 기분 나빠 하는 얼굴이 아니었다. 오히려 도와 달라는 눈빛까지 보냈었다. 그러다 보니 부담감보다는 뿌듯함이 더 컸다.

"봐요, 팀장님도 웃고 계시네. 이러다가 1팀하고 붙어도 이기겠는데요?"

태진은 가볍게 웃고는 크게 기지개를 켰다. 같은 회사이기에 싸울 이유는 없지만, 지금 마음 같아서는 경쟁을 하더라도 이길 수 있을 것 같았다. 그때, 수잔이 국현에게 하는 질문이 들렸다.

"그런데 1팀은 어떻게 하고 있대요?"

"아! 그거! 푸하하. 안 그래도 궁금해서 아침에 1팀 살피고 왔거든요!"

"어떤데요?"

"완전 죽을상이더라고요. 반장님이 아주 그냥 박살을 내셨나 봐요."

"아! 곽이정 표정 보고 싶다."

"내가 곽이정 어떤지 물어봤어요. 그랬더니 곽이정도 신경질 장난 아니래요. 자기도 딱히 방법이 없지."

"곽이정이 신경질을 내요?"

"오늘 아침에 출근해서 어마어마하게 신경질 냈다던데. 그러면서 자기가 해결한다고 그랬대요."

"직접 가서 사과하려나?"

"그런 건 또 아닌 거 같던데. 지금도 출근해서 사무실에 있을 걸요?"

곽이정이 신경질을 낸다는 말에 태진도 약간 놀랐다. 그와 동시에 웃음이 나왔다. 신경질을 낼 만큼 해결책이 없다는 말이기도 했다. 그때, 수잔이 약간 걱정된다는 얼굴로 물었다.

"그럼 선우 무대도 분위기가 좀 그렇겠네요. 팀장님 동생분 어제부터 간다고 했잖아요. 괜히 일찍 간 거 아닌가 싶은데."

태진은 웃으며 고개를 저었다. 어제 퇴근하고 태은에게 들었던 말로는 전혀 그런 분위기가 아니었다.

"가족 같은 분위기라고 좋아하던데요. 자기 부장 됐다고 까불지 말라고 하던데."

"부장이요? 아! 반장님이 팀장님 동생이라고 일부러 부장시켜 주신 거 아니에요? 낙하산!"

"저도 혹시나 싶어서 물어봤는데 그냥 장난처럼 부장이라고 부르시나 봐요."

"아직도 두 분이서 일하시면 상관없는데 혹시 다른 사람들 있으면 미운털 박히고 그럴 수도 있는데."

"아직 두 분이서 일하신… 아, 맞다. 들어오고 싶어 하는 사람도 있나 보더라고요."

"잘됐네!"

"그런데 반장님이 좀 반대하시나 봐요."

"왜요? 사람 많으면 좋지."

"아무나 안 받으시려고 그러나 봐요. 아무튼 그래도 들어오고 싶어 하는 것처럼 보였대요. 정장 차려입고 와서 걸레도 빨고 청소도 하고, 그래서 자기가 바로 일 배우게 됐다고 좋아하던데요."

"와! 아직도 그런 사람이 있구나. 일 배우고 싶어서 청소부터 하고! 이런 거 막 장인한테 배움 얻으려고 매일 찾아가서 잡일하고 그런 거 같은데요? 이러다가 완전 대형 무대 제작사 되는 거 아닌가 모르겠네요!"

태진은 웃으며 고개를 끄덕거렸다. 힘들었던 만큼 앞으로는 더 발전해 갔으면 하는 바람이었다. 실제로도 많은 발전을 하는 중이기도 했다. 그때, 사무실이 문이 열리더니 간 줄 알았던 3팀장이 다시 돌아왔다. 그런데 표정이 약간 허탈한 느낌이었다.

"왜 그러세요? 무슨 문제 생기셨어요?"
"아니요. 아무 문제 없어요."
"그런데 왜 그러세요?"
"좀 현타가 와서요. 사람이 운이라는 게 있긴 한가 봐요."

무슨 말인지 이해가 되지 않을 때 3팀장이 헛웃음을 뱉었다.

"지금까지 연예인들 타고 다니는 차 많이 보긴 했는데, 난 그런 차 처음 봤어요."

"차요? 에이드 씨 차 말씀하시는 거예요?"

"네. 우리 애들 중에 차 잘 아는 애가 있어요. 그래서 엄청 놀라길래 물어보니까 얘기해 주더라고요. 부가티 시론이라는 차래요. 한 30억 한다던데……."

"허……."

"몰랐어요?"

"몰랐어요."

"그러니까 계약하는 내내 돈 얘기를 한 번을 안 하지! '코인으로 좀 벌었어요' 하면서 가는데 진짜 기운이 쫙 빠지더라고요."

도대체 얼마나 벌었다는 건지 태진도 이제는 감이 잡히지도 않았다. 완전 다른 세상 사람처럼 느껴졌다. 3팀장은 헛웃음을 뱉고는 말을 이었다.

"길거리에 30억 들고 다니는 사람한테 좋은 향수라고 막 그러면서 선물 줬는데… 주지 말걸!"

"그런 거에 신경 쓰는 분은 아니세요."

"그런 사람이 번쩍거리는 차를 타고 다녀요?"

"크게 생각이 많고 그러시진 않으세요. 그냥 사고 싶어서 사셨을 거에요. 충동구매?"

"부럽다. 충동적으로 그런 차도 사고."

3팀장의 허탈해하는 모습에 태진은 웃음이 나왔다. 자신 앞에서 저런 모습을 보인 적이 없다 보니 새롭기도 하면서 뭔가 가까워진 느낌이었다. 그런 3팀장은 여전히 허탈한 모습으로 들고 있던 쇼핑백을 내밀었다.

"이거 별거 아닌 향수에요."

"네?"

"바빠서 돌아다닐 수가 없어서 그냥 면세점에서 산 거예요. 수잔 씨하고 국현 씨 거, 그리고 한 팀장님 거까지 세 개 샀어요."

"저희 주시는 거예요?"

"별거 아닌 향수니까 막 뿌리든가 방향제로 쓰시든가. 후… 갑니다."

"아, 감사해요. 잘 쓸게요."

"내가 더 감사해요. 갑니다."

태진은 생각지도 못한 선물을 들고 팀원들을 쳐다봤다. 그러자 국현과 수잔이 놀란 얼굴로 다가왔다.

"우리 선물이래요? 3팀장님이?"

"3팀장님 짠돌이로 유명한데!"

쇼핑백을 열어 보니 그래도 신경을 썼는지 각기 다른 브랜드의 향수가 3개 들어 있었다. 향수를 뿌려 본 적이 없던 태진은 두 사람에게 먼저 선택권을 줬다. 그러자 수잔은 여성 전문 브랜드의 향수를 골랐고, 국현은 두 개를 들고 고르다가 태진에게 하나를 내밀었다.

"이게 팀장님이 이거 쓰세요. 이게 좀 무거운 향이라 팀장님 분위기하고 잘 어울릴 거예요."
"제가 좀 무거워요?"
"우리는 아닌데 남들이 보기에는 그렇죠. 그리고 이제 회사 중책이 될 건데 그런 분위기 유지하기에 좋죠!"

태진은 말도 안 되는 이유에 가볍게 웃었다.

* * *

퇴근 후 선우 무대를 찾은 곽이정은 오늘도 빗자루를 들고 있었다. 말이라도 시켜 줄 만한데 자신이 청소를 하든 말든 아예 신경을 쓰지 않았다. 심지어 말을 시키지 않았으면 하는 사람만 자꾸 말을 시켜 댔다.

"아저씨, 이건 어때요?"
"혼자 하세요."
"내가 생각한 게 있는데 아저씨 생각도 궁금해서요."
"혼자 하라고요."

곽이정의 말이 끝나기 무섭게 한 부장이 자리에서 일어났다. 그러더니 갑자기 어디에서 빗자루를 들고 오더니 청소를 하기 시작했다.

'그래, 가는 게 있으면 오는 게 있어야지.'

청소를 도와 빨리 끝내고 같이 도와 달라는 뜻으로 받아들인 곽이정은 한 부장을 보며 피식 웃었다. 이제야 나이에 맞는 짓을 하고 있었다. 그때, 조금씩 움직이던 한 부장이 대표의 근처까지 가더니 갑자기 방금보다 더 힘차게 빗자루질을 했다. 그러자 대표가 고개를 돌려 한 부장을 봤다.

"네가 왜 이걸 해?"
"아, 저 아저씨가 가만히 있길래요. 힘드신가 봐요."

곽이정은 순간 어이가 없는 동시에 대표의 시선에 당황스러워 아무런 말도 하지 못했다.

"내가 그럴 줄 알았어. 얼마나 가나 했네. 저기요, 그냥 가세요."
"그러지 마세요. 계속 청소하느라 힘드셔서 잠깐 쉬시나 봐요."
"어이구, 우리 한 부장은 마음씨도 예쁘네."

곽이정은 억울하면서도 어이가 없는 상황에 한 부장을 가만히 쳐다봤다.

'저… 저… 저 자식이!'

* * *

며칠 뒤, 스미스가 보낸 배우들 목록을 보는 중에도 태진은 좀처럼 집중이 되지 않았다.

"스흡, 4팀에서 고생 좀 했겠는데요?"

"내 말이요. 이거 완전 우리 회사 소속인 거처럼 스케줄을 알아 왔네."

"되게 많네. 그런데 주연급은 뭐 하러 알아 왔어. 우리 이주 씨하고 단우 씨가 맡을 건데."

"혹시 모를 일 대비해야죠. 이거 멀티박스가 할 일을 아예 다 하려고 한 거 같은데요? 배우가 출연한 광고도 조사해 놨어요. 이야, 이제 시나리오만 나오면 일사천리겠는데요?"

"그래도 계속 알아 올 거 같던데. 팀장님, 팀장님?"

국현의 부름에 태진은 고개를 돌려 쳐다봤다.

"왜 그러세요? 오늘 컨디션 안 좋으세요?"

"아! 아니에요."

그때, 수잔이 국현을 눈치 없다는 듯 툭 건드렸다.

"오늘 팀장님 동생 수능이잖아요. 그래서 오늘 출근도 늦게 해 놓고선."

"아! 그렇지. 오늘 수능이었지! 잘하겠죠."

"맞아요. 선우 무대 반장님하고 통화했는데 엄청 똘똘하다고 그러던데. 친화력 엄청 좋다고."

"전화해 봤어요? 이야, 아주 팀장님 라인 잡으려고 가족 관리 하시는 거예요?"

"그런 거 아니거든요! 곽이정 뭐 하나 궁금해서 연락드렸죠."

"아! 곽이정 뭐래요? 아까 1팀 정찰 갔는데 아직도 계약 못 땄다고 그러던데!"

"내가 신기한 얘기를 들었어요. 곽이정이 매일 찾아와서 사과한대요."

"진짜요?"

태진도 이미 들은 내용이었다. 팀원들한테 얘기를 해 주려고 했는데 태은의 걱정에 정신이 팔려 있느라 잠시 잊고 있었다. 태진은 자신이 걱정해 봤자 태은이 더 좋은 성적을 거두는 게 아니기에 머리를 흔들며 걱정을 털어 냈다.

"안 그래도 반장님한테 어제 전화 왔었어요. 언제 수락해야 되냐고."

"시간 좀 더 끌어도 될 거 같은데 더 하시라고 하시지!"

"제가 말할 것도 없이 이창진 실장님이 그렇게 말씀하셨대요."

"막 욕하고 그러라고요?"

"욕보다는 그동안 마음고생 하신 거 돌려주라고 그러셨대요. 그래서 그런가 매일 찾아온다고 들었어요. 와서 사과하고 과일 바구니도 사 들고 오고 그랬대요."

"이야! 안 할 거 같이 그러더니 몰래 하고 있었네! 푸하하."

태진도 그제야 웃음이 나왔다. 곽이정이 진심으로 사과를 하고 있다고 생각하진 않았다. 그래도 매일 찾아가서 고생할 걸 생각하니 웃음이 나왔다. 그때, 즐거워하던 국현이 입을 열었다.

"그래서 그런가?"

"뭐가요?"

"히스테리 장난 아니라고 하더라고요. 누가 바닥에 뭐 흘리기만 해도 아주 난리가 난대요."

"어휴, 사람이 진짜. 흘릴 수도 있지. 자기가 청소하나?"

"모르죠. 그리고 팀원이 아이디어 내는 거 중간에서 가로채죠? 그거 가지고 하루 종일 구박한대요."

"자기가 하던 짓이잖아요."

"그러니까요! 알면서도 묵인했던 건데. 하, 사람이 변하려고 그러나."

"변해 봤자 곽이정!"

태진은 곽이정이 부리는 히스테리를 들으며 실제로 보고 싶다는 생각마저 들었다. 한편으로는 곽이정이 한 짓을 생각하면 더 심하게 해도 괜찮겠다는 생각도 들었다. 그때, 매니저 팀의 실장이 들어왔다.

"안녕하세요! 지원 팀 분위기가 좋네요."

"어서 오세요."

"아이고, 힘들다."

Y튜브 채이주 채널에 이번에 올린 영상 때문에 찾아온 것이었다. 회사에 콘텐츠 제작 팀이 따로 없다 보니 각 팀과 매니저 팀에서 관리해야 했고, 그로 인해 매니저 실장이 바빠진 모양이었다.

"학원하고 얘기 다 됐어요. 수능 보고 나서는 1시부터 3시 타임이 있더라고요. 그때 들어가기로 했고요. 영상은 우리에서도 올리고 학원 측에서도 홍보 영상으로 올리고. 홍보비를 안 받는 대신 분장비 같은 건 학원에서 준비해 주기로 했고요."

"분장도 하세요?"

"꼭 한대요. 그리고 영상을 올리는 기간에 텀을 주기로 했어요. 우리 올리고 일주일 뒤에 올리기로. 이건 따로 계약하고 그럴 게 아니라서 구두 약속으로 했고요."

"이주 씨는 어떠세요?"

"지금 장난 아니게 바쁘죠. 촬영 때보다 더 열심히 하고 있어요."

"아."

태진은 가볍게 웃었다. 드라마가 끝났음에도 요 며칠 계속 전화가 왔고 그때마다 드라마와 관계없는 내용을 도와 달라고 했었다. 물어봐도 자세한 대답을 피했기에 그저 연습을 하는구나 생각했는데 이런 이유가 있었던 모양이었다.

실장은 헛웃음을 뱉으며 이주의 상황을 얘기했다.

"아무래도 애들한테 알려 줘야 하잖아요. 실기 내용이 희곡 연기도 있고, 영화 연기도 있고, 자유 연기도 있고. 그래서 애들이 물어보면 보여 줘야 된다고 다 준비하고 있어요. 누가 보면 새 작품 들어가는 줄 알 거예요."

그때, 실장이 무언가 생각났다는 듯 갑자기 입을 열었다.

"이거 끝나고 뭘 할까 하다가 생각한 건데 지금 이거랑 엮어서 하려고요."
"재능 기부요?"
"네, 그거요. 그런데 대상을 생각해 보니까 이주 씨가 우리 회사 직원들을 대상으로 하는 게 어떨까 하더라고요. 이번에도 한 팀장님 동생이 대상이니까."
"아."
"회사 직원들을 대상으로 재능 기부를 하고 싶다고 하더라고요. 듣고 보니까 좋을 거 같기도 하고."
"직원분들한테 그런 게… 필요할까요……?"
"라디오처럼 사연을 받아서 해결해 주는 거죠. 결혼기념일입니다. 그러면 거기에 맞춰서 준비를 하고. 뭐 또 힘들어하는 직원들을 동료들이 제보하면 그거 해결도 해 주고."
"해결사네요."
"그렇다고 볼 수 있죠. 하하. 그리고 이게 또 회사 이미지가 올라가니까 지원을 받을 수 있고요. 하하."

태진은 웃으며 고개를 끄덕거렸다. 그리고 예전에 Y튜브에서 봤던 장면들이 떠올랐다. 지금 실장이 말하는 걸 보면 아마 자신도 출연을 해야 할 듯싶었다. 태진은 혹시나 하는 마음에 실장을 쳐다봤다.

"저도 출연해야 되는 거예요?"
"안 그래도 우리가 그렇게 하는 게 어떻겠냐고 했더니 이주 씨가 그러면 직원들 부담된다고 편지로 하자고 하더라고요. 그래서 편지만 좀 써 주시면 어떨까 해서요."

예전에도 잠깐 TV에 출연한 걸로 인해 별의별 말을 다 들었기에 걱정이 앞섰는데 채이주가 알고 배려를 해 준 듯했다. 가족한테 편지를 써 본 적이 없어 약간 걱정이 되긴 했지만, 출연하는 것보다는 훨씬 나았기에 고개를 끄덕거렸다.

"그렇게 할게요."
"그런데 동생분 내일은 학원 오죠?"
"네?"
"수능 때문에 그런가 요즘 학원 안 온다고 하던데요?"
"이 자식이……."
"어… 제가 괜한 걸 말한 것 같은 기분인데……."

딱 봐도 학원에 안 가고 곧장 선우 무대로 간 게 뻔했다.

*　　　　*　　　　*

다음 날. 수능이 끝나자 하교 시간이 빨라진 태은은 친구들을 뒤로하고 걸음을 옮겼다.

"한태! 간만에 한판 달려야지! 버스 태워 줌!"

"나 학원 가야 돼."

"뭔 학원이야. 내일부터 가."

"안 돼. 요즘 학원 안 간 거 걸렸단 말이야."

"학원 안 갔어? 게임도 안 하길래 학원 간 줄 알았는데. 너, 뭐 하고 다니냐?"

"그런 게 있어."

"뭔데! 다른 게임 함?"

"몰라. 간다."

빨리 선우 무대에 가고 싶은 마음만 가득했다. 그러다 보니 학원을 향한 발걸음이 무겁기만 했다.

"도대체 어떻게 안 거지?"

학원에서의 연락도 자신에게 오는데 태진이 어떻게 알았는지 학원 안 가는 걸 눈치챘다. 그걸로 인해 태진에게 처음으로 혼이 났다. 대학에 갈 생각이 없다면 모르겠는데 갈 생각이라면 순서가 틀렸다면서 귀에 피가 나도록 얘기를 들어야 했다. 그로 인해 태은도 마음만 앞섰다는 걸 느꼈기에 학원으로 향하는 중이었다.

학원에 도착한 태은은 강사에게 예상 수능 점수를 알려 주었고, 그와 동시에 노려볼 대학들을 찾는 상담을 했다. 이미 성적을 예상했기에 가려던 학교도 거기에 포함이 되어 있었다.

"쌤, 그런데 오늘 학원 분위기 왜 이래요?"

"뭐가?"

"쌤들 전부 엄청 꾸미셨는데요? 지금 쌤도 메이크업까지 했잖아요. 분위기도 어수선하고."

"어수선하기는. 수능 봐서 네 기분이 그런 거겠지."

"그런가? 이상하네. 아무튼 저 상운대 갈 수 있는 거죠?"

"네가 하는 거에 따라 다르지. 수능을 조금만 더 잘 봤으면 실기 좀 못해도 그냥 합격일 텐데. 넌 열심히 해야 돼."

"열심히 하려고요."

수업하는 교실에 들어간 태은은 마룻바닥에 앉은 채 벽에 기댔다. 그때, 학원에게 알게 된 친구가 다가왔다.

"한태은, 수능 잘 봤냐?"

"그냥 그렇지. 그런데 사람이 왜 이렇게 많아."

"모르는 얼굴들은 수능 보고 실기 준비하러 왔대. 뭐, 나처럼 수시 떨어지고 다시 온 사람도 있고."

"미리미리 준비해야지. 쯧. 그런데 오늘 좀 이상하지 않냐? 분위기가 어수선한데."

"오늘 학원 홍보 영상 찍는다던데?"

"아, 그래서 다 꾸미고 왔던 거였네."

태은은 그제야 이해가 간다는 듯 고개를 끄덕거렸다. 하지만 그것이 전부였다. 더 이상 관심이 없다는 듯 휴대폰을 꺼내서 화면을 쳐다보기 시작했다.

"너 뭐냐, 왜 게임 안 하고 공부하냐? 아! 수능 개망쳤네!"

"그런 거 아니니까 닥쳐."

"근데 왜 너답지 않게 수업 준비 하냐고. 뭐, 벌써 대본 보냐?"

"실기 봐야지. 넌 모든 일에 순서가 있다는 걸 몰라?"

"이 새끼 이거, 또 어디서 이상한 거 보고 왔네."

그때, 카메라를 든 사람들이 들어오기 시작했다. 홍보 영상이라고 해서 간단할 줄 알았는데 생각보다 카메라가 많았다. 하지만 태은은 자신과 크게 관계가 없다고 생각했기에 바로 관심을 꺼 버렸다.

잠시 뒤, 홍보 영상 촬영이라는 핑계로 강사들이 전부 다 들어왔다. 강의실이 커서 망정이지 조금만 적었더라도 서 있을 곳도 없었을 정도로 사람이 많았다. 그래도 강의 내용은 평소와 크게 다르지 않았다. 강사가 조금 흥분되어 있는 것처럼 보였지만, 딱히 이상함은 없었다. 다만 옆에 처음 보는 사람이 굉장히 떨고 있었다.

교복을 입고 있는 걸 보니 딱 봐도 자신과 같은 나이로 수능 보고 지금에서야 실기 준비를 하러 온 사람처럼 보였다. 계속 주위를 힐끔거리는 통에 옆에 있는 태은도 덩달아 초조해지는 듯했다. 그때, 강사가 준비해 온 것들을 앞으로 나와서 해 보라고 말했다.

"리어왕이랑 억척어멈이 대부분 대학 지정 희곡에서 안 빠지니까 남학생들은 리어왕으로, 여학생들은 억척어멈으로 해 보죠. 자기가 준비한 독백 파트 있죠? 그걸 그동안 연습했던 대로 해 보죠. 아, 그리고 오늘 처음 온 친구들은 보고 해도 되니까 지금 우리 학원 사이트에 가서 독백 찾아서 읽어 보고 앞에 나와 해 보세요."

그러자 한 명씩 나와서 연기를 시작했다. 수시를 준비했다가 떨어져서 다시 온 사람들이 확실히 잘했다. 다른 사람들의 연기를 보면 약간이라도 위축될 만한데 태은은 전혀 그렇지 않았다. 앞에 나가더니 바닥을 기는 모습으로 시작으로 연기를 펼쳤다.

"썩 꺼져라! 악마가 나의 뒤를 쫓아온다! …(중략)… 이번만은 그놈을 붙잡을 수 있었는데. 저기, 또 저기, 그리고 저기서."

태은의 연기가 끝나자 강사가 조그맣게 박수를 보냈다.

"너는 진짜 뻔뻔한 게 무기야. 원래 배우라는 직업이 그런 뻔뻔함이 있어야 되거든. 연기는 못해도 뻔뻔한 건 최강이다!"

칭찬인지 욕인지 모를 말을 들은 태은은 스스로 만족한 듯한 미소와 함께 원래 자리로 돌아왔다. 연기가 어떻든 그 긴 독백을 외웠다는 것이 만족스러웠다. 그리고 그때, 강사가 태은의 옆을 가리키며 말했다.

"주희라고 했지? 맞지?"
"네……."
"준비됐어?"
"좀 이따가 하면 안 될까요……?"
"음, 그래. 그럼 정은이부터 해 볼까?"

태진은 주희라고 불린 학생을 가만히 쳐다봤다. 키는 평범한데 덩치는 산만 했다. 게다가 얼굴을 가릴 만한 큰 안경에 머리도 촌스러워 보였다. 그래서인지 다들 직접적으로 말하진 않지만, 약간 꺼려하는 느낌이었다. 마치 네가 있을 곳이 아니다라고 얘기하는 눈빛들이었다.

그래서인지 아니면 원래 자신감이 없는 건지 손까지 벌벌 떨고 있었다. 태은은 그런 주희를 불렀다.

"야."

"어?"

"왜 그렇게 쫄아. 쫄지 마."

"어? 아… 연기가 처음이라서……."

"쫄지 마. 키 안 커. 내가 하도 쫄아서 키가 안 컸어."

"어……?"

"농담이고, 처음부터 잘하는 사람이 어디 있어. 다 하면 늘게 돼 있어."

"넌 잘하니까 그러지."

"잘하기는. 그냥 하는 거지. 하다 보면 다 늘어. 그냥 계속하다 보면 세상에 안 되는 게 하나도 없더라고."

주희를 연기하던 채이주는 어른스러워 보이는 태은의 모습에 흐뭇한 미소가 지어졌다. 태진과는 다른 느낌이지만 남을 배려하는 건 똑같았다.

채이주는 촬영이라는 것도 잊을 만큼 태은의 따뜻한 마음에 홀려 버렸다. 외모도 이상하게 분장했는데도 외모는 아예 신경도 쓰지 않고 배려를 해 주는 모습에 궁금한 게 많아졌다.

"세상에 안 되는 게 없으면 다 성공하잖아."

"그렇지. 그런데 그걸 꾸준히 계속하는 게 얼마나 어려운데."

"넌 그런 거 해 봤어?"

"아니?"

"뭐야. 해 본 사람처럼 말해."

"한 건 아니지만 봤지. 그것도 두 명이나. 우리 큰형이랑 작은

형이 그런 사람들이거든. 그냥 묵묵히 꾸준히 열심히 해서 되게 만들더라고. 그런 거 보면 안 되는 게 없는 거 같아서."

채이주는 태은의 말에서 진심이 느껴져 고개를 끄덕거렸다. 아마 태진이 재활치료 할 때를 말하는 것 같았다. 태진에게 듣기에 5년 동안 재활치료를 했다고 들었는데 그걸 매일 지켜봤던 태은이 큰 영향을 받은 모양이었다. 이런 걸 보면 태진이 괜한 걱정을 하는 듯 보였다.

그때, 태은의 옆에 있던 친구가 장난처럼 하는 말이 들렸다.

"네 스타일이냐?"

"뭔 개소리야."

"저번에 미애가 좋다고 했을때도 됐다고 한 놈이 잘해 주니까 그런 거지."

"미애나 재나 내 기준에서는 똑같아."

"어떻게 똑같냐?"

"우리 형수 미만 잡! 다 똑같아."

"너, 형수 있어?"

"넌 모르는 그런 게 있다.

채이주는 하마터면 소리 내서 웃을 뻔했다. 겨우겨우 웃음을 참고 있을 때, 태진이 갑자기 고개를 돌렸다.

"그런데 왜 카메라가 다 이쪽 찍는 느낌이지? 아, 뭐지?"

채이주는 태은이 눈치를 챌 수도 있는 상황에 깜짝 놀랐다. 그때, 태은이 하는 말이 들렸다.

"돈을 내는 게 아니라 받아야겠는데."

"어?"

"우리 작은형이 손해 보고 살면 안 된다고 맨날 그러거든."

"아!"

"내 얼굴로 홍보하니까 학원비나 좀 돌려 달라고 해야겠다. 아무튼 나 찍는 거니까 쫄지 말고 해."

단단히 착각한 듯한 모습에 채이주는 하마터면 크게 웃을 뻔했다. 그때, 강사가 채이주를 불렀다.

"주희, 이제 해 볼까?"

그와 동시에 태은이 입모양만으로 '쫄지 마'라고 말하며 응원해 주었고, 채이주는 가볍게 웃고는 뒤뚱뒤뚱 걸음을 옮겼다.

"채주희라고 해요… 억척어멈 해 볼게요."

채이주는 준비한 대로 연기를 시작했다. 처음은 어눌하게 분장한 외모처럼 자신감이 없는 목소리로 시작했다.

"아니, 하느님도 몰라보고… 조상도 몰라보느냐……."

그 뒤로도 채이주는 자신감 없는 목소리로 연기를 했고, 움직임도 없이 가만히 서서 대본만 읽다 보니 같이 수업을 듣는 학생들이 피식거렸다. 그때, 강사가 약속했던 대로 연기를 잠깐 중지시켰다.

"잠깐만 주희야. 배경을 잘 몰라도 제목이 주는 느낌이 있잖아. 그리고 대사가 주는 느낌이 있고. 그 느낌을 살려서 해 보자."

그리고 그와 동시에 뒤쪽에서 태은의 목소리가 들려왔다.

"화이팅!"

태은의 응원에 동화되었는지 약간 비웃던 학생들도 같이 박수를 보내 주었다. 채이주는 그런 학생들을 가만히 쳐다봤다. 서로가 경쟁을 하고 있지만 그럼에도 서로를 응원해 주는 마음은 지금 이 시절에만 가능한 것이었다. 예전에 학생 때도 느껴 보지 못했던 걸 느끼게 되자 연기 중임에도 울컥함이 있었다. 채이주는 아직까지 팔을 들어 올리고 있는 태은을 보며 가볍게 웃고는 진짜 준비한 연기를 시작했다.

"내가 너 때문에 그 사람을 해고했다고는 생각지 말아. 너 때문이 아니고 마차 때문이었어."

채이주의 톤이 달라짐과 동시에 강의실 분위기도 달라졌다. 강의실 전체가 울리는 느낌의 발성은 물론이고 아까와 달리 행동까지 더해졌다. 누군가를 잡는 행동을 할 때는 그 앞에 사람이 있는 듯한 느낌이었다.

갑자기 변한 연기에 다들 놀란 표정으로 연기만 지켜봤다. 가끔씩 떨리는 목소리 때문인지 자신도 걱정이 되지만 누군가를 위로하고 있었다. 그와 동시에 스스로 다짐을 하고 있는 듯한 느낌이었다. 잠시 뒤 채이주가 마지막 대사를 뱉었다.

"마차 끌 채비를 해라. 눈이 올 것 같구나."

채이주의 연기가 끝이 났지만, 다들 아무런 반응도 보이지 않았다. 그저 눈만 껌뻑거리며 채이주만 쳐다볼 뿐이었다. 채이주는 그런 학생들의 반응이 만족스러웠다. 그동안 이걸 준비하느라고 고생한 것들이 전부 날라가는 기분이었다. 스스로도 만족스러워하며 학생들의 반응을 즐길 때, 태은이 보였다. 자기가 연기한 것도 아니면서 엄청 기뻐하는 얼굴로 손을 번쩍 들고 엄지까지 치켜세우고 있었다. 그때, 강사가 먼저 박수를 쳤고, 학생들도 그제야 박수를 치기 시작했다.

"주희 너무 잘한다. 놀랬는데?"

"감사해요."

"이 정도면 뭐 바로 연극 활동 해도 되겠어. 혹시 누구 연기한 거 보고 따라 한 거니?"

"네……."

"어떤 거 봤는데?"

"채이주 언니가 연습하는 거 보고……."

"채이주? 채이주가 연극을 했어?"

"아니요. Y튜브에서 연습하는 게 있어서요."

"난 왜 못 봤을까? 궁금한데? 이 정도면 같이 봐야겠는데. 잠깐만 다들 같이 한번 보자."

강사는 채이주에게 신호를 보냈고, 채이주는 고개를 끄덕이고는 분장을 벗을 준비를 하기 위해 뒤를 돌았다. 그와 동시에 다른 강사들이 달라붙었고, 뒤에서 보기에는 휴대폰과 TV를 연결하는 것처럼 보이고 있었다. 시간이 좀 걸리다 보니 기다리던 학생들은 저마다 대화를 나누기 시작했다.

"채이주가 연극도 해? 쩌네?"

"요즘 연기도 개잘하던데. 무슨 신들린 거 같아."

"킹정. 근데 좀 킹받아. 얼굴도 이쁜데 연기도 잘해."

"난 좀 별로던데. 난 강희주가 더 낫던데."

다들 채이주에 대한 얘기를 하며 기다렸다. 좋아하는 사람도 있고 아닌 사람도 있었다. 그때, 화면이 나오기 시작했지만, 뭔가 연습하는 영상처럼은 보이지 않았다. 학생들은 전부 고개를 갸웃거리며 화면을 쳐다봤다. 화면 속 채이주는 아무런 말도 없이 무언가를 찾는 듯한 모습을 보이더니 옆을 쳐다보며 말했다.

[너 거기서 뭐 해. 다 기다리잖아! 직접 보여 줘야지! 주희야! 채주희!]

그와 동시에 뒤돌아 있던 채이주가 학생들을 향해 섰다. 그러고는 씨익 웃고는 살짝 벌려 놓은 실리콘을 떼기 시작했다.

“꺄아아악!”
“어우, 징그러!”

아직 무슨 상황인지 모르는 학생들은 갑자기 떨어진 살을 보며 놀라며 소리쳤고, 채이주의 얼굴이 점점 나올수록 그 소리가 더 커졌다.

“어? 채이주다!”
“언니! 언니 진짜 팬이에요! 아!”
“개소름! 개예뻐!”

얼굴 분장을 다 떼어 낸 채이주는 그제야 환하게 웃으며 손을 흔들며 말했다.

“안녕하세요. 채이주예요.”
“꺄아아! 너무 예뻐요! 여신 같아요!”

"좀 전에 강희주 팬이라고 한 사람 손 들어!"
"아니에요! 이제 언니 팬이에요!"

거의 시장 바닥이나 다름없었다. 다들 자리에서 일어나 채이주를 둘러쌌고, 채이주는 그런 학생들의 손을 일일이 잡아 주며 진정시켰다. 그러고는 주변이 약간 진정되자 채이주는 태은을 찾았다. 혼자 구석에 앉은 채 눈만 껌뻑이고 있는 것이 보였다. 채이주는 킥킥대며 웃고는 학생들에게 말했다.

"자! 다시 자리에 앉고! 수업해야죠!"

채이주는 그동안 준비해 온 것들을 학생들에게 전부 보여 주었고, 자신이 생각하는 연기에 대해서도 설명했다. 현직 배우에게 듣는 조언이다 보니 학생들도 귀 기울여 경청을 했고, 채이주도 최선을 다해 도움이 될 만한 얘기를 해 주었다.

그렇게 한참이나 시간이 흘렀을 때, 채이주가 준비한 대로 화면을 켰다.

"지금 보여 드릴 거는 제가 연습했던 것들이거든요. 어떻게 연습하는지 보면 실기 때 자유 연기나 영화 연기 준비하는 친구들한테 도움이 될 것 같아서 준비했어요."

채이주가 신호를 주자 곧장 화면이 나오기 시작했다. 라이브 액팅 때 Solo를 연습하던 장면으로, 매니저 팀에서 촬영한 영상이었다. 그러다 보니 채이주와 호흡을 맞추던 태진의 얼굴도 나왔다. 그때, 태진을 알아봤는지 한 학생이 입을 열었다.

"어! 한 팀장이다!"
"그게 누군데?"
"그 있잖아! 라액에서 애들 흉내 내고 막 혼내고 그랬던 사람!"

혼낸 적은 없는데 표정 때문에 그런 오해를 아직까지 받고 있었다. 그리고 태은은 화면에 나오는 태진의 얼굴에 또다시 깜짝 놀라며 숨을 들이켜는 모습을 보였다. 채이주는 그런 태은의 모습을 보며 미소 지었다. 잠시 뒤 태진의 얼굴이 나올 때는 어떤 반응을 보일지 궁금해졌다.

화면에는 채이주의 연습이 이어졌고, 그때마다 태진이 계속 등장했다. 그러던 중 화면이 태진에게 향했고, 갑자기 태진의 얼굴이 화면에 가득 찼다. 잠깐 아무런 말 없이 화면만 쳐다보는 모습이 나오던 중 갑자기 이름을 불렀다.

[한태은.]

그와 동시에 학생들의 고개가 뒤에 있는 태은에게 향했고, 태은은 무슨 상황인지 모르겠는지 얼어붙은 채 눈동자만 굴렸다.

[형이야. 놀랬지? 형이 바빠서 우리 막내 수능 보는 것도 잠깐 잊

고 있었네. 미안해. 그래서 이주 씨한테 부탁을 드린 거야.]

"대박! 한태은네 형이 한 팀장이었어?"
"개소름!"

[항상 고맙게 생각해. 형이 아팠을 때 외로울까 봐 친구들하고 놀지도 않고 바로 집으로 와 준 것도 너무 고마웠어. 태은이 덕분에 그때의 안 좋았던 기억들이 추억이 될 수 있었던 것 같아. 너도 힘들었을 텐데 항상 도와주고 보살펴 주고 그랬던 것도 너무 고맙고.]

태은은 지금 이 상황이 민망한지 애꿎은 이마만 문지르고 있었고, 친구가 그런 태은의 어깨를 주무르는 중이었다.

[그래서 항상 날 보살피느라 꿈이 없었던 건 아닐까 걱정되고 미안했어. 그런데 네가 꿈이 있다는 얘기를 듣고 나니 진짜 너무 좋더라. 그래서 태은이가 형한테 도와준 만큼은 안 되더라도 네 꿈을 향해 나아가는 데 조금이나마 도움이 됐으면 해. 잘할 거라 믿어. 누구보다 듬직한 동생이니까.]

"입술을 왜 저렇게 떨어?"
"내 말이. 좀 화났나?"

다들 태진의 표정을 오해했지만, 태은은 아니었다. 태진의 표정이 전부 보였다. 같이 세월을 보낸 당사자가 아니고서는 파악할 수 없는 부분이었다. 태은은 예전에 형의 모습들이 떠올랐다. 침대에서 생활할 때부터 마음속 한구석에는 안 될 수도 있다는 생각이 들었지만, 그래도 재활치료를 끝까지 해내던 그런 모습들이 전부 떠올랐다. 그러다 보니 순간 울컥했다. 눈물이 쏟아질 것 같은 느낌이었다. TV에서 왜 우는지 이해가 되지 않았는데 당사자가 되어 보니 이해를 하고도 남았다. 그때, 친구의 말이 들렸다.

"한태은, 우냐?"

친구의 약간 놀림이 섞인 말에 태은은 숨을 크게 뱉었다.

"안 울거든?"

채이주는 물론이고 매니저들과 강사들은 놀린 친구를 원망이 가득한 눈빛으로 째려봤다. 태은이 울어야 그림이 더 잘 살기도 했고, 채이주도 태은이 감동받는 모습을 기대했는데 친구 때문에 약간의 감동으로 만족해야 했다. 주변의 날카로운 시선 때문에 태은의 친구는 쭈뼛대며 살짝 물러났고, 모든 시선을 받고 있는 태은은 머쓱해하며 볼을 긁었다.

"큰형은 민망하게 뭘 이런 걸 다… 다 알고 있는데……."

다시 태진을 생각하자 울컥했는지 분위기를 바꾸기 위해 채이주에게 물었다.

"그러면 형… 아니지, 누나도 형이 부탁해서 오신 거예요?"
"어? 호칭이 이상한데?"
"사람들 많잖아요."
"형이 걱정할 이유가 하나도 없었네! 맞아요. 형이 부탁해서 온 거."
"아, 그렇구나… 감사해요."

태진의 부탁으로 왔다는 말에 학생들의 눈빛이 완전 바뀌었다. 마치 태은을 태진과 동일시하는 눈빛으로 쳐다봤다. 그리고 태은은 그런 친구들의 시선을 부담스러워하지 않았다. 오히려 그런 친구들의 눈빛을 보며 미소 짓고 있었다.

"니들, 내 덕인 거 알지? 편의점 한 번씩 다 쏴라."

부담스러울 수도 있는 상황인데 장난을 섞어 가볍게 만들었다. 그런 태은의 모습에 채이주는 피식 웃음이 나왔다. 비슷하다고 생각했는데 이런 면에서는 또 달랐다. 그때, 태은이 갑자기 궁금하다는 듯 물었다.

"저도 형한테 한마디 해야 되죠? 그래야 방송 더 사니까?"
"잘 아시네요. 그럼 좋죠!"

"그런 거 잘 못하긴 하는데."

태은은 그래도 하고 싶은 말이 있는지 조심스럽게 입을 열었다.

제6장

—

태민과 웹소설

동생 태은 걱정에 좀처럼 집중이 되지 않는 태진은 연신 시계만 확인했다. 촬영이 끝날 시간이 됐는데 채이주는 물론이고 태은에게도 도통 연락이 없었다. 그런 태진의 모습에 수잔이 웃으며 말했다.

"촬영 끝났을 텐데 궁금하시면 직접 연락해 보세요."

"좀 민망해서요."

"가족끼리 뭐가 민망해요."

"그냥 좀 그러네요. 편지 봤냐고 물어보는 거 같아서요."

"그럴 수도 있겠네. 그럼 동생분도 민망해서 연락 못 하는 거 아니에요?"

"그런가……."

아무래도 먼저 연락을 하는 게 나을 듯했다. 그런데 마침 태진의 휴대폰에 메시지가 도착했다. 태진은 태은인가 하는 마음에 급하게 메시지를 확인했다.

[촬영 끝! 팀장님 동생 잘 두셨던데요?]

태진은 궁금한 마음에 급하게 전화를 걸었다.

—동생 얘기에 바로 전화 오는 거 봐!

"촬영 잘 끝내셨어요?"

—그럼요! 저는 집으로 가고 현수 씨가 회사에 가서 말씀드릴 거예요.

"태은이는요?"

—푸하하.

태은의 이름이 나오자마자 채이주가 크게 웃었다. 듣지 않아도 이상한 말을 한 모양이었다.

—밥이라도 사 주고 싶어서 밥 먹자고 했는데 자기랑 같이 밥 먹으면 스캔들 난다고 거절하던데요?

"아……."

—혹시 형수라고 불렀을까 봐 걱정되시는 거면 그런 걱정 안 하셔도 돼요. 눈치가 엄청 빠르더라고요.

"아! 우리 태은이가 그런 게 좀 있어요."

—바로 동생 바보 모드 나오시네. 아무튼 저도 재밌었고 나름대로 보람도 있었어요. 그러니까 걱정하지 마시고 현수 씨한테 들으세요.

채이주에게 잘 끝냈다는 말을 듣고 나니 그제야 안심이 되었다. 채이주의 반응으로 보아 영상편지를 보고 울거나 그런 건 아닌 듯 했다. 통화를 마친 태진은 그제야 편안해진 마음으로 태은에게 전화를 걸었다.

"어? 왜 안 받아."

"전화 안 받아요?"

"네. 이상하네. 촬영 좀 전에 끝났다고 들었는데."

"뭐 하나 보죠."

촬영은 잘했는지 태은에게 직접 들어 보고 싶었는데 전화를 안 받는 통에 그러지 못했다. 태진은 아쉬운 마음에 휴대폰을 내려놓았다. 그때, 잠시 3팀에 내려갔던 국현이 들어왔다.

"대박! 대박!"

"왜요?"

"MfB 본사에서 3팀 기획안 받아들였어요!"

"진짜요?"

"지금 답 받았대요. 자 팀장님 아주 난리 났던데요! 곧 오실 거예요. 와, 내 손으로 월드 스타를 만들 줄이야."

수잔이 딴지를 걸 만도 한데 수잔도 놀랐는지 국현의 농담에 반응을 하지 않았다.

"그럼 해외 활동 하는 거예요?"
"아마 그러겠죠? 그런데 정확히는 미국에서만 활동할 건가 봐요. 3팀에서 기획한 게 해외 쇼 출연이거든요. 원래는 단독 공연하려고 했는데 곡이 없어서 쇼에 출연한다고 하더라고요."
"쇼에 나가도 할 게 별로 없을 거 같은데?"
"왜 없어요. 지금 유행하니까 챌린지에 대해서 얘기하겠죠. 그러다가 우리 얘기도 나올 거고!"
"헛바람 들지 말고요."
"그럴 수도 있죠. 아무튼 같이 배우들이 올린 챌린지 영상 보면서 얘기하고 그러겠죠. 그래서 MfB도 자기네 관리 배우들한테 요청해 준다고 그랬대요. 아무튼 이게 유행할 때 진행한다고 엄청 빠르게 진행하려나 봐요. 분위기 보니까 내일 당장 출국할 거 같던데요."
"와… 얼마 전까지만 해도 아시아 공략이 순서였는데. 인터넷이 좋긴 좋네."
"수잔은 무슨 조선시대 얘기를 하고 있어요."

태진도 상당히 놀라며 3팀에 넘기길 잘했다는 생각이 들었다. 아마 지원 팀에서 끝까지 맡았다면 이런 결과를 내지는 못했을 것이었다. 3팀에서 그동안의 경험이 쌓여 이런 결과를 만들어 낸 것이었다. 그러던 순간 문득 드는 생각이 있었다.

"혹시 정만 씨 얘기는 없었어요?"

"아! 그거! 본사에서 정만 씨도 우리 소속인 거 알고 같이 동반 출연 하면 어떻겠냐고 그랬대요."

"그래요?"

"그런데 어제 곽이정한테 물어봤더니 거절했다고 하더라고요."

수잔은 인상을 확 찡그리며 신경질 섞인 말투로 말했다.

"아오! 3팀 잘되니까! 괜히 거절하는 거 봐!"

태진이 보기에는 그런 이유가 아닌 듯했다.

"그런 거 같진 않은데요."

"거절할 이유가 없잖아요."

"이유가 있을 거예요. 곽이정이면 이 기회를 이용했으면 이용했지 남 잘되는 게 배 아파 기회를 놓칠 사람이 아니잖아요."

"어? 그러네? 정만 씨도 잘될 수 있는 기회니까?"

그때, 국현이 감탄한 얼굴로 박수를 보냈다.

"역시 곽이정 마스터."

"맞아요?"
"정확하신데요? 이제 곧 촬영 들어가서 스케줄이 안 된다고 했대요."
"아. 곧 촬영이지."
"그래서 영상통화로 출연해 주기는 한다고 했대요."
"곽이정이 직접 그랬대요?"
"네, 어젯밤에 전화해서 물어봤대요. 곽이정도 아쉽겠죠. 월드 스타로 도약할 수 있는 기회니까요."
"그렇게 출연할 수도 있구나."
"그래도 그건 쇼 기획하는 사람들하고 얘기를 해 봐야 되는 거라서 확실치는 않대요. 그래도 만약에 되면 곽이정도 돕겠다고 했대요."

태진은 참 곽이정답다는 생각이 들었다. 부딪힐 때는 짜증이 나지만 정만만 놓고 보면 누구보다 믿음이 가는 것도 사실이었다.

"그런데 좀 곽이정이 이상한가 봐요."
"왜요?"
"1팀원들한테 듣기로는 히스테리 장난 아니라고 그랬는데 자 팀장님이 어제 전화했을 때는 완전 온화하다고 하던데. 그렇게 평화로울 수가 없었대요. 그래서 좀 놀랐다는데. 조울증이 있나?"
"반장님하고 얘기가 잘되나 보네요."
"하긴 그럴 때 됐죠. 이제 수락하시겠죠?"

아무래도 선우 무대에서 허락을 받을 기미가 보인 모양이었다. 태진은 그동안 매일 찾아가서 사과했을 곽이정을 생각하니 피식 웃음이 나왔다.

* * *

잠시 뒤 사무실 문이 열리더니 매니저 실장과 채이주 담당 매니저가 들어왔다. 오늘 촬영한 것에 대해 얘기를 하러 온 것이기에 태진은 서둘러 두 사람을 맞이했다. 그런데 두 사람의 눈빛이 평소와 다르게 굉장히 부드러워 보였다. 평소에는 자신을 약간 어려워하는 모습이 보였다. 태진의 표정 때문에 그건 저 두 사람뿐만이 아니라 모든 사람들이 그랬다. 그런데 지금은 달랐다.

"촬영 잘 마무리하셨어요?"
"그럼요. 생각보다 재밌던데요? 이래서 PD 하나 봐요."
"아, 다행이네요."

태은에 관한 얘기이다 보니 처음부터 다 듣고 싶었다. 하지만 그럴 수 없다는 걸 알기에 중요한 내용만 듣고 싶었는데 어디서부터 물어봐야 할지 감이 잡히지 않았다. 그때, 실장이 웃으며 태진에게 카메라를 내밀었다.

"이거 저희가 찍은 거예요. 편집은 안 된 건데 미리 보시는 게 좋을 거 같아서요."

"아, 네."

실장이 잠깐 카메라를 만진 뒤 태진에게 건넸다. 카메라 모니터에는 태은이 나와 있었다. 그런 태은이 카메라를 보며 하는 말이 들렸다.

—뭘 이런 걸 다 찍어서 보냈대.

평소와 다름없는 태은의 모습에 태진은 약간 편안해진 마음으로 모니터를 봤다.

—이런 거 말 안 해도 큰형이 고마워하고 있다는 거 다 알아. 그리고 걱정하고 있다는 것도 다 알고. 그런데 그렇게 고마워하지 않아도 돼.

그저 태은의 평소 모습이 담겨 있을 줄 알았는데 영상편지에 대한 답장이었다. 태진은 생각지도 못한 답장에 약간 당황한 채 계속 모니터를 봤다.

—내가 좋아서 한 일이야. 형이랑 TV 봤던 거. 같이 따라 하던 거. 그러다 잠드는 거 전부 다. 다 내가 좋아서 한 거야. 이 사람 저 사람 흉내 내 달라고 해서 오히려 내가 귀찮게 했으면 했지. 그러니까 괜히 고마워하지 않아도 돼.

태진은 물론이고 수잔과 국현도 태은의 마음이 느껴지는지 흐뭇한 미소를 지은 채 모니터를 봤다.

—내가 형 보살피려고 일찍 온 건 오해니까 괜히 미안해하지도 말고. 혹시 집에 와서 친구 없을까 봐 걱정하는 거면 그럴 필요도 없어. 나 친구 많아. 학교에도 많고 여기에도 많고. 내 뒤에 다 내 친구들이야.

친구들은 다른 카메라로 담았는지 잘 보이지 않았지만, 태은의 말에 반응하는 소리들이 들렸다.

—얘네가 편의점 쏘기로 했거든.
—쟤 뭐래냐.
—잠깐 한태은 멋있게 봤는데 그럼 그렇지!
—네가 쏴야지!

친구들의 반응이 다소 격하게 들렸지만, 장난기 가득한 얼굴로 웃고 있는 태은을 보니 걱정할 필요는 없어 보였다. 그러던 태은이 다시 카메라를 보며 말을 이었다.

—큰형도 그렇고 작은형도 그렇고 오히려 내가 고맙게 생각해. 형들 보면 내가 어떻게 살아야 되는지 알 것 같거든. 뭐든지 다 해낼 수 있을 것 같고. 나 형들이 걱정하지 않도록 진짜 열심히 할 거야. 그래서 우리 나중에 작은형이 글 쓰고 큰형이 캐스팅하고 내가

무대 제작 하고 그러려고.

태은은 자신의 포부를 밝히는 게 약간은 민망한지 머쓱해했고, 그 머쓱함을 없애려고 환하게 웃으며 말을 이었다.

—엄마, 아빠도 뭐 시켜 줘야 되니까 관객을 시키자! 우리끼리 다 해 먹자! 흐흐. 아무튼 고마워! 집에서 봐!

태진은 큰 한숨을 뱉으며 가슴을 쓰다듬었다. 남들이 보면 별것 아닐 수 있는 영상이지만, 태진에게는 굉장히 크게 다가왔다. 순간 동생들이 자신을 위해 했던 고생들이 떠오르기도 했고, 그것을 고마워하지 않아도 된다며 오히려 배려를 해 주는 태은의 마음이 느껴지기도 했다. 무슨 감정인지 모르겠지만, 동생들을 생각하는 것만으로 가슴이 벅차올랐다. 그때, 뒤에 있던 국현이 입을 열었다.

"스흡, 이런 거 보면 인생 불공평하네."

태진은 갑작스러운 말에 고개를 돌려 국현을 봤다. 그러자 국현이 억울하단 표정으로 입을 열었다.

"난 우리 형한테 뒈지게 맞으면서 컸는데! 라면 안 사 온다고 맞고! 자는데 깨웠다고 맞고! 개긴다고 맞고! 다 그런 줄 알았는데 아니네! 나도 팀장님 같은 형 있었으면 나도 저렇게 컸지! 어휴."

국현의 말에 앞에 있던 이주의 매니저 현수도 공감된다는 듯 웃으며 말했다.

“다 그러죠. 저도 엄청 후드려 맞았는데. 한 팀장님네 같은 형제가 별로 없죠.”

“그런 거죠?”

“저번에 야구장에서 보니까 가족 전체가 굉장히 화목한 거 같더라고요. 아버님 어머님도 되게 평화롭다고 해야 되나. 아무튼 좀 부럽다 싶을 정도로 화목해 보였어요.”

“그렇구나. 그러니까 사람이 이렇게 좋지. 역시 가정교육이 중요해!”

태진은 주변 사람들의 말에 태진은 뭔가 뿌듯한 마음에 미소가 피어올랐다. 자기 가족 화목하다는데 싫어할 사람은 아무도 없었다. 그때, 매니저 현수가 웃으며 말했다.

“TV에서만 보는 그런 가족 같더라고요. 작은형이란 분도 여기 태은 씨 수능 본다고 일부러 론칭 날짜도 바꾸고.”

“맞다! 팀장님 동생 론칭한다고 들었는데! 언제예요?”

안 그래도 수능이 끝난 어제부터 계속 확인을 했던 참이었다.

“어제 검색해 봤는데 아직 안 올라왔더라고요.”

그때, 현수가 의아한 얼굴로 고개를 갸웃거렸다.

"아까 이주 씨가 집에 가서 팀장님 동생 소설 읽는다고 갔는데."
"어? 안 올라왔는데……."
"아까 보니까 올라왔던데? 저도 확인했었어요."

태진은 다시 휴대폰을 들어 확인을 했다. 여전히 아무것도 검색이 되지 않았다.

"이거 보세요. 없잖아요."
"아! 여긴 달빛 세상이고 동생분 소설은 파이온이잖아요. 파이온 독점이라고 들었어요."
"아… 그래요? 저번에는 여기에 올라왔었는데."

예전에 달빛 세상이라는 플랫폼에서 태민의 소설을 봤기에 당연히 여기에 올라오는 줄 알았다. 소설이라고는 태민의 소설 말고는 본 적이 없기에 그에 대해서 잘 알지 못했다.

"독점이라는 게 있구나… 전 다 올라오는 줄 알았어요. 어, 여기 있… 어?"
"왜 그러세요?"

태진은 자신이 잘못 본 건 아닌가 싶어 눈을 비비기까지 한 뒤 다시 쳐다봤다.

“10화까지밖에 안 올라왔는데 댓글이 1,000개가 넘는데요……?”
“그게 많은 거예요? 그건 잘 모르겠는데요.”
“전에 건 다 합쳐 봐야 100개가 안 됐는데…….”

태진은 혹시 악플이 달려 있진 않을까 걱정된 마음으로 조심스럽게 댓글창을 열었다.
태진의 걱정과 달리 악플은 커녕 약간이라도 비판하는 글도 달리지 않았다. 태진이 몇 번이나 작가 이름을 확인했다.

‘제목은 달라도 한태민 맞는데…….’

예전에 태진이 봤던 제목은 ‘으랏차차 강필두’였는데 지금 제목은 ‘오직 주’라는 교회에서 나눠 주는 팜플렛 같은 제목이었다. 그러다 보니 태진은 동명이인인가 하는 생각마저 들었다. 그때 봤을 때도 재미있긴 했지만 이 정도까지는 아닌 듯했는데 반응이 너무 좋았다.

—진짜 너무 재밌음!
—이거 뭐냐. 다음 화 없는 게 짜증날 정도로 재밌다.
—작가님ㅠㅠ 비축분 다 풀어 주세요ㅠㅠ
—필력 보니까 원래 이름 있는 작가가 필명 바꿔서 올린 듯
—와, 이건 바로 유료해야 된다. 무료로 보기 미안할 정도로 재

밌음

—제목 보고 안 읽으려다가 읽었는데 안 읽었으면 후회할 뻔!

—쌓아 둔 다음에 봐야겠다 ㅠㅠ

고작 10화가 올라왔을 뿐인데 천 개가 넘는 댓글이 전부 이런 식이었다. 사무실에 있던 사람들도 태진을 따라 플랫폼에 접속해 댓글을 봤고, 다들 놀란 얼굴이었다. 그중 수잔이 혀까지 내밀며 말했다.

"동생분 대박인데요? 오늘 올라왔는데 1등이네요?"

"수잔은 웹소설 잘 아세요?"

"잘은 몰라도 보긴 봤죠. 웹툰이 영화나 드라마로 제작될 때 원작 있으면 그 원작인 웹소설부터 읽어 봐야 되잖아요. 그래서 본 게 좀 있죠. 와, 대단하다. 인기 엄청 많은 드라마도 이 정도는 아니었는데 이건 뭐 죄다 칭찬인데요? 얼마나 재밌길래 이 정도지?"

직업 특성상 자세히는 아니더라도 웹소설에 대해서는 알고 있었다.

"스흡, 이거 동생분 떼돈 버시는 거 아니에요? 제가 들은 얘기인데 글만 잘 써도 건물 산다고 그러던데!"

"아닐걸요?"

"맞을걸요? 출판사나 플랫폼에서 떼 가도 돈이 어마어마할걸요? 우리도 에이드 씨 곡에서 0.2% 먹는다고 난리 났잖아요. 그런데 동생분은 혼자 몇십 프로를 먹는데!"

"아닐 거예요. 전에 가장 많이 들어온 게 30만 원이라고 들었거든요. 그것도 책 대여점에 납품하려고 책 찍어서 번 거래요."

"그때는 인기가 없었으니까 그렇죠."

"아, 그럴 수도 있겠네요."

"있겠네요가 아니라 맞다니까요. 이러다 진짜 팀장님네 삼 형제가 다 한자리하는 거 아니에요? 미리 말씀드려야겠네! 저도 좀 끼워 주세요! 저 지금부터 한국현!"

태진은 국현의 농담에 가볍게 웃고는 다시 휴대폰을 봤다. 지금 순간에도 댓글이 늘어나고 있었다.

* * *

집에 온 태진은 서둘러 동생들부터 찾았다. 태은은 아직 선우무대에서 안 왔는지 집에 없었고, 태민만 식탁에 앉아 있는 중이었다. 그런 태민은 평소와 다르지 않은 얼굴이었고, 같이 있는 어머니 아버지 역시도 아무것도 모르는 얼굴이었다.

"큰아들도 일찍 왔네. 잘 됐다. 밥 풀 테니까 손부터 씻고 와."

"형 일찍 왔네?"

가족들의 반응을 보니 아무래도 동명이인인 듯했다. 잔뜩 기대했는데 오해였다는 생각이 들자 태진의 기운이 빠져 버렸다.

하지만 그건 태민이 더할 것이기에 태진은 애써 웃고는 옷을 갈아입고 나왔다. 그러자 아버지가 빈자리를 보며 말했다.

"태은이만 있으면 오랜만에 다 모여서 식사하는 건데 짜식이 수능 끝났는데도 제일 바빠."

"그동안 고생했으니까 쉬어야지."

부모님은 태은이 어딜 다니는지 모르는 눈치였다.

'부모님한테 말 좀 하지.'

태민이나 태은이 둘 다 자신들 얘기를 부모님께 잘 안 하는 듯했다. 그런데 아버지의 입에서 뜻밖의 말이 들렸다.

"그러니까 고생했으니까 쉬어야 되는데 일을 하러 가니까 그러지."

"자기가 하고 싶어서 간다잖아. 기특하기만 하고만."

"내가 혹시 힘이 빠져 보이나?"

"아니? 자기가 우리 집에서 가장 건강해 보이지."

"그렇지? 그런데 벌써부터 아빠 품을 벗어나려고 하는 거 같단 말이지. 열심히 운동해야겠어."

"푸흡."

태진은 부모님의 대화에 가볍게 웃었다. 두 분도 태은이 뭘 하는지 알고 계신 듯했다.

"아빠 지금 사회인 야구단 들어갔다고 자랑하시는 거야. 축하들 드려."

"아이 뭘, 그런 걸! 하하."

태진과 태민은 크게 웃었다. 결국 자기 축하를 받으려고 태은의 얘기를 꺼낸 것이었다. 태진은 부모님에게 태은의 얘기를 설명했다.

"태은이 지금 제가 아는 분한테 무대 제작 하는 거 배우고 있어서 걱정 안 하셔도 돼요."

"동생도 챙겨 주고 우리 태진이 너무 기특하고 동생들 챙겨 줘서 고마워."

"참 빨리도 말해 준다. 아빠 이미 알고 있었지. 그런데 자꾸 아빠 역할 뺏어 가려고 하지 마. 아직 아빠 젊다?"

태진은 가볍게 웃었다. 그리고 순간 자신도 동생들보다 더 자신의 얘기를 안 하고 있다는 것을 깨달았다. 회사 일이기도 했지만 얘기할 수 있는 부분도 있었는데 집에 오면 쉬기 바빠 제대로 얘기를 해 본 적이 없었다.

"오늘 회사에서 촬영을 했는데 거기에 태은이가 나올 거예요."

"어? 태은이가 왜?"

"이주 씨가 Y튜브에 영상을 올리는데 회사 직원들의 요청 같은 거 들어주는 컨셉이거든요. 그래서 수능 본 태은이 실기 잘 보라고 응원해 주신 거예요."

"이주 씨가? 아이고, 너무 고맙다. 저번에 야구장 티켓도 주셨는데 이렇게 받기만 해도 되는 건지 모르겠네."

"제가 열심히 도와 드리고 있어요. 영상은 언제 올라올지 모르는데 올라오면 제가 말씀드릴게요."

차마 민망함에 영상편지를 썼다는 얘기까지 하진 못했다. 그때, 태진이 먼저 얘기를 해서인가 얘기를 듣던 태민도 잠깐 머뭇거리더니 입을 열었다.

"저도 오늘 글 올라가기 시작했어요."

"어머, 진짜? 엄마가 너무 궁금했는데 괜히 부담 줄까 봐 못 물어봤는데. 열심히 하는 거 엄마가 봤으니까 보답이 있을 거야. 그러니까 너무 걱정하지 말고 꾸준히 해."

항상 그렇듯이 어머니는 응원과 격려를 해주었고 아버지가 태진이 궁금해하던 것을 물어봤다.

"한 작가, 반응은 어때?"

"저도 몰라요."

"모르는 게 어디 있어."

"저도 안 봤어요."

"자기가 올린 걸 안 보면 어떡해?"
"사람들 반응 보면 좀 신경 쓰여서요. 그래도 아까 편집자한테 연락 왔는데 반응 좋다고 하더라고요."
"그래? 이야, 우리 아들들 다 잘나가네!"

태민은 여전히 별다른 표정 변화가 없었다. 오히려 태진보다 더 표정이 없는 것 같았다. 태진은 그런 태민에게 조심스럽게 물었다.

"어디에 올라온대?"
"파이온에 독점으로."
"형한테 얘기해 주지. 그럼 읽어 보고 조금이라도 도와줄 수 있었을 텐데."
"형 바쁜 거 같아서 그랬지. 그리고 김정연 작가님이 직접 조언해 주시고 그래서 괜찮았어."
"잘했네. 제목은 으랏차차 강필두지?"
"아니? 그 제목 이상하다고 '오직 주'로 바꿨어."

태진은 순간 소름이 끼쳤다. 동명이인이 아니라 동생 태민이었다.

"왜 그래?"
"큰아들 왜 그래?"

태진은 깜빡이던 눈을 멈추고 태민을 쳐다봤다.

"'오직 주' 진짜 맞아?"

"어, 맞아. 제목이 이상해서 그래? 제목만 그러지 내용은 저번에 보여 준 것처럼 건축 얘기야. 주가 예수가 아니라 집 주인데. 이상해?"

"아……."

"왜 그래?"

태진의 반응에 부모님들도 궁금해하며 태진을 쳐다봤다. 태진은 휴대폰으로 다시 확인을 하고는 태민을 봤다.

"너 1등이던데?"

"아, 그거. 그거 순위가 시간마다 바뀌는 거야."

"지금도 1등인데? ㅡ표시 되어 있는 거 보면 계속 1등이라는 얘긴데?"

"진짜?"

"몰랐어?"

"몰랐지."

"어떻게 몰라?"

"나 파이온 아예 안 깔아서 몰랐지."

"반응 좋다고 했다며."

"그냥 무료니까 좋은가 보다 했지."

부모님들도 궁금한지 태진의 휴대폰을 보기 위해 식탁 위로 얼굴을 들이밀었다.

"이게 태민이 작품이에요."

"어머, 1등인 거야? 우리 작은아들 축하해!"

"어이고, 이거 어떻게 보는 거야? 어디서 봐. 아빠 휴대폰에 좀 깔아 줘 봐. 회사 가서 자랑하게."

당사자인 태민도 얼떨떨한 얼굴이었다. 태진은 그런 태민을 보니 어이가 없었다.

"네가 올린 걸 확인해야지."

"확인은 일부러 안 했어."

"왜?"

"저번에 그렇고 댓글에 휘둘리는 거 같아서. 안 좋은 댓글 있으면 그거 고쳐 보려고 하다가 글이 망가지는 느낌이더라고. 댓글 안 달리면 또 이상한가 해서 글도 안 써지고 그래서……."

"아."

"김정연 작가님도 그러셨어. 내가 정한 얘기가 있으면 주변에서 뭐라고 하든 간에 끝까지 밀고 나가야 된다고. 안 그러면 죽도 밥도 안 된다고. 그런데 난 아직 경험이 없어서 흔들릴 거 같아서 아예 안 봤지. 파이온도 일부러 지운 건데."

태민도 자기만의 고충이 있었던 것이었다. 당사자가 아니고서야 알 수 있는 게 아니다 보니 태진도 당연히 모를 수밖에 없었다. 그동안 말은 하지 않아도 마음고생을 했던 모양이었다. 태진은 그런 태민을 보며 말했다.

"지금은 봐도 될 거 같은데. 다 칭찬이더라고."
"안 볼래. 괜히 들뜰 거 같아서."
"그래도 반응은 좀 봐야 하지 않아?"
"아직은 자신 없어. 자꾸 댓글만 볼 거 같아서. 궁금해도 참을래. 완결 얼마 안 남으니까 완결 쓰고 보지 뭐."
"벌써?"
"전에 써 둔 걸 바탕으로 고친 거라서 좀 빠르긴 했지. 300화 맞춰서 결말 낼 거라 이제 열 편 정도 남았으니까 며칠 내로 쓸 거 같아. 다 쓰고 나서 봐야지."

글을 써 본 적이 없다 보니 잘 모르지만 그래도 태민의 글 쓰는 속도가 굉장히 빠른 것 같았다. 게다가 작가로서 자신만의 기준도 잡힌 듯했다. 아무래도 김정연 작가의 영향을 받은 듯싶었다. 태은도 그렇고 태민에게도 좋은 사람을 소개해 준 것 같아 뿌듯한 미소가 지어졌다. 그때, 태민의 휴대폰이 울렸다.

"네, 아, 들었어요. 아, 그렇구나. 네, 알겠어요. 네, 그렇게 할게요. 아니에요. 감사합니다."

거의 대답만 하고는 태민이 전화를 끊었다. 여태껏 자신이 말할 때도 크게 반응을 보이지 않았던 태민이 지금은 넋이 나간 표정이었다. 그러다 보니 태진은 궁금함을 참지 못하고 곧바로 질문했다.

"누군데 그래?"

"편집자."

"이 시간에? 왜? 무슨 문제 있대?"

"아니 그런 게 아니라. 연재 계획 좀 바꾼다고. 파이온에서 먼저 얘기가 왔다네."

"뭐라는데?"

"일주일 지켜본 다음에 괜찮으면 그다음 주까지만 무료분 풀고 바로 유료화 가자고 그랬대. 홍보해 준다고."

"원래 그렇게 하는 거래?"

"편집자도 이런 건 처음 본대."

태진을 비롯한 부모님들의 얼굴에 환한 미소가 지어졌다. 그러고는 태민에게 축하의 말을 건네려 할 때 태민이 양손으로 자신의 뺨을 세게 쳤다.

짝!

"안 돼! 워! 워! 텐션 유지! 흥분하면 안 돼! 안 되겠다. 바람 쐬고 와야겠다!"

태민은 외투도 걸치지 않고 그대로 현관문을 열고 나가 버렸다. 좋아할 만도 한데 끝까지 자신이 생각한 대로 글을 쓰기 위해 자제하는 태민의 모습이 기특하기도 하고 한편으로는 저 정도로 부담을 가졌다는 생각에 안쓰럽기도 했다. 그때, 어느새 맥주를 꺼내 온 아버지가 허탈하게 웃으며 말했다.

“주인공 없이 축하하게 생겼네.”

*　　　*　　　*

선우 무대에 나와 있는 곽이정은 또 짜증이 솟구쳤다. 어제 무슨 일인지 몰라도 한 부장이 보이지 않아 마음이 편했는데 하루 만에 다시 나타났다. 게다가 무슨 이유인지 전보다 더 날뛰고 있었다.

‘저 자식, 텐션이 왜 저래.’

어제만 해도 반장과 대표와 대화를 나누기까지 했는데 한 부장의 등장으로 그럴 기회가 없어진 상태였다. 뭘 저렇게 신나서 얘기를 하는지 짜증이 나면서도 궁금할 정도였다. 그때, 한 부장이 갑자기 곽이정을 쳐다봤다.

“아저씨.”

‘저놈의 아저씨!’

아저씨가 맞지만 한 부장이 부르면 뭔가 짜증이 났다. 그래서 대답하지 않고 지켜볼 때, 한 부장이 웃으며 말했다.

"아저씨도 채이주 배우 아세요? 저 오늘 만났는데."
"채이주 배우님이요? 잘 압니다."
"TV에서 본 거 말고요."
"같이 일하고 있습니다."
"아저씨 지금 여기 있는데 무슨 말을 하세요. 참 뻥도 진짜."

저 무식한 놈과는 도무지 대화가 통하지 않았다. 애초에 깔보고 있는 통에 자신이 어떤 사람인지 전혀 모르고 있었다. 그때, 한 부장의 입에서 생각지도 못한 말이 들려왔다.

"우리 형이 MfB 다녀서 이주 누나랑 친하거든요. 그거 곧 Y튜브에 올라오니까 보시라고요."
"어……?"

말이 끝나기도 전에 한씨 성을 가진 사람이 떠올랐다.

*　　　*　　　*

곽이정은 여러 가지 생각이 뒤엉켜 혼란스러웠다. 지금 이게 태진의 계획인건지 아니면 우연인 건지 알 수가 없었다. 그러던 중 곽이정이 갑자기 피식 웃었다.

'한태진이 이걸?'

자신이 본 태진이라면 결코 이런 식으로 일을 할 사람이 아니었다. 대놓고 적의를 드러낸다면 모를까 주변 누군가를 이용하지도 않을 것이고 만약 한다고 하더라도 이렇게 치졸하게 괴롭히는 일은 하지 않을 것이었다.

'우연이네.'

판단이 서자 곽이정은 태은을 쳐다봤다. 아무것도 모르는 얼굴로 신나 하는 것만 봐도 알고 하는 것 같지 않았다.

"형이 MfB 다닌다고요?"
"네, 우리 형 MfB 팀장이에요."
"한태진 팀장이죠?"
"어?"

태은이 순간 깜짝 놀랐고, 곽이정은 드디어 전세를 역전시킬 수 있다는 생각에 피식 웃었다. 그런데 태은의 반응이 예상과 달랐다.

"아, 방송 보셨구나."
"네?"

"라액에서 동영상 보셨구나."

"그런 게 아니라 지금 같은 회사에서 일하고 있죠."

"아저씨가요?"

"네, 제 입으로 이런 말 하긴 그렇지만 한태진 씨가 제 밑에서도 있었죠."

태은은 곽이정을 위아래로 훑어보더니 의심적다는 표정을 지었다.

"그런 사람이 왜 여기에 계세요?"

"그건 후… 사정상 그런 거고요."

"아저씨 이름이 뭔데요?"

"곽이정입니다."

"잠시만요."

태은은 휴대폰을 꺼내더니 갑자기 전화를 걸었고, 순간 곽이정은 당황했다. 같은 회사라는 점을 이용해 태은을 이용하려 했는데 태진과 사이가 그다지 좋은 편이 아니었기에 무슨 말을 할지 몰라 약간 걱정이 되었다. 그때, 태은이 실실 웃으며 곽이정을 보며 휴대폰을 흔들었다.

"전화 안 했거든요? 왜 뻥치세요. 허세가 진짜. 하마터면 속을 뻔했네."

"아……."

곽이정은 황당한 표정으로 태은을 쳐다봤다. 완전 자신을 갖고 놀고 있었다. 다들 자신을 어렵게만 생각했는데 저 영악한 놈은 어려워하기는커녕 우습게 보고 있었다. 말이 통하는 상대가 아니었다.

곽이정은 태은과 엮이면 피곤해질 것 같다는 생각에 도움을 받을 생각을 접어 버렸다. 아예 대화 자체를 섞지 않는 것이 계약을 따는 데 도움이 될 듯했다. 곽이정은 고개를 저으며 뒤를 돌 때, 태은이 부르는 소리가 들렸다.

"아저씨. 아저씨! 아이, 죄송해요."

갑작스러운 사과에 곽이정은 자신도 모르게 뒤를 돌아봤다.

"아저씨가 자꾸 이상한 소리 하니까 그러죠."
"됐습니다. 그만 얘기하고 볼일 보세요."
"그런 게 아니라 아저씨 여기 들어오시려고 하시는 거 잖아요."
"하아, 그렇게 생각하세요."
"제가 한참 어리지만 에헴! 부장으로서 얘기를 해 볼게요."

곽이정은 듣기도 전에 머리가 아파 왔다. 장난처럼 얻은 직함을 무척 자랑스럽게 말하고 있었다.

"아저씨 우리 선우 무대 들어오실 거면 좀 진솔해지시는 게 어떠세요?"

"진솔합니다."

"에이, 아저씨 맨날 반장님이랑 대표님 안 보시면 청소도 안 하고 그러시잖아요. 그리고 청소할 때도 두 분 계속 힐끔거리기만 하는데 누가 좋아해요. 막 기회 포착하는 고양이같이!"

"하아… 고양이… 저 청소 열심히 합니다."

"그리고 지금도 괜히 MfB 다닌다고 그런 거짓말이나 하니까 더 믿음이 안 가잖아요. 좀 솔직해져야죠!"

얼마 살지도 않은 놈이 인생에 대해 훈계를 하자 헛웃음이 나왔다. 그때, 태은이 말을 이었다.

"아저씨가 괜히 헛고생할까 봐 그래요. 전 사실 아저씨 마음에 들거든요."

"후……."

"저한테 가르쳐 주는 거 보면 일 잘하잖아요."

저 천진난만한 미소에 곽이정은 순간 미소가 지어질 뻔했다. 곽이정은 애써 표정 관리를 하며 못 들은 척했지만, 태은은 그런 곽이정에게 말을 이었다.

"그러니까 같이 일하면 좋을 거 같아서 드리는 말이에요. 반장님이랑 대표님 반응 보면 아저씨가 무슨 큰 잘못하고 나갔다가 다시 들어오려고 하는 거 같은데 그러려면 제대로 사과부터 해야죠.

그래야지 반장님이랑 대표님 마음이 조금이라도 풀리고 청소하는 것도 봐 주고 그러죠. 무턱대고 청소하면 더 싫죠. 꼴 보기 싫은 놈이 아무렇지 않은 척 와서 청소하고 있으면 나라도 싫겠네."

태은은 크게 반응이 없는 곽이정을 보며 답답하다는 얼굴로 말했다.

"아저씨, 사과 안 해 봤죠? 제가 오늘 느낀 게 있거든요. 자기 마음을 좀 표현하고 그래야 돼요. 고마우면 고맙다. 미안하면 미안하다. 그게 어렵지만 일단 해 보면 그 사람하고 더 돈독해지는 느낌? 저도 오늘 큰형한테 처음으로 영상편지 써 봤는데 그게 부끄럽긴 했는데 좀 더 가까워진 느낌이랄까?"

곽이정은 헛웃음이 나왔다. 그러고 보니 언젠가부터 제대로 사과를 해 본 기억이 없었다. 사과보다는 오히려 다른 도움을 주는 편이 낫다고 생각했었다. 그렇다고 이제 와서 사과를 하는 것도 모양새가 우스웠다. 사과를 할 거면 첫날에 했어야지 지금은 좀 늦은 감이 있었다. 그때, 태은이 뭔가 생각났다는 듯 입을 열었다.

"아저씨 기회가 없어서 그런 거죠? 갑자기 사과하기도 좀 이상하니까. 내가 만들어 줄게요!"
"됐어요."
"아니에요. 저도 아까 떠밀려서 영상편지 쓰긴 했는데 해 보니까 잘 나오더라고요."

"됐……."

"반장님! 대표님!"

거절도 하기 전에 태은이 갑자기 크게 소리를 쳤다. 그러자 반장과 대표가 태은을 쳐다봤고, 태은은 손가락으로 곽이정을 가리키며 말했다.

"아저씨가 드릴 말씀 있다는데요?"

"하, 이봐요. 왜 우리 한 부장까지 부추겨요!"

"아저씨가 부추긴 게 아니라 뭔가 되게 중요한 말 하고 싶어 하는 거 같아서요!"

"후……."

"한번 들어 주세요! 아, 저 계단 청소하고 올게요!"

태은은 곽이정의 빗자루를 뺏어 들더니 윙크를 하고는 밖으로 나가 버렸고, 곽이정은 예상치 못한 갑작스러운 상황에 당황했다. 태은을 만난 이후로 계획대로 되는 게 하나도 없었다. 그때, 김 부장이 곽이정을 테이블로 불렀다.

"들어나 봅시다."

이미 할 얘기는 다 한 상태에서 그저 두 부부의 마음이 풀리길 기다리는 중이었기에 딱히 할 말은 없었다. 그렇다고 아무런 말도 하지 않으면 관계가 더 나빠질 수 있었기에 곽이정은 처음으로 될 대로 돼라 하는 마음으로 입을 열었다.

"죄송합니다."

태은이 이런 분위기를 만든 덕분에 김 반장도 사과를 할 거라 예상하고는 있었고, 곽이정은 여전히 마음이 무거웠다. 하지만 말을 시작한 이상 여기서 멈추는 것도 이상했다. 게다가 이창진을 통해 어떤 상황인지 전부 알고 있을 것이기에 더 이상 숨길 것도 없었다.

"예전에 철거 일은 제가 생각이 많이 짧았습니다. 크게 문제가 될 거라고 생각하지 못했습니다. 문제가 된 걸 알고서 바로 사과를 드렸어야 했는데 많이 늦었습니다."

말을 시작하는 게 어려웠지 일단 뱉고 나니 점점 마음이 편해졌다. 이렇게 잘못을 인정할 줄은 몰랐던 김 반장은 어리둥절한 얼굴로 아내를 봤고, 대표 역시 어리둥절한 표정이었다. 그래도 전보다는 화가 많이 가신 얼굴로 입을 열었다.

"예전 생각만 하면 진짜 때려 죽이고 싶었던 적이 한두 번이 아니에요."
"죄송합니다."
"진짜 도대체 우리한테 왜 그랬던 거예요?"
"괜찮을 거라고 생각했습니다."
"우리 한 팀장이랑 플레이스 아니었으면 망할 뻔했던 거 알아요? 지금도 한 팀장 아니었으면 이렇게 얘기하고 싶지도 않아요."
"죄송합니다."
"혹시 지금 우리하고 계약하려고 억지로 사과하는 건가요?"

사실 그 이유가 아니라면 여기에 오는 일조차 없었을 것이다. 하지만 이미 사과를 하기 시작한 이상 완벽한 사과를 해야 했다. 그래야 조금씩 편해지고 있는 마음이 더 편해질 것 같았다.

"계약도 필요하지만 며칠 여기 있어 보니까 두 분께 이곳이 얼마나 소중한지 알 것 같더군요. 그래서 제가 두 분의 소중한 곳을 없앨 뻔했다는 것이 죄송해서 사과드리는 겁니다. 그리고 이번 일도 같이 해 주시면 그동안 손해 보신 것들 전부 메울 수 있도록 최선을 다해서 돕겠습니다."

곽이정의 말을 들은 김 반장은 가볍게 웃더니 이내 아내와 눈을 마주쳤다. 그러고는 고개를 끄덕이며 입을 열었다.

"나가서 술이나 한잔합시다."

곽이정은 무슨 뜻인지 알기에 곧바로 수락했고, 그때 사무실 문이 빼꼼히 열리더니 태은이 고개를 내밀었다. 그러고는 분위기를 잠깐 살피고는 씨익 웃었다.

"얘기 잘되셨어요? 그럼 아저씨도 같이 일하시는 거예요?"

곽이정은 끝까지 오해하는 태은의 모습에 피식 웃음이 나와 버렸다.

*　　　*　　　*

다음 날. 회사에 나온 태진은 전화를 하는 내내 어이가 없었다.

“태은이하고 곽이정 팀장하고 같이 있었던 거 맞아요?”

—아! 맞아요. 곽이정 그 양반이 저녁마다 사과하러 와서 같이 있었죠.

“별일 없었나요……?”

—별일이요? 둘이 뭐 부딪칠 일이 없으니까요. 왜 그러세요?

“아, 아니에요.”

—걱정하실 일은 없을 텐데. 곽이정이 오히려 피해 다니던데요? 아! 어제 곽이정이 사과를 하더라고요. 자기 잘못 인정하면서. 그래서 오래 끌기도 했고 그래서 같이하기로 했어요.

“그건 이창진 실장님한테 들었어요.”

—한 팀장님 덕분에 좋은 일 할 수 있게 돼서 항상 감사드려요.

설마 둘이 만날 거란 생각은 하지 못했다. 태진도 어젯밤에서야 알게 되었다. 태은하고 촬영에 대한 얘기를 시작으로 선우 무대 얘기까지 나눴다. 그러던 중 갑자기 태은의 입에서 곽이정의 이름이 나왔다.

"큰형 혹시나 곽이정이라는 사람 알아? 모르지? 그 아저씨 하여튼 허세는."

"곽이정……? 네가 곽이정을 어떻게… 혹시 그 아저씨 이름이 곽이정이야?"

"알아?"

"알지. 그 사람이 뭐래? 뭐라는데?"

태은에게까지 무슨 수작을 부렸을 수도 있다는 생각에 태진은 경계부터 했고, 그 때문인지 태은은 더 이상 말을 하지 않았다. 그저 그런 사람이 있다는 말로 얼버무렸지만, 표정으로 보면 무언가 잘못됐다는 듯한 표정이었다. 표정도 표정이지만 곽이정과 함께 있음으로 인해 예전의 자신처럼 곽이정에게 물이 들까봐 걱정이었다. 그렇기에 태진이 오전 내내 여기저기 전화를 걸어 알아보는 중이었지만 성과는 없었다. 그때, 수잔과 국현이 태진에게 다가왔다.

"점심 안 드세요?"

"아, 먹어야죠."

"이따가 바로 스미스 팀장님 온다고 했으니까 구내식당으로 가시죠. 광고 얘기 하시던데."

딱히 배가 고픈 건 아니었지만, 가만있으면 더 머리가 복잡해질 것 같다는 생각에 팀원들과 함께 식당으로 향했다. 그리고 그곳에서 팀원들과 함께 있는 곽이정이 보였다.

"스흡, 진짜 대단한 사람이다."

"곽이정이 뭐가 대단해요. 우리 팀장님이 더 대단하지."

"저 연기가 대단하다고요. 저 팀원들은 매일 찾아가서 사과했다는 거 모르잖아요. 그래 놓고 내가 해결했다고 그랬을 거 아니에요."

"해결한 건 맞잖아요."

"그건 맞는데 온갖 포장을 다 했을 게 뻔하잖아요. 어어, 왜 쳐다보는 거야."

곽이정이 쳐다보는 사람은 태진이었고, 시선을 받은 태진도 눈을 피하지 않았다. 태은이 곽이정에게 영향을 줬을 수도 있다는 생각은 하지 못했던 태진은 곽이정이 태은에게 영향을 줬을 수도 있다는 생각에 반감부터 들었다.

태진은 곽이정을 뚫어져라 쳐다보며 식판을 들고 빈자리에 앉았다.

"스흡, 왜 저렇게 쳐다보지? 뭐 엄청 고민 되는 얼굴인데?"

"팀장님! 뭐 하러 응해 줘요. 어! 온다! 왜 와!"

그때, 자리에서 일어난 곽이정이 태진의 옆에 앉았다. 태진은 설마 태은을 이용한 것이라면 가만있지 않을 생각으로 곽이정을 쳐다봤다. 그런데 곽이정이 잠깐 아무런 말도 하지 않던 곽이정이 입을 열었다.

"계약했습니다."
"얘기 들었어요."
"그랬군요."

이 얘기를 하려고 옆에 올 리가 없었다. 아니나 다를까 하고 싶은 말이 있는 모양이었다. 태진은 평소와 다른 곽이정의 모습에 더욱 경계가 되었다. 뭐든지 대놓고 얘기를 할 사람이 이렇게 고민을 할 일이 뭔지 궁금했다. 곽이정은 주먹까지 쥤다 폈다 하며 초조한 모습을 보이고 나서야 갑자기 휴대폰을 꺼내 들었다.

"나랑 사진 한 번만 찍읍시다."
"뭐라고요?"
"사진 찍자고요. 확인시켜 줄 사람이 있어서."

태진은 어이가 없다는 얼굴로 곽이정을 쳐다봤고, 곽이정은 약간 후회가 되는 듯하면서도 기대가 된다는 얼굴로 휴대폰을 내밀었다.

*　　　*　　　*

며칠 뒤. 선우 무대와 계약을 하고 나자 곽이정이 더 이상 선우 무대에 가지 않는다는 말을 들은 태진은 그제야 마음이 놓였다. 괜한 걱정이란 걸 알지만 태은이 엮여 있었기에 신경이 쓰일 수밖에 없었다.

'하긴 태은이는 건드릴 게 없지.'

걱정이 쉽게 가시진 않았기에 태진은 애써 생각을 털어 내려 고개를 저었다. 그때, 국현이 웃으며 입을 열었다.

"다른 때라면 몰라도 지금은 곽이정이 뭐 할 게 없다니까요."
"그런가 봐요."
"괜히 사진 찍자고 해서 사람 신경 쓰이게 만들고. 지금 생각해 보면 사진도 괜히 인맥 자랑할 때 쓰려고 찍은 거 같아요."
"저를요?"
"저라도 당연히 자랑하죠. 회사 밖에서도 에이드 이렇게 만든 거 팀장님인 거 소문났겠죠. 그러니까 혹시라도 불리하면 팀장님하고 친분 있다고 그러면서 관계 만들겠죠."
"그런 건가. 그런 거면 다행이고요."
"지금도 바쁜데 다른 거 할 여유가 없겠죠. 하하."

태진도 수긍하며 고개를 끄덕거렸다. 이번엔 대화를 듣던 수잔이 입을 열었다.

"그런데 동생분이요."
"태은이요?"
"아니요. 작가 동생분이요."

"네. 태민이 왜요?"

"분위기가 장난이 아니던데요."

"하하, 저도 확인했어요. 확인할 때마다 1등이던데요."

"동생 얘기 하니까 웃으시는 거 봐. 진짜 장난 아니더라고요. 사람들이 하는 말 보셨어요?"

"네, 봤어요."

그동안 태은을 걱정하느라 제대로 기뻐하지 못했다. 게다가 집에서도 태민에게 영향을 줄까 봐 조심스러워 티 내서 기뻐할 수도 없었다. 그러던 중 나온 태민의 얘기이다 보니 기쁜 것은 당연했다.

—하루에 5편? 연재 속도 미쳤는데 그래도 부족해 ㅠㅠ

—진짜 개재밌다. 진짜 유료화 되고 다 풀어 주면 좋겠다.

—강필두 개 웃기네 ㅋㅋ

—이대로만 가면 이거 대작 확실함

—드라마로 보고 싶다 ㅠㅠ

시간이 지났는데도 대부분의 댓글이 칭찬이었다. 게다가 악플이 달리면 오히려 독자들이 악플 단 사람을 공격했다. 그 부분이 약간 걱정이 되긴 했다. 단우를 보며 지나친 찬양은 오히려 다른 사람들에게 반감을 줄 수 있다는 걸 알고 있었기 때문이었다. 하지만 이제 시작 단계이다 보니 거기까지 걱정할 부분은 아니었다. 그리고 태민이라면 안 좋은 말 같은 건 신경도 쓰지 않을 것이었다.

"진짜 분위기가 심상치 않아요. 제가 좀 알아봤거든요. 지금 35화 올라왔어요. 이게 회차가 많으면 1위를 하는 게 이해가 되는데 지금 겨우 35화인데 계속 1등이에요. 이건 장난이 아닌 거예요."

"하하. 그 정도예요?"

"칭찬하는 게 아니라 우리 이거 진지하게 잡아야 될 수도 있어요. 이제 초반이나 다름없으니까 계속 유지될지 안 될지 몰라서 눈치 보고 있는 제작사들 많을걸요? 제작사뿐만이 아니라 웹툰 회사들도 원작 계약하려고 벌써 준비하고 있을 수도 있어요."

"아……."

태민의 일이다 보니 객관적으로 보질 못했다. 그저 사람들의 칭찬에 덩달아 좋아하기만 했을 뿐이었다. 그런데 수잔의 말을 듣고 나니 예전부터 생각하던 것이 굉장히 가까이 다가온 듯한 느낌이었다. 정말 태민이 작품을 쓰고 자신이 캐스팅을 하는 그런 그림이 완성될 듯했다.

"스흡, 그런데 가족이라서 유리한 것도 있는데 신경 쓰이는 것도 많을 텐데… 만약 잘못되면 얼굴 붉힐 수도 있는 일이라서."

"뭔 시작도 하기 전에 재수 없는 소리를 해요."

태진도 수잔의 말에 격하게 고개를 끄덕이며 동의했다. 만약에 태민의 작품으로 드라마나 영화가 제작된다면 어떤 일이 있더라도 최고의 조건을 준비할 것이었다.

"동생분은 뭐래요?"

"굉장히 바쁘죠. 밖에도 안 나가고 방에서 글만 써요. 그리고 회사에 다 맡겨서 하라는 대로만 하는 거 같던데요."

"그럼 김정연 미디어에 정보를 얻어야겠네요. 작가님한테 직접 연락하는 건 좀 그렇죠?"

"아무래도 방해할 수도 있으니까요."

"언제 연락 주시려나. 스미스 팀장님도 말은 못 해도 지금 엄청 초조해하는데. 이러다가 엎어지는 거 아닌가 하는 눈치더라고요. 먼저 연락했다가 혹시라도 모를 역풍 맞을까 봐 그러지도 못하고."

지금까지 믿고 기다렸던 태진도 태민의 일이 궁금한 마음에 먼저 연락을 해 볼까 하는 생각이 들었다. 하지만 그럴 수가 없었기에 기다리는 시간이 더 길게 느껴질 것만 같았다.

*　　　*　　　*

며칠 뒤. 채이주의 채널에 여러 개의 영상이 동시에 올라왔다. 채이주가 채널을 만든 기념으로 인사하는 영상도 있었고, 매니저들과 기획을 하는 모습도 올라왔다. 그리고 얼마 전 H이글스에서 시구를 했던 장면과 언제 찍어 왔는지 야구 관계자들의 인터뷰가 담긴 영상까지 있었다. 같이 영상을 보던 수잔이 재미있다는 듯 입을 열었다.

"이야, 준비 잘했는데요? 채널 이름부터 느낌이 팍 오네요! 여주!"
"여자 주인공이란 뜻인가?"

이미 채이주와 통화하며 채널명을 알고 있던 태진은 피식 웃었다. 채이주가 마음에 들어하지 않았지만 매니저 팀에서 이번만큼은 일방적으로 밀어붙여 어쩔 수 없이 정해진 채널명이었다.

"그거 뜻이 여러 개예요."
"팀장님은 아세요?"
"네, 들었죠. 그게 여신 이주 줄인 거기도 하고요. 국현 씨 말처럼 여자 주연이란 뜻도 있고요. 만화에서 여주같이 생겨서 그런 거기도 하고요."
"아! 뜻이 여러 개구나! 매니저 팀 진짜 준비 많이 했다. 대단한데요?"

그때, 영상을 보던 국현이 신기하다는 듯 말했다.

"H이글스 코치는 어떻게 인터뷰했지. 송우진을 직접 인터뷰했는데요? 송우진 코치 엄청 좋아하는 거 같은데."

방금 올라온 영상이기에 태진도 보지 못한 영상이었다. 태진도 태은이 나오는 영상을 먼저 보고 싶긴 했지만, 어차피 다 봐야 하는 것들이었다. 영상에는 채이주의 시구 장면이 나왔고, 해설위원이나 프로선수 출신이었던 사람들의 인터뷰까지 있었다.

—푸하하. 이거 진짜 똑같아요. 특히 견제하는 거! 이 폼! 이게 기가 막혀요. 우진이 형 전성기 때랑 진짜 비슷해요. 여기 발 동작을 보면 이게 그냥 따라 하는 게 아니에요. 몸을 최대한 빨리 돌릴 수 있는 발 모양이거든요. 진짜 기가 막히죠?

—나도 이거 보고 얼마나 놀랐는데. 그런데 고개 움찔움찔하는 거는 이거는 크게 의미 없는데. 하하하. 이거 나도 모르게 하는 버릇이라서.

당사자인 송우진까지 인정한 영상이었다. 지난 얘기를 가져가서 한 분석인데도 상당히 재밌게 꾸며 놨다. 그리고 마지막에는 채이주가 시구 당시 썼던 H이글스 모자까지 쓰고는 카메라를 노려봤다. 진짜 공이라도 던지려고 그러는지 고개를 몇 번 가로저은 뒤 마음에 드는 사인을 받았다는 듯 고개를 끄덕거렸다. 그러고는 진짜 화면을 향해 공을 던지는 시늉을 했고, 동시에 이주의 손에서 무언가가 튀어나오는 것처럼 CG를 입혀 놨다. 그때, 수잔도 이걸 봤는지 어이없다는 듯이 웃으며 말했다.

"우리 이주 씨 급이 있지… 구독 좋아요는 뭐 하러 입혀 놨대."

태진도 이걸 한 이주를 생각하며 피식 웃었다. 수잔의 마음도 이해가 되지만 나빠 보이진 않았다. 재미있으라고 노린 대로 사람들도 즐거워했다.

—스트라이크! 바로 구독 누름!
—이거 보고 실실 웃는 내 인생이 레전드.
—내 마음에 던져 버렸네! 너무 좋아서 구독 두 번 누름!
—채이주 은근히 웃기네ㅋㅋ 진지하게 던지는 게 웃김 ㅋㅋ
—진짜 폼 좋다. 여자 야구하는 예능 있으면 1픽감인 듯

그래서인지 영상도 몇 개밖에 없는 데다가 오늘 시작했는데 벌써 구독자가 8만 명이었다. 채이주와 통화할 때 사람들이 안 보면 어떻게 하나 걱정하던 것과 달리 많은 사람들이 관심을 보이고 있었다. 아마 오늘 내로 십만 명이 넘을 것 같은 분위기였다.

태진은 미소를 짓고는 마지막 남은 영상을 클릭했다. 바로 태은이 나오는 영상이었다. 시작은 회사 직원들에게 도움을 주는 기획을 설명하는 것부터 시작되었다. 그리고 제작 지원을 받은 학원과 미팅하는 장면으로 시작되었고, 곧바로 계획을 준비하는 모습이 나왔다. 그러고는 채이주가 분장하는 장면으로 이어졌다.

"와, 고생하셨겠네."
"그거 보세요? 같이 봐요!"

따로 봐도 될 텐데 국현과 수잔까지 태진의 자리로 왔다.

"이거 4시간이나 분장했네! 진짜 힘들었겠다. 자막 봐요. 점점 잃어 가는 미모래요."

"스흡, 우리 이주 씨는 가만 보면 뭐든지 진심이야. 예전에 라액 할 때도 매일 회사 와서 같이 상의하고 그랬는데. 어떻게 4시간이나 가만있지."

"실리콘 같은 거 붙이면 피부 상할 텐데."

이주가 원체 마른 체격이라서 그런지 살을 좀 붙여 놓자 완전 다른 사람처럼 보였다. 거기다가 안경까지 끼워 놓고 얼굴에 잡티처럼 보이는 화장까지 해 놓아서인지 앞에서 봐도 못 알아볼 것 같았다.

"이주 씨는 왜 이렇게 좋아해. 귀엽게."

화면에서는 분장한 이주가 자기 모습을 보며 이리저리 움직이는 모습을 나왔다. 분장을 한 본인이 신기한지 거울을 보며 놀라기도 하고 이리저리 움직여 보기도 했다. 그리고 거울을 보며 입술을 내미는 귀여운 표정까지 하더니 카메라를 보며 말했다.

—이거 나 아닌데! 좀 무서워요!

—푸하하하. 이주 씨, 너무 뛰어다니지 마요! 분장 풀려!

—완전 이상해. 나 살찌면 이렇게 돼요?

—그럴 수도 있죠. 하하. 그러니까 운동 열심히 해요.

—나름 귀여운 거 같기도 하고…….

—운동하기 싫어서 저러는 거 봐!

이주의 솔직한 모습에 태진도 미소가 지어졌다. 태진뿐만이 아니라 수잔과 국현도 자신도 모르게 웃고 있었다. 그런 모습으로 이동하는 장면으로 이어졌다. 가장 먼저 도착해 연습실에 자리를 잡은 채 학생들을 기다리는 모습이 나왔다. 그리고 잠시 뒤 학원에 도착한 태은이 나오기 시작했다.

"저번에도 느꼈는데 동생분은 진짜 안 닮았네요."

"저랑 둘째 동생은 아버지 닮았고요. 막내는 엄마 닮았어요."

"아, 그렇구나. 어머님이 미인이신가 봐요. 동생분은 얄상하니 남잔데도 예쁘장한데요? 아! 팀장님이 못생겼다는 게 아니고요!"

동생을 칭찬하는 소리에 태진은 미소를 짓고는 화면을 봤다. 학원 강사와 상담하는 얘기가 나왔다. 밖에서 어떻게 하고 다니는지 몰랐던 태진은 피식 웃음이 나와 버렸다. 집에서나 밖에서나 한결같이 하고 싶은 말은 다 하고 다니고 있었다.

—쌤, 그런데 오늘 학원 분위기 왜 이래요?

—뭐가?

—쌤들 전부 엄청 꾸미셨는데요? 지금 쌤도 메이크업까지 했잖아요. 분위기도 어수선하고.

태은이 여기저기 살펴보는 모습과 함께 긴장감을 주려는지 당황하는 매니저와 섭외한 카메라팀 사람들의 얼굴이 나왔다.

"스흡, 눈치가 보통이 아닌데요?"
"하하. 원래 눈치가 빨라요."
"그리고 되게 당당한데요?"
"막내라서 좀 버릇이 없죠?"
"에이, 요즘 애들 다 그러죠. 옛날이나 군사부일체지 요즘은 다 저럴걸요? 그리고 자기 하고 싶은 말 하면서 사는 게 좋죠. 그리고 저런 걸로 뭐라고 하면 꼰대 소리 들어요. 크크."

많은 사람들이 보는 영상이기에 약간 버릇없어 보이는 건 아닌가 약간 걱정도 되어서 물은 것이었다. 걱정이 완전히 가시진 않았지만, 국현의 말이 약간의 위로가 되었다. 그리고 잠시 뒤, 태은이 연기를 하는 장면이 나왔고, 자막에 '제법?'이라는 말까지 보였다. 태진의 마음을 읽기라도 한 듯한 자막이었다.

'진짜 제법 하네?'

같이 보던 수잔도 약간 놀란 얼굴로 입을 열었다.

"학원 다닌 지 얼마 안 됐다면서 꽤 잘하는데요?"
"그래요?"
"다 아시면서 뭘 그래요에요. 제스처도 되게 과감하고, 발성도 꽤 괜찮고. 대학 실기 붙겠는데요?"

배우라고 불리기는 힘들어도 기본기에 충실하려는 모습은 확실히 보였다. 집에서 연습하는 걸 한 번도 본 적이 없었는데 언제 이렇게 연습을 한 건지 기특했다. 그리고 잠시 뒤, 채이주가 주희라는 이름으로 불리는 장면이 나왔다.

"와! 나 살짝 심쿵했어!"

"스흡, 팀장님네 형제들은 기본적으로 배려가 장착되어 있는 거 같네."

태진도 처음 보는 태은의 모습에 입가가 바르르 떨릴 정도로 미소를 지었다.

제7장

—

기다리던 연락

채이주가 분장한 주희에게 응원을 해 주는 모습이 기특하기도 하고 그동안 괜한 걱정을 한 것 같다는 생각이 들었다.

—내가 한 건 아니지만 봤지. 그것도 두 명이나. 우리 큰형이랑 작은형이 그런 사람들이거든. 그냥 묵묵히 꾸준히 열심히 해서 되게 만들더라고. 그런 거 보면 안 되는 게 없는 거 같아서.

아마 자신이 재활치료 하는 모습을 얘기하는 듯했다. 태진은 저렇게 생각해 주는 태은의 마음에 미소가 지어졌다. 그때, 수잔이 소리까지 내어 가며 웃었다.

“아, 어쩜 저렇게 말을 잘하지? 키 안 큰다고 쫄지 말래요! 그거 우리 남편이 자주 하는 말인데!"

"매력이 엄청 나네요? 말을 저만큼 잘하는데요? 처음 보는 사람하고 말하면서 유머 섞어 가면서 하는 게 기술이 좋은데. 여자 친구 많겠어요?"

"국현 씨는 많았어요?"

"저도 많았죠! 딱 제 어릴 때 모습 같은데요?"

태진도 궁금했지만, 여자 친구가 있다는 말을 들어 본 적이 없었다. 그러고 보니 형제들 모두가 여자 친구가 있다는 얘기를 한 적이 없었다.

"팀장님, 왜 갑자기 부끄러워하세요?"

"네? 아니에요."

"여자 친구 얘기 하니까 갑자기 부끄러워하시네."

"아니에요."

"크크, 수상한데! 팀장님 연애하세요?"

"아닌데요?"

"하긴 일만 하는데 연애할 시간도 없으시지."

태진은 멋쩍어하며 화면만 쳐다봤다. 잠시 뒤, 채이주가 스태프들의 도움을 받아 분장을 뜯어내는 장면이 나왔다. 그와 동시에 학생들의 놀란 얼굴이 보였고, 곧이어 태은과 채이주의 표정이 교차편집 되었다. 그 뒤에 내용은 이미 본 것이기에 태진도 알고 있던 것들이었다.

그렇게 태은의 영상 편지까지 나오고 난 뒤 철수하는 채이주가 미션 성공이라는 말과 함께 영상이 끝이 났다.

"아, 이거 재밌다. 이주 씨가 나와서 그런가 퀄리티가 되게 좋아 보이네요."

"스읍, 다음에 우리도 기획 회의 할 때 같이 해야 되는데 걱정이 좀 되는데요?"

"윽! 그러네!"

두 사람과의 걱정과 달리 태진은 자신이 겪었던 걸 태은도 겪을 수 있다는 생각에 서둘러 댓글을 확인했다. 그런데 태진의 예상과 달리 댓글의 반응은 상당히 좋았다.

—딱! 연하 빌런 스타일이네!

—신경 안쓰는 척하면서 툭 뱉는 거 심쿵이야 ㅠㅠ

—한 팀장이 예전에 뉴스에 나왔던 사람이구나. 그걸 동생이 보살폈고. 아, 감동이네.

—채이주 재능 낭비 ㅋㅋ 속이는 걸 목숨 걸고 하네 ㅋㅋㅋ

—이런 콘텐츠 너무 좋아!

반응이 대체로 긍정적이었기에 태진도 그제야 마음이 놓였다. 그때, 국현이 갑자기 숨을 크게 들이마시는 소리가 들렸다. 태진은 혹시나 자신이 보지 못한 댓글이 있나 싶어 뒤를 돌아보니 상당히 놀란 얼굴의 국현이 보였다.

"허업! 이 시간에 Y튜브 하는 사람이 이렇게 많다고?"
"왜요?"
"여주 채널 구독자 15만인데요? 그 잠깐 사이에 7만 명이 늘었어요! 이러다가 신기록 찍는 거 아니에요?"

태진도 그제야 채널의 구독자를 확인했다. 국현의 말처럼 15만 명을 넘어서 있었다. 채이주의 이름 덕분인 것도 있지만, 브이로그를 올리는 다른 연예인들의 채널과 달리 명확한 콘텐츠가 있었기에 가능할 듯했다. 그리고 이렇게 빠른 속도로 구독자가 늘어난다면 골드 버튼도 금방일 듯했다.

*　　　*　　　*

2주 뒤, 드디어 김정연 작가에게 연락이 왔다. 태진은 모든 일을 제쳐 두고 국현과 함께 약속 장소로 향하는 중이었다.

"스흡, 작가님 덕분에 여기 처음 가 보겠는데요?"
"일식집 아니에요?"
"그냥 일식집이 아니에요! 여기 오마카세 1인당 30만 원이 넘어요. 그런데도 예약하고 가야 될 정도로 인기 많아요."
"어우……."
"작가님도 완전 작정하신 거죠. 그러니까 자기가 예약했겠죠.

아닌가? 작가님 명성이면 예약 안 해도 되려나. 아무튼 약속 장소를 여기로 정하신 거 보면 자신 있으신 거겠죠. 그러니까 이 비싼 데 약속 장소 잡고 돈 내라고 부르신 거 아니에요."

"그렇게 비싸요?"

"엄청 비싸죠. 내 돈 내고 먹으라고 하면 절대 안 먹죠. 회사 돈이니까 먹는 거지 아니면 그냥 동네 초밥집에서 먹고 말지. 그런데 이게 회만 나오는 게 아니라 주방장 마음이니까 궁금하긴 하네요."

가격이 상당한 식당을 약속 장소로 잡은 걸 보면 국현의 말처럼 작품이 제대로 나온 모양이었다. 태진도 기대를 하며 운전을 했다.

"그런데 작가님 글 잘 나온 거면 분위기 좋겠죠?"

"작가님 되게 친절하세요."

"에이, 그건 팀장님한테만 친절한 거죠. 얼마나 쌀쌀맞은데."

"진짜 친절하신데."

"아무튼 그러면 팀장님 동생분 얘기 물어볼 수도 있겠네요. 잘됐다. 동생분은 완결 내셨어요?"

"네, 엊그제 다 썼다고 하더라고요."

"아, 부럽다. 이제 앉아서 떼돈 들어오길 기다리는 일밖에 없겠네."

"하하. 그냥 그동안 신경 써서 그런가 잠만 자요."

"잠이 온대요? 이렇게 반응이 좋은데? 하긴 그 정도의 글을 쓰려면 심력 소모가 장난이 아니었겠지. 이해되네."

태진은 웃으며 고개를 끄덕거렸다. 마지막 화를 김정연 미디어에 넘기자마자 파이온 플랫폼에 들어가 하루 종일 댓글을 읽었다. 그러고 나더니 계속 잠만 자고 있었다.

"아! 거기 회도 팔아요?"

"팔겠죠? 그것도 예약해야 되나? 왜요?"

"동생 사다 줄까 해서요. 그동안 고생해서."

"아! 동생분! 물밑 작업 하시려고요?"

"하하, 그런 건 아니고요. 그냥 고생한 거 같아서요. 동생이 회를 좋아하거든요."

"그렇구나. 그런데 엄청 비쌀 텐데. 그리고 포장이 될까 모르겠네."

"안 되면 가다가 집 근처에서 사 가야겠네요."

대화를 나누다 보니 어느새 약속 장소에 도착했다. 외관만 봐도 비싸다는 걸 알 수 있을 정도였다. 주차를 하기 위해 장소를 찾을 때, 주차 요원으로 보이는 사람이 다가왔다.

"카쿠 오셨나요?"

"네, 네."

"그럼 키 주시고 들어가시면 됩니다."

"핸드브레이크라서 제가 주차를 할게요."

직접 주차까지 한 뒤 차에서 내리자 국현이 갑자기 피식 웃었다.

"저 차들도 비싼 차인데 에이드 씨 차 봐서 그런가 별 감흥도 없네요."
"그러게요. 갈까요?"
"네? 아, 네."

뒤따라오던 국현은 신기하다는 듯 태진에게 물었다.

"팀장님은 가끔가다 의외인 구석이 있어요."
"제가요?"
"좀 위축되지 말라고 에이드 씨 차 얘기했는데 신경도 안 쓰셔서요. 차에 욕심 없으세요?"
"전 지금 차 좋아요. 가족들이 사 준 차라서요."
"아, 소중한 차!"

태진은 가볍게 웃고는 안으로 들어갔다. 그리고 예약을 확인하자 매니저가 안내를 했고, 태진은 서둘러 뒤따라갔다.

"우리도 엄청 빨리 왔는데 왜 이렇게 빨리 오셨지."

김정연이 이미 도착해 있다는 말을 들었기에 태진과 국현은 매니저의 뒤에 바싹 붙어 따라갔다. 그리고 안내받은 곳에 도착한 태진은 서둘러 안으로 들어갔다.

"늦어서 죄송… 어?"
"어?"

예의상 김정연 작가에게 사과를 하던 태진이 말을 멈추고 김정연 작가와 함께 있는 사람을 쳐다봤다. 그런 태진의 반응에 국현도 태진과 남자를 번갈아 쳐다봤다.

"어? 팀장님이랑 너무 비슷한데요……?"

국현의 말에 김정연 작가가 크게 웃으며 태진과 국현에게 앉으라고 손짓했다

"같이 보니까 더 닮은 거 같네. 둘이 형제예요."
"아! 이분이 '오직 주' 쓰신 한태민 작가님이시구나! 안녕하세요."
"네, 안녕하세요… 그런데 형은 왜 여기 있어?"

태진과 태민 둘 다 이해가 되지 않는다는 얼굴이었다. 그러자 김정연이 웃으며 말했다.

"겸사겸사! 우리 한 작가 이번 작품 반응 좋아서 밥 한번 사주려고 한 거예요. 회 먹고 싶다고 그래서 온 거고요."
"아, 네."

"그리고 앞으로 한 작가도 이런 걸 겪어야 할 수도 있으니까 미리 보라고 불렀어요. 괜찮죠?"

"아! 네!"

"표정은 똑같은데 대답이 묘하게 다르네요?"

김정연은 재밌다는 듯 웃고는 말을 이었다.

"그런데 여기 너무 비싸네."

"가격은 걱정하지 마세요."

"내가 불렀는데 내가 사야지. 한 작가는 먹으면서 봐."

태민을 배려하는 김정연의 모습에 태진은 다시 한번 태민이 김정연미디어에 들어간 게 최고의 선택이었다는 생각이 들었다.

대화가 시작되자 태진은 김정연과 대화를 나누었고, 국현이 태민을 밀착 마크했다. 처음에는 그쪽에 신경이 쓰였는데 대화를 듣다 보니 신경 쓸 필요가 없었다. 바로 옆에서 궁금했던 국현의 스킬을 볼 수 있었다.

"어제 100화 올라오신 거 축하드려요. 연재 속도가 어마어마하시던데요?"

"감사합니다."

"정말 재밌게 봤어요. 강필두 처음에 데려 온 그 사람 있잖아요. 이장 아들!"

"고봉석이요?"

“네! 고봉석! 그 고봉석이 강필두를 응원하고 도와주는 거 같은데 이상하게 찜찜하더라고요.”

“아, 후후.”

“뒤에 나오나요?”

“네…….”

“아! 말씀해 주시기 곤란하죠? 그럼 제 생각이 맞는지만 좀. 김정연 작가님 있으셔서 곤란하신 거면 눈만 껌뻑거려서 말씀해 주세요. 너무 궁금해요!”

익살스러운 국현의 모습에 처음에 경계를 하던 태민도 피식거리며 웃었다. 그런 모습에 태진도 더 이상 두 사람을 신경 쓰지 않고 김정연과 대화를 이어 나갈 수 있었다.

“쓰다 보니까 남주랑 여주가 해야 되는 게 정말 많아요. 여러 인격을 표현해야 하는 것도 있고요. 그래서 조연을 넣기가 힘들더라고요. 조연을 넣으면 좀 지저분한 느낌?”

“아, 그럴 수 있겠네요. 그럼 그걸 여주가 조연 역할까지 채워야 겠네요.”

“그거죠. 그런데 그러면 우리 이주가 너무 부담이 될 거 같기도 한데.”

“여주는 채이주 씨로 생각 굳히신 거예요?”

“그럼요. 약속했는데.”

“그럼 이주 씨도 준비 잘해 올 거예요.”

“자기네 회사라고 편드시네. 아무튼 지금 대충 읽어 보고 집에 가서 자세히 읽어 봐요."

비싼 음식이 나오고 있지만, 손을 댈 생각조차 들지 않았다. 대충 읽으려고 했는데 그럴 수가 없었다. 시나리오가 이런 흡입력을 가질 수 있다는 걸 처음 느껴 보는 중이었다. 그렇게 한참이나 정신없이 읽어서인지 김정연이 피식 웃으며 태진을 불렀다.

"재밌죠?"

"네, 진짜 재밌는데요."

"오직 주랑 비교하면?"

"아."

"농담이에요. 지금은 그냥 대충만 봐요."

"읽다 보니까 그럴 수가 없더라고요. 남주 캐릭터가 매력이 엄청나네요. 제약 회사의 비밀이라는 무거운 주제를 가지면서도 내면은 40대 아저씨인데 외모는 잘생긴 20대이다 보니 능글맞게 나오는 게 굉장히 재미있네요. 무거운 주제로 너무 무겁지는 않게 그렇다고 너무 가볍지도 않게. 주제와 캐릭터의 조합이 되게 좋을 거 같아요."

"역시 잘 보네. 참 진짜 내 마음속에 들어왔다 나간 거 같아."

"감사합니다."

그런 김정연이 미소를 지으며 자세를 고쳐 잡았다. 그러고는 태진을 지긋이 쳐다보며 물었다.

"어때요? 이걸 권단우가 소화해 낼 수 있을 거 같아요?"

김정연이 한 말의 의미를 태진은 단번에 알아차렸다. 어떤 작가나 PD에게 묻더라도 단우가 미덥지 못한 건 사실이었다. 하지만 태진이 보기에는 단우만큼 이 역을 제대로 소화해 낼 수 있는 배우가 없을 것 같았다. 단우도 상당히 힘들어할 것이란 걸 태진도 알고 있었지만, 그렇다고 단우 말고 떠오르는 배우도 없었다.

"제 생각으로는 단우 씨가 가장 잘 맞을 거 같아요. 남주가 20대에 잘생긴 배우잖아요. 그럼 배우들이 일단 좁혀지거든요. 조건에 맞는 배우들이 몇 명이 있긴 해요. 아이돌 출신 제이번이나 김성철 배우나 다 있긴 한데 단우 씨보다 연기가 떨어지거나 비슷하거든요."

"그래요? 권단우 연기가 그렇게 늘었어요?"

"지금 말씀드리는 건 연극 프로젝트에서 가장 마지막에 했던 공연을 기준으로 말씀드리는 거고요. 지금은 아마 더 발전했을 거예요. 단우가 MfB라서 드리는 말씀이 아니라 객관적으로 평가를 해도 지금은 단우 씨가 가장 잘 어울려요."

김정연은 태진을 믿는다는 듯 웃으며 고개를 끄덕였다. 하지만 태진이 보기에는 약간 걱정을 하고 있는 듯한 느낌을 받았다.

아니나 다를까 김정연이 물로 목을 적시더니 입을 열었다.

"한 팀장은 믿는데 걱정이 돼서 그래요."

"오디션 보셔도 괜찮을 거 같아요."

"믿는다고 했잖아요. 그런 게 아니라 약간 걱정이 돼서 그래요."

"어떤 부분이 걱정이 되실까요?"

"주연이 둘 다 MfB잖아요. 그럼 제작사에서 은근히 압박이 들어올 거예요. 감독이야 김희준 감독이 맡을 게 확실해서 문제가 안 돼요. 김희준은 오히려 섭외를 맡아 주면 편해하는 스타일이라서. 감독은 커버가 되는데… 제작사가 문제예요."

김정연은 약간 씁쓸한 듯한 미소를 짓더니 말을 이었다.

"아무래도 투자를 받아야 되니까요. N플릭스나 용스튜디오처럼 독점으로 들어가면서 전체 투자를 받는다면 모를까 그냥 제작을 하려면 투자를 나눠서 받아야 하거든요. 방송사에서 몇 %, 그 외 기업에서 직접 투자도 받고, 증권 투자 상품으로 개인 투자도 받고 그러죠."

"아, 네. 그 부분은 알고 있어요."

"이 일 하면서 모르는 게 이상하지. 그런데 내가 하고 싶은 말은… 음, 주연 둘 다 티켓 파워가 좀 약한 편이라는 거예요. 이주도 인정을 받기 시작한 지 얼마 안 됐잖아요. 그리고 그건 둘째 치고 아직까지는 남자 주연 파워가 좀 세거든요."

"단우 씨가 약하다는 말씀이시죠."

"아무래도 그렇죠."

"그런데 작가님 작품이면 투자는 쉽게 되지 않을까요?"

김정연은 피식 웃으며 고개를 끄덕거렸다.

"그렇긴 하죠? 그런데 아마 멀티박스에서도 그 점을 이용하려고 할 거예요. 투자금 상한선을 높게 잡고 진행하겠죠. 판권을 유지하려 할 테니까 방영할 방송사에서 50% 지원받고 나머지는 제작사 그리고 투자나 PPL로. 그런데 내가 PPL을 그렇게 좋아하는 편이 아니라서."

"아, 아무래도 흐름에 방해가 되니까요."

"그거 광고하려고 쓸데없는 씬을 넣어야 되잖아요. 그래도 하긴 해야 되니까 하는데 멀티박스도 내가 싫어하는 거 알고 있어서 PPL이 많진 않을 거예요. 물론 내가 양보해서 러닝 개런티를 포기하면 전체 투자를 받기가 쉬워질 텐데 내가 그럴 필요는 없잖아요. 뭐가 아쉬워서?"

다른 사람이라면 몰라도 김정연이었기에 가능한 말이었다.

"아무튼 그럼 또 투자를 받아야 하겠죠. 내 이름으로 어느 선까지 채우더라도 투자를 끌어와야 하는데 아무래도 티켓 파워 있는 사람이 좋죠. 그래야지 멀티박스도 돈을 벌 테니까. 이거 다 먹고살자고 하는 일이잖아요."

"아, 후후……."

"이게 나쁘게 볼 건 아니에요. 만약에 어떤 영화를 하는데 우리나라 최고 배우인 최정식하고 권단우가 있어요. 그 두 배우가 각기 다른 영화에 출연을 했고 같은 날 개봉을 해요. 그럼 어떤 걸 보고 싶으세요?"

태진도 이해는 되었다. 다만 태진이 판단하기에는 이번 작품만큼은 어떤 배우를 데리고 오더라도 단우가 가장 잘 어울릴 것 같았다. 하지만 김정연의 의견이 가장 중요했다.

"혹시 작가님도 단우가 마음에 안 드시나요?"

"난 아직 못 봤으니까 모르죠. 지금은 한 팀장 믿기로 한 만큼 믿는 거지."

"그럼 먼저 단우 씨 연기를 좀 보여 드리고 싶은데 시간 좀 내주실 수 있을까요? 멀티박스에 얘기하기 전에 작가님한테 먼저 보여 드리는 편이 나을 것 같아서요."

"음, 그래요. 한 팀장이 자신만만하니까 기대가 되는데?"

김정연은 무거워진 분위기를 바꾸기 위해 웃으며 말했다.

"약속한 대로 섭외는 MfB에 맡기고 단우 씨는 따로 만나 보는 걸로 하죠."

"감사합니다."

"감사하기는. 근데 우리 식사가 너무 늦네. 식사하면서 얘기해요."

단우를 자신 있게 소개했지만, 걱정이 안 될 수는 없다 보니 이 비싼 음식이 어떤 맛인지 느낄 수가 없었다. 그때, 김정연이 태민을 보며 말했다.

"한 작가한테 얘기는 들었어요?"
"무슨 얘기요?"
"한 작가 아직 얘기 안 했어?"

태진은 태민을 봤고, 태민은 멋쩍게 웃었다.

"아직 결정된 게 없어서요. 연락해 주신다고 하셨어요."
"무슨 말인데?"
"웹툰으로 제작하려고."
"네가? 그림 그린다고?"
"아니, 난 그림 못 그리지. 그냥 계약만 하는 거 같은데 잘 몰라."

그러자 김정연이 갑자기 화가 난 듯 인상을 찡그렸다.

"한 작가 담당이 누구지? 유정인가? 그런 것도 설명 안 해 줬어?"
"설명해 주셨는데 제가 잘 몰라서요."
"모르면 이해할 때까지 설명해야지. 관리를 어떻게 하는 거야."

회사 직원에게는 엄한 모양이었다. 김정연은 태진만 없어도 당장 전화할 기세였다. 하지만 이내 꾹 참더니 말을 이었다.

"웹소설을 웹툰으로 제작하는 걸 노블 코믹스라고 하거든요. 그걸 진행하려고요. 우리가 웹툰도 제작하거든요. 아직 몇 편

없지만 인지도가 상당히 좋아요. 그래서 오직 주를 우리 회사에서 재창작할 계획이고요."

"아하. 그렇구나."

"지금 오직 주 반응이 굉장히 좋거든요. 좋다는 말로도 부족할 만큼. 아마 작품 하나로 바로 우리 회사 탑 찍을 거 같아요. 그래서 보통 노블 코믹스 하면 인기에 따라 좀 바뀌긴 하는데 보통 5%에서 10%로 계약을 해요. 그런데 오직 주는 20%로 계약하기로 했거든요. 작가 팀도 정해진 상태고요. 대신 대사나 한 작가가 글 쓰면서 생각한 거를 얘기해 주는 식이 될 거고요. 그림만 안 그리지 거의 제작에 참여한다고 보면 돼요."

태진도 단우의 활동 계획을 세우면서 여러 웹툰을 봤기에 웹툰 시장이 얼마나 활발한지 잘 알고 있었다.

"그런 게 있으면 형한테 말해 주지."

"계약서에 얘기된 것도 아닌 데다가 나 진짜 잘 몰라서 좀 안 다음에 얘기하려고 했지."

기뻐할 만도 한데 태민은 여전히 덤덤해 보였다. 대화를 듣던 국현도 느꼈는지 태진에게 조용히 물었다.

"혹시 동생분도… 팀장님처럼 그래요?"

"뭐가요?"

"표정 있잖아요."

"아! 아니에요."

태진은 불현듯 옛 생각들이 떠올랐다. 태민이 저렇게 된 건 아마 자신 때문일 것이다. 자신이 표정을 짓지 못하다 보니 항상 죄책감으로 살던 태민도 일부러 표정을 짓지 않았고, 그게 지금까지 이어지고 있었다. 물론 전보다는 나았지만 남들이 보기에는 여전히 표정이 없는 것처럼 보였다. 그때, 김정연이 소리까지 내면서 웃었다.

"푸흡, 진짜 안 그래도 나도 그 생각했어. 컨트롤 C, 컨트롤 V도 아니고 쌍둥이도 아닌데 엄청 비슷해. 성격도 좀 비슷한 거 같고. 오히려 성격은 한 팀장이 더 밝은 거 같기도 하고."

"태민이가 성격 더 밝아요. 지금은 좀 어색해서 그래요."

"동생이라고 감싸기는. 내가 우리 한 작가 활짝 웃게 만들어 줄게요!"

"네?"

김정연은 피식 웃더니 손가락으로 동그라미를 만들었다.

"돈이 약이거든요. 한 작가 아직 정산 못 받았지? 수익 발생하고 3개월 뒤에 정산하니까 못 받았겠네. 그때 되면 웃지 말래도 웃음이 나올걸?"

태민은 크게 감이 오지 않는지 가볍게 웃었고, 대신 아무런 상관이 없는 국현이 몸을 앞으로 들이밀었다.

"장난 아니죠? 보세요. 제가 장난 아닐 거라고 했잖아요."

"남 수익이니까 자세히는 얘기 못 하죠. 그래도 보고받은 거 보면 웃음이 안 나올 수 없을 거예요."

"천만 원? 이천? 삼천?"

"에이, 너무 낮게 보셨다. 내가 오늘 보자고 한 것도 이 얘기도 있긴 했는데. 한 작가, 지금처럼 하지 말고 회사를 차려서 세무사에 세금을 맡겨. 안 그러면 세금 폭탄 맞는다?"

속 시원한 대답을 듣지 못한 국현은 궁금해 죽겠다는 표정을 지었다. 하지만 눈치 없는 사람은 아니기에 이내 표정을 바꾸고 태민에게 웃으며 술을 따랐다.

"제가 거짓말 하나도 안 보태고 전 이렇게 될 줄 알았어요. 축하드려요."

"아, 감사합니다."

"강필두 때문에 일에 집중이 안 될 정도였어요. 팬으로서도 진짜 잘됐네요!"

국현의 너스레에 태민은 가볍게 웃었다. 김정연도 피식 웃으며 장난스러운 표정으로 말했다.

"한 작가 이런 걸 조심해. 괜히 말 잘못했다가 코 꿰인다?"

"아! 그런 거 아닙니다! 진짜 팬이에요!"
"푸흡, 에이, 선수끼리 왜 이래요."
"아… 들켰네."
"저 봐!"

김정연을 어려워하던 것과 달리 국현은 특유의 능청스러움으로 분위기를 좋게 만들어 갔다. 김정연도 그런 국현이 싫지 않은지 맞장구를 치며 웃었다.

"하긴 웹툰 먼저 들어간 것도 판돈 올리려고 하는 것도 있거든요. 소설 안 읽고 웹툰만 보는 사람도 많아서 인지도를 더 끌어모으려고 한 거예요. 드라마를 염두에 두고!"
"그렇죠!"
"뭐, 우리 한 작가가 어떻게 생각할지는 모르겠지만 아무래도 유능한 형이 있는데 MfB에 맡기겠죠?"
"아이고! 당연하죠! 저희 팀장님이면 가족이든 아니든 최선을 다해서 준비를 해 주실 겁니다! 물론 저도 팀장님 옆에서 최선을 다해 도울 거고요!"

당사자들은 입을 다물고 있는데 두 사람이 신나서 대화를 이어 갔다. 그리고 지금까지 크게 반응이 없던 태민도 반응을 보였다. 마치 기대가 된다는 듯 태진을 쳐다봤고, 태진은 그런 태민을 보며 입술을 떨었다. 아직 정해진 것은 아무것도 없지만 반드시 최고의 작품이 될 수 있도록 도와줄 생각이었다.

*　　　*　　　*

며칠 뒤. 태진은 단우를 데리고 김정연의 집으로 향했다. 매니저가 있었지만, 시간이 얼마나 걸릴지 몰랐기에 태진이 직접 단우를 데리고 온 것이었다.

그동안 매일 안경을 쓰고 다녀서 단우의 외모에 대해 이렇다 할 느낌을 받지 못했다. 연기를 확인하려고 만났던 어제만 해도 이런 느낌이 아니었다. 그런데 오늘은 태진이 운전에 집중이 안 될 정도로 힐끔거리게 만드는 외모였다.

"이상해요?"

"아니요. 너무 잘생겨서요."

"왜 그러세요."

"진짜로요. 제가 이주 씨 처음 봤을 때도 좀 충격이었거든요. 그런데 지금이 더 충격이 커요."

"다 회사에서 신경 써 주셔서 그렇죠. 저 그런 비싸 보이는 미용실 처음 가 봤어요. 옷도 이거 명품이라고 하더라고요."

"그래서 자세가 그렇게 불편한 거예요?"

"스타일리스트 누나가 이거 반납해야 된다고 그러더라고요."

"편하게 있어도 돼요."

"후! 그것보다 좀 긴장이 돼서요."

아직 제대로 된 활동이 없어서인지 예전하고 달라진 게 하나도 없었다. 여전히 착한 느낌이었기에 태진은 미소가 지어졌다.

"어제 저하고 하던 대로만 하면 돼요. 뒤에 나올 얘기는 저도 몰라서 어떤 성격이 나올지는 모르는데 지금까지 나온 성격들은 다 잘했어요."

"감사해요!"

"좀 놀랄 정도로 잘했어요. 대본도 안 읽어 봤는데 그 정도면 작가님도 만족하실 거 같아요."

"후, 다행이다."

"필 씨가 시킨 게 도움이 됐나 봐요?"

"그럼요… 엉뚱한 게 많아서 그렇지 저도 제가 변하고 있는 게 느껴지더라고요. 시야가 좀 넓어진 느낌이에요. 저 엊그제 뭐 했는지 아세요?"

"뭐 했는데요?"

단우는 지금 생각해도 어이가 없는지 헛웃음을 뱉었다.

"저 공연하는 카페에 갔거든요."

"에이드 씨 뮤직비디오 찍었던 그런 곳이요?"

"네! 맞아요. 비슷해요. 선생님 두 분하고 에이바까지 해서 넷이 갔어요……."

"아, 그랬구나. 거기서 뭐 하셨어요? 혹시 공연?"

"공연이면 말을 안 하죠. 저 거기서 알바 했어요."

"알바요?"

"그것도 돈도 안 받는 알바. 엊그제 제 컨셉이 펍 직원이었거든요. 그런데 러셀 선생님하고 필 선생님하고 둘이 얘기하더니 갑자기 진짜로 간 거예요."

"하하하. 그래서 알바로 써 달라고 했어요?"

단우는 고개를 좌우로 젓더니 말을 이었다.

"그거면 다행이죠. 그냥 메뉴판 가져가서 남의 테이블에 메뉴판 주고 주문받아서 카운터에 갖다 주고 그랬어요. 이게 웃긴 게, 사람이 많아서 그런가 진짜 되더라고요. 처음에는 카운터 보는 사람이 분명히 의아해했거든요. 누구냐고 물어보길래 알바라고 했더니 웃긴 게 그냥 넘어가지더라고요. 그러고 시간이 지나니까 저한테 일도 시켜요."

"하하하하. 그게 돼요?"

"저도 될 줄 몰랐는데 되더라고요. 그래서 공연 끝나고 가려고 그러니까 매니저가 저 잡더니 일하다 말고 어디 가냐고 막 잡고 그랬어요."

역시 필은 기대 이상으로 기상천외한 교육을 시켰다. 태진은 남의 가게에서 일하는 단우를 생각하니 웃음이 나왔다.

"그래서 어떻게 했어요?"

"상황 설명하느라 얼마나 애먹었는데요. 막 뭐 훔쳐 가는 거 아니냐고 의심해서 저도 안경 벗고 러셀 선생님도 사진 보여 주고 그렇게 해서 오해 풀었죠. 대신 매니저하고 사진 찍고 사인해 주고……."

"하하하. 얘기만 들으면 재밌어 보이네요."

"막상 할 때는 재밌진 않은데 하고 나면 재밌긴 해요. 후, 얘기 하다 보니 긴장이 좀 풀리네요."

태진은 한결 편해진 단우를 보며 미소 지었다.

"그래서 필 씨는 잘했다고 하셨어요?"

"네, 잘하면 따봉 주시거든요. 그거 받았어요."

지금 단우의 표정만 봐도 필의 칭찬이 많진 않은 듯했다. 고작 따봉 하나인데 얘기를 하는 지금도 좋아하는 얼굴이었다. 태진은 그런 단우를 보며 말했다.

"그럼 오늘은 작가님한테 따봉 받죠."

제8장

단우의 열연

김정연 집에 도착하니 감독으로 내정된 김희준 감독까지 있었다. 단우는 두 사람 앞에서 연기를 펼쳤고, 태진은 연기를 하는 단우를 물끄러미 쳐다봤다. 긴장할까 걱정을 했는데 긴장은커녕 며칠 전 봤을 때보다 더 완성도가 있는 연기를 펼쳤다. 다만 두 사람의 반응이 어떤지 알 수가 없었다.

김희준 감독은 재미있다는 듯 웃고 있었지만, 김정연은 일부러 표정을 보여 주지 않으려고 작정했는지 자기 집인데도 모자를 푹 눌러쓰고 마스크까지 착용해 눈만 보이는 상태였다. 게다가 자신과 있을 때는 부드러웠는데 단우에게는 약간 거리를 두고 있다는 느낌을 받았다.

그때, 다음 연기를 하려던 단우가 약간 머뭇거렸다. 하지만 이내 정신을 차리고는 고개를 끄덕거렸다. 그러고는 갑자기 다급해진 얼굴로 막 뛰어가는 시늉을 했다.

"여고생만 아니면 돼! 제발! 제발!"

예전에 여고생의 몸으로 깨어났던 걸 대사로 알려 주었다. 그러고는 거울을 찾았는지 단우가 굉장히 놀란 얼굴로 거울을 보는 연기를 했다. 거울이 없음에도 거울을 보고 있는 느낌이 드는 걸 보니 상당히 잘하고 있었다.

단우는 놀란 얼굴로 고개를 돌려 가며 자신의 얼굴 이곳저곳을 살폈다. 그러고는 점차 감탄하는 얼굴로 변하며 손으로 쓰다듬어 보기도 했다.

"얘는 얼마 안 됐나……? 식물인간인 녀석이 뭐 이렇게 말끔해……."

태진이 자연스러운 연기에 고개를 끄덕일 때 김정연이 처음으로 피식 웃는 소리가 들렸다. 그럼에도 단우는 흔들리지 않고 연기를 이어 나갔다.

"어휴, 수술한 건가? 사람이 이렇게 생길 수가 있는 거야? 거울 보고 있는데 내 마음이 다 떨리네. 어후, 이마 반늑하고 눈썹 짙고 눈 크고. 코 봐라, 콧대가 뭐……."

그러던 단우가 갑자기 바지춤을 벌리더니 고개를 숙여 안을 쳐다봤다. 그러더니 다시 거울을 보는 연기를 하며 말했다.

"와… 넌 다 가졌구나."

그와 동시에 김정연이 갑자기 마스크를 벗더니 마구 웃었다.

"푸하하하. 그거 맞아요! 딱 그 느낌! 어후, 웃겨서 눈물 난다. 능청스러운 연기 잘하네요? 이게 능청스러운 게 많이 필요한데 걱정하지 않아도 되겠네. 김 감독, 어때?"

"작가님이 호언장담하신 이유가 있었네요."

"내가 언제 호언장담을 했다고 그래. 됐고, 어떤데?"

"제가 읽으면서 느꼈던 걸 그대로 본 느낌인데요? 너무 좋아요."

태진은 그제야 안도의 한숨을 뱉었고, 단우도 그제야 민망함이 올라오는지 얼굴이 새빨개졌다. 김정연은 그 모습도 마음에 드는지 한번 웃기 시작하자 계속해서 웃었다.

"귀엽네? 진짜 잘생기긴 어마어마하게 잘생겼네. 내가 잘생겼다는 배우 많이 봤는데 외모만큼은 단우 씨가 톱인데?"

"아니에요."

"아니기는. 준비 잘했네. 그럼 그 뒤에 캐릭터 성격 보여 주는 거 한번 해 볼래요?"

"집 청소하고 나가는 그 씬이요?"
"맞아요."

똑똑한 단우답게 김정연이 원하는 걸 바로 알아차렸다. 그러고는 갑자기 인상을 쓰며 코를 막았다.

"어이구, 멀끔하게 생겨서 이게 뭐야. 왜 이렇게 더러워. 술은 또 왜 이렇게 먹은 거야. 술병 봐라. 아이고오오오 청소부터 해야겠네에에. 청소기가아 어디에 있나아아아."
"푸하하. 진짜 잘해. 그래 거기서는 그렇게 노래 부르는 거처럼 해야지 아저씨지! 아저씨 연기를 굉장히 잘하네. 진짜 한 팀장님이 추천한 이유가 있었네."

김정연은 환하게 웃으며 말을 이었다.

"남주 혼자 있을 때는 대부분이 진지한 장면인데 이 딱 두 씬이 좀 유머스러운 씬이에요. 이렇게 좀 과장을 해야지 20대 미남의 몸에 40대 아저씨가 들어갔다는 걸 바로 알아차리게 만들 수 있거든요. 좋아요. 진짜 좋네. 잘했어요. 무거운 연기도 꽤 하고, 준비를 진짜 잘했네."
"감사합니다!"
"잘했으니까 잘했다고 하는 건데 감사하기는요. 인터넷에서 보던 거랑 성격이 좀 다르네? 내가 좀 알아보니까 내 팬은 욕해도 나는 욕하지 말라고 막 그러던데. 그래서 난 좀 당찰 줄 알

왔는데."

"아, 그거요……."

김정연은 단우의 반응이 재미있어서인지 아니면 연기가 마음에 들어서인지 계속해서 말을 시켰다.

"남주 연기 하기가 굉장히 힘들 거예요. 알죠?"

"네, 알고 있습니다."

"40대 연기만이 아니라 단우 씨한테 들어온 영혼이 거쳐 간 사람들의 흉내도 내야 되거든요. 아저씨 영혼이 사람들을 거쳐 가면서 자기도 모르는 사이에 자기가 있던 몸 주인의 특징이나 생각이 막 들어오는 거라서요. 그래서 아까 말한 여고생도 해야 되는데 할 수 있어요?"

"그럴 거 같아서 준비하긴 했습니다."

"그래요?"

"한번 해 볼까요?"

단우는 갑자기 뾰로통한 표정을 짓더니 박수를 쳤다.

"박박! 진짜 그랬어? 진짜 어이 털린다. 얘, 좋다고 할 때는 언제고 좀 그렇다."

"푸흡, 잘하네. 그런데 박박은 뭔데요?"

"인터넷 찾아보니까 대박을 박박이라고 하더라고요. 이상한가요?"

"아니에요. 재밌네."

태진은 가볍게 웃으며 단우를 봤다. 시간도 짧았을 텐데 상당히 많은 준비를 해 왔다. 그때, 김정연이 고개를 끄덕이더니 다시 말했다.

"그럼 마지막으로 하나만 더 보죠. 구상만 잡아 놓은 건데 한 영감님이 있어요."

"영감님이요?"

"제약 회사 임상시험에 참가한 사람이에요. 전 재산을 사업하는 아들한테 주고 자기는 힘들어하는 사람이에요. 그런데 아들이 사업이 망해 버려서 아들한테 손을 벌릴 수도 없어요. 그러다가 임상시험에 대해서 알게 되고 거기에 참여했다가 변을 당하는 거죠."

"아……."

"단우 씨는 제약 회사의 비밀을 찾다가 영혼이 옮겨 간 뒤 얼마 안 되서 영감님이 죽었다는 걸 알게 되요. 그래서 영감님 납골당을 찾아가는 거예요. 그리고 거기에서 영감님 아들을 만나게 되는 거고요. 아들은 모든 사정을 알고 자책하며 오열하고 있고요. 그걸 위로하는 장면을 넣을 거예요."

지금 들은 내용은 태진도 전해 듣지 못한 내용이었다. 때문에 다소 어려운 연기의 요구에 약간 걱정을 하며 단우를 봤다. 단우 역시 어려워하는 표정이었다. 태진은 머릿속으로 김정연이 말한 장면을 여러 배우들을 대입해 가며 상상했다. 어떤 느낌으로 해야 될지 알 것 같은데 김정연이 보고 있기에 이걸 단우에게 어떻게 말해야 할지 난감했다.

'아!'

그때, 예전에 단우가 자신의 과거에 대해서 말했던 것이 떠올랐다. 태진은 단우의 귀에 조용히 속삭였고, 단우는 잠시 멈칫하더니 알았다는 듯 고개를 끄덕거렸다. 그러고는 잠시 슬퍼 보이는 얼굴로 미소를 지었다. 그런 단우가 태진을 보며 말했다.

"저 잠시만 좀 도와 주세요."

태진은 김정연을 봤고, 김정연은 그렇게 하라는 듯 고개를 끄덕거렸다. 태진은 자신이 생각한 것과 단우가 생각한 게 다를 수 있기에 의견을 물어보기 위해 단우를 봤다. 그러자 단우가 옅은 미소를 지은 채 말했다.

"그냥 여기 서 계셔 주세요."
"아, 네. 가만있을까요?"
"네."

단우가 어떤 연기를 할지 궁금해하며 가만히 서 있을 때, 단우가 태진의 옆으로 왔다.

"일은 잘된 겨?"
"……."
"잘된 겨? 살이 좀 올랐네."

사투리가 제법 자연스러웠고, 그동안 단우에게서 보지 못했던 애틋한 느낌이 들었다. 태진은 단우가 어떤 연기를 하는지 알기에 아무런 말 없이 지켜보기만 했다. 그때, 단우가 큰 한숨과 함께 입을 열었다.

"이 애비가 미안혀. 해 준 것도 없음서 갈 때꺼정 걱정허게 만들었네."
"……."
"네 잘못이 아녀. 너 어렸을 적에 그 뭐여, 친구들허고 뭐 헌다고 돈 달라고 혔을 때. 허구헌 날 돈 달라고 그런다고 때렸잖여. 그거 학교 수학여행비인 거 알고서 맴이 찢어졌어. 그래서 애비가 늦게나마 네 수학여행비 이자 쳐서 준 겨. 그러니까 슬퍼는 해도 미안해허지는 마. 그래도 네가 잘된 거 같아서 다행이여."

대사를 끝낸 단우는 큰 한숨과 함께 태진의 어깨를 두드렸다. 그와 동시에 김정연과 김희준이 환호와 함께 박수를 보냈다.

"오호! 좋다! 이 장면에 어렸을 때 혼내던 회상 씬을 넣으면 더 잘 살겠네. 이거 설정 좋은데? 좀 고전적인 느낌이 있지만 내가 생각한 것보다 더 좋아. 이거 써도 돼요?"

"그럼요. 저야 감사하죠!"

"오케이. 사투리도 잘하고. 고향이 어디예요?"

"서울이요."

"그럼 사투리 연습했어요?"

"할아버지가 충청도분이라서 사투리를 쓰셨거든요."

"아, 그렇구나. 그럼 이 설정도 할아버지한테서 나온 거예요?"

단우는 옛 생각이 나는지 입술을 한 번 깨물고는 대답했다.

"할아버지가 돌아가실 때 조금 비슷했거든요."

"아하, 그랬구나. 음, 할아버님이 연기 잘하라고 선물 주고 가셨네."

태진은 단우에게 할아버지를 생각해 보라고 말을 해 줬고, 단우는 태진을 조언을 받아들여 자신의 할아버지를 표현한 듯했다. 결과적으로 김정연도 만족할 만한 연기가 나왔다. 김정연은 개인사라고 생각했는지 더 이상 묻지 않았다. 그저 단우를 굉장히 마음에 들어하는 얼굴이었다.

"좋아요. 여기까지만 봐도 알겠네요. 김 감독, 괜찮죠?"

"저 너무 좋아요."

"자기 일 대신 해 줘서 좋은 게 아니고?"

"진짜 좋다니까요. 사실 섭외 관여하지 말고 촬영이나 하라고 그래서 약간 화도 났었거든요."

"화났었어요?"

"그냥 그렇다고요. 그런데 이거 보니까 내가 관여하면 안 되겠는데요? 괜히 한 팀장, 한 팀장 하신 게 아니었네요."

김정연은 피식 웃으며 태진을 봤다.

"한 팀장 진짜 대단한 사람이야. 진짜 제대로 데려왔네."

"단우 씨가 열심히 해서 그래요."

"열심히 하는 것도 중요한데 잘하는 게 더 중요해요. 단우 씨 좋네요. 난 합격!"

김정연의 말에 태진과 단우는 서로를 쳐다봤고, 약속이라도 한 듯 동시에 엄지를 내밀었다.

"따봉!"

"따봉!"

"뭐야, MfB 구호예요? 언제 적 따봉이야. 왜 이렇게 촌스러워."

김정연은 피식 웃더니 다시 진지해진 얼굴로 입을 열었다.

"그럼 주연 확정으로 멀티박스에 줄 거예요. 뭐, 다른 제작사랑 해도 되는데 멀티박스가 편하고 김 감독하고도 약속했으니까요."

"아, 네."

"내가 한 팀장 편을 들겠지만, 전부는 커버 못 해 주는 거 알죠?"

"단우 씨 결정해 주신 것만으로도 충분합니다. 감사합니다."

"그래요. 나도 빨리 써야겠네."

김정연은 단우가 있기에 돌려 말했지만 태진은 바로 알아들었다. 가장 중요한 김정연의 마음에는 들었지만 앞으로도 문제가 많을 것이기에 태진은 힘내겠다는 의미로 단우의 등을 두드렸다.

* * *

며칠 뒤. 태진은 정신이 하나도 없을 정도로 바빴다. 그럴 필요 없는데 3팀에서도 툭하면 찾아와서 에이드가 어떻게 진행되는지 알려왔다. 물론 에이드가 성공했다는 얘기가 반갑긴 했지만, 지금은 단우의 일로 정신이 하나도 없었다.

"사람이 여유가 있으려면 돈이 많아야 돼요."

"왜 그러세요? 에이드 씨가 또 뭐 사셨어요?"

"우리 애들이 그러는데 에이드 씨가 100억대 자산가래요! 이게 말이 돼요? 그것도 코인으로 번 거래요! 나도 코인할걸!"

“아… 엄청 부자셨구나.”

“아마 더 부자 되겠죠. 지금 스포파이에서 Viral 50에 들어갔어요. 33위니까 이건 뭐 한 곡으로 부자… 원래 부자지.”

“벌써 33위예요?”

“평론가들이 예상한 거 보면 거의 최대치에 달하긴 했는데 그래도 이렇게 2주 정도만 유지해도 이익이 엄청나죠. 빌보드에도 후에 이어서 두 번째로 탑 100에 들어갈 거고요. 그럼 우리나라에서 뉴스에 또 나오고 그러겠죠.”

“자 팀장님도 고생 많으시겠어요.”

“고생은요.”

이제 그만 가라는 뜻으로 고생 많다는 말을 했는데 3팀장은 갈 생각이 없어 보였다. 그런 3팀장이 태진을 약간 조심스럽게 쳐다봤다.

“왜 그러세요?”

“내가 뭐 이런 말 하기 그런데… 부탁 좀 드려도 될까요?”

“부탁이요? 네, 말씀하세요.”

“저번에 부사장님이 말씀하신 거 있잖아요. 신입 사원 모집이요.”

“아! 네.”

“이번에는 경력지 모집이에요. 팀장들한테는 아마 오늘 공지 내려올 거예요. 정식 공고는 다음 주에 날 거고요.”

“아, 그래요?”

“아마도요.”

태진은 자신도 모르게 국현을 쳐다봤다. 이런 소식이라면 누구보다 먼저 국현이 듣고 왔을 텐데 국현도 모르는 눈치였다.

“어떻게 아셨어요? 전 아무 연락 못 받았는데.”

“에이드 씨 일 때문에 부사장님 만났다가 알게 됐죠. 아마 신입들 뽑기 전에 팀 정비가 한 번 될 거 같거든요. 전에 그랬던 것처럼 기존 직원들을 나눠서 지원 팀에 인원 보충을 할 거에요.”

“저희 팀부터요?”

“아무래도 지원 팀이 인원이 없다 보니까 그러겠죠. 그렇다고 신입들로 다 채울 수는 없으니까요. 아마 정규 부서 이동 진행하면서 같이 진행될 겁니다. 그리고 다른 팀들 빈자리는 신입들을 분배해서 인원 채우게 될 겁니다. 그건 다음 회의 때 나올 거 같고요.”

3팀장의 자세한 설명에 태진은 바로 이해했다. 그런데 왜 이런 얘기를 자신한테 하는 건지 알수가 없었다. 그때, 3팀장이 진심으로 미안해하는 표정으로 입을 열었다.

“이런 말 하기가 배은망덕한 거 알지만 저희 팀 사정도 좀 봐주셨으면 해서요.”

“네?”

“인원 차출… 3팀은 제외해 주시면 안 될까요? 지금 다 의기투

합하고 있어서 이제야 같은 팀이 된 거 같거든요."

태진은 순간 멍했다. 3팀장의 부탁 때문이 아니라 누구를 데려와야 하는지 아예 생각을 해 본 적이 없었기 때문이었다.

『모방에서 창조까지 하는 에이전트』 10권에 계속…